suhrkamp taschenbuch 4189

Die drei Freunde aus der Traummannschaft sind zurück: Ariel, Pablo und Ezequiel, inzwischen etwas erwachsener geworden, brechen zu einem Schüleraustausch nach Springfield, Illinois, auf. Doch was lehrreiche Monate an der Highschool werden sollten, wird für die drei Argentinier zu einem turbulenten Abenteuer, in dem ein ermordeter Chemielehrer, eine attraktive indianische Mitschülerin, ein verschwundener Videochat und die legendäre Route 66 eine Rolle spielen. Und nicht zuletzt geht es um die geheime Rezeptur von Coca-Cola …

Spannung, ein bisschen Liebe und viel Humor: In seiner Mischung aus Abenteuerroman und Roadmovie betrachtet Sergio Olguín augenzwinkernd den »American way of life«.

»Sergio Olguín schreibt mit leichter Hand und brilliert mit tiefgründigem Witz.« *Hessischer Rundfunk*

Sergio Olguín, 1967 in Buenos Aires geboren, lebt als Autor, Herausgeber und Redakteur in der argentinischen Hauptstadt. Im Suhrkamp Verlag sind seine Romane *Die Traummannschaft* (st 3766, 2006) und *Zurück nach Lanús* (st 4041, 2008) erschienen.

Silke Kleemann, 1976 in Köln geboren, lebt als Übersetzerin in München.

Sergio Olguín

Springfield

Roman

Aus dem Spanischen von
Silke Kleemann

Suhrkamp

Die Originalausgabe erschien 2007 unter dem Titel
Springfield
bei Grupo Editorial Norma, Buenos Aires.

Die Übersetzung wurde im Rahmen des
Sur-Programms zur Förderung von Übersetzungen
des Außenministeriums der Republik Argentinien
unterstützt.

suhrkamp taschenbuch 4189
Erste Auflage 2010
Deutsche Erstausgabe

Druck: CPI – Ebner & Spiegel, Ulm
Printed in Germany
Umschlag: Göllner, Michels, Zegarzewski
ISBN 978-3-518-46189-1

1 2 3 4 5 6 – 15 14 13 12 11 10

Springfield

Für Mauro, Matías und Natalia Pérez,
für Silvana und Sebastián Paz,
für Valeria, Jesús, Vanina,
Daniela und Santiago Domínguez,
für Lucas und Marcos Nestrojil
und für Santiago und Juana Olguín.

Ich würde nicht gern in den USA leben,
aber manchmal schon.

Georges Perec,
Von der Schwierigkeit, sich eine ideale Stadt vorzustellen

Vernichten wir unsere Feinde nicht auch dadurch,
dass wir sie uns zu Freunden machen?

Abraham Lincoln

Sind wir etwa die verdammte UNO?

Mafioso Johnny Sack in der Serie ›Die Sopranos‹,
Kap. LV

Egg, Egg, Egg

I

Wir waren spät dran. Wenn Flanders nicht aufs Gas drückte, würden wir mehr als spät dran sein. Auf der Straße war fast kein Verkehr. Es regnete nicht, war nicht neblig, und kein anderes physikalisches Gesetz zwang uns dazu, mit 30 Meilen pro Stunde zu fahren, in etwa 50 Stundenkilometer nach unserer Messart. Ich war selber schuld, weil ich nicht mit Pablo in die Bibliothek gegangen war, von wo aus man nur schräg rübergehen brauchte und schon war man auf dem Sportplatz der Schule von Springfield.

»Wir kommen zu spät«, sagte ich zu ihm.

»Das stimmt«, antwortete er lächelnd.

»Und wenn du ein bisschen schneller fährst?«, schlug ich vor.

Er schüttelte den Kopf. Flanders dachte wohl, dass er mir immer alles erklären musste. Doch er sagte nichts, dagegen ertönten zwei zarte Stimmchen vom Rücksitz:

»Dreißig Meilen pro Stunde ist die Höchstgeschwindigkeit im innerstädtischen Bereich«, sagte einer der Zwillinge.

»Die Gesetze muss man respektieren. Es ist wichtig, dass du das lernst«, fügte der andere Zwerg hinzu.

Ich schnaubte und schaute aus dem Fenster. Bevor sie mit einer Lektion über bürgerliche Rechte und Pflichten anfingen, drehte ich das Radio lauter: Ein Country-Sänger wiederholte eine abgedroschene Melodie. Wir würden erst nach Beginn des Spiels ankommen, und dabei wollte ich doch sehen, wie Ezequiel mit seinem Basketballteam auf den Platz kam.

Sicher war Pablo schon da. Er hatte sich mit Lou in der Bibliothek getroffen, wo sie bis wenige Minuten vor dem Spiel bleiben würden. Lou und die Bücher, die er in der Bibliothek las, würden Pablo noch zu einem völligen Schwachkopf machen.

Lou stammte von den Völkern der Chippewa und Navajo ab und trug Zöpfe wie die Indianerinnen in Zeichentrickfilmen. Sie sah aus wie die kleine Indianerin aus Peter Pan.

»Außerdem«, sagte Flanders, ohne die 30 Meilen pro Stunde zu verringern oder zu erhöhen, »was macht es schon, wenn wir erst nach Spielbeginn ankommen?«

Die Typen lernen es nicht mehr. Wenn es nach ihnen ginge, würden sie nichts als das letzte Viertel beim Basketball spielen, den letzten Schlag beim Baseball, den letzten Angriff beim American Football, die letzten fünf Minuten beim Fußball. Der Rest interessiert sie nicht, und das merkt man: Sie plaudern mit ihren Sitznachbarn auf der Tribüne, gehen Hamburger und Getränke kaufen, telefonieren. Sie kapieren nicht, dass man ein Spiel von der ersten Minute an spielen muss und dass man anfeuern muss. Anfeuern und nicht nur gucken. Die kapieren gar nichts. Das hatte mir schon mein Onkel Roberto gesagt.

Flanders hieß eigentlich nicht Flanders, sondern Trevor. Aber Trevor war ein Klon, eine identische Kopie von Flanders, dem Nachbarn der Simpsons: derselbe Schnurrbart, dieselben Klamotten, derselbe Tonfall, dieselbe Frau und dieselben Kinder. Pablo, Ezequiel und ich lebten seit fünf Wochen in seinem Haus in Springfield.

»Da es nun mal Springfield ist, hätte es auch schlimmer kommen können«, sagte Ezequiel, wenn ich mich beschwerte.

»Wir hätten im Haus von Marges Schwestern landen können«, fügte Pablo hinzu.

Ich beklagte mich zwar, aber mir war klar, dass ich übertrieb. Denn eigentlich hatten wir verdammt viel Spaß, seit wir in die USA gekommen waren.

II

Als alter Mann von dreißig oder vierzig Jahren werde ich an diese Reise zurückdenken und es nicht glauben können. Was machten drei fünfzehnjährige Jungs aus Lanús, Provinz Buenos Aires, im mittleren Westen der USA, wo wir in Illinois auf eine Schule gingen und Englisch sprachen, als wäre das unsere Muttersprache (bah, eine stottrige, falsch ausgesprochene Sprache, arm an Vokabeln, aber reich an Zeichen für »gib mir den Ketchup rüber« oder »wo ist das Herrenklo?«)? Dafür, wie es uns hierhin verschlagen hat, ist ganz allein mein Onkel Roberto verantwortlich.

Mein Onkel ist ein begeisterter Geschäftsmann. Das ist sein großes Talent und sein Verderben. Immer sucht er nach was Neuem: Er importiert Schottenröcke für Herren, exportiert Mate-Tee an eine Naturkostkette in Holland oder eröffnet einen Häuserblock vom Armeleuteviertel entfernt einen Gemüseladen.

Einige Monate lang bediente ich für ihn in einem Gemüseladen im Viertel Villa Fiorito: Dort lernte ich mein

Schneewittchen aus dem Armeleuteviertel kennen, Patricia, meine Freundin; mit meinen Freunden Ezequiel, Pablo und Pinocchio retteten wir den ersten Ball, mit dem Maradona als kleiner Junge gespielt hatte (ein paar kriminelle Bullen hatten ihn Patricias Vater geklaut), und ich fing mir – weil ich Heiligabend klatschnass geworden war – eine höllische Grippe ein, die mich eine Woche lang ans Bett fesselte.

Kurz darauf verkaufte mein Onkel den Gemüseladen an Patricias Papa, weil er ein neues großes Geschäft entdeckt hatte. So kam es, dass er sich, gemeinsam mit seinem treuen Gehilfen Pinocchio, einer neuen Tätigkeit zuwandte: dem Thementourismus.

Mein Onkel begann, Reisen nach Buenos Aires für Touristen aus den Vereinigten Staaten zu organisieren. Das waren keine gewöhnlichen Reisen, bei denen man die Plaza de Mayo, das Naturschutzgebiet an der Costanera Sur oder das Teatro Colón kennenlernte. Mein Onkel hatte eines Tages eine Eingebung, als ich gerade ein NBA-Spiel zwischen den San Antonio Spurs und den Los Angeles Lakers sah. Angeblich sollte das ein wichtiges Spiel sein, aber auf den Tribünen machten die Fans der Spurs nichts weiter, als jedes Mal, wenn die Lakers auf den Korb warfen, ein paar lächerliche Gummistäbe hin- und herzuschwenken. Wenn mal ein Anfeuerungsruf kam, dann war es immer derselbe: »Verteidigen, verteidigen!« Und die Plakate, das Mitleiderregendste waren die Plakate. Um die Spurs anzufeuern, stand da »San Antonio vor«; um die Lakers zu attackieren »Macht euch bereit zum Verlieren«. Ein Trauerspiel. Kein Vergleich mit unseren klangvollen spanischen Gesängen, die etwa lauten würden »Duncan, Duncan, Duncan, huevo,

huevo, huevo«, oder »Aserrín, Aserrán, in San Antonio bleibt man dran«, um den Monstern aus Los Angeles Angst einzujagen.

»Diese Typen«, sagte mein Onkel mit erhobenem Zeigefinger, »bringe ich eine Woche her, nehme sie mit ins Stadion vom Club Atlético Nueva Chicago, und dann wollen wir mal sehen, was sie bei den nächsten Play-offs singen.«

Innerhalb von zehn Tagen hatte er ein Büro in Puerto Madero gemietet, eine zweisprachige Sekretärin eingestellt, die sich Sharon nannte, und mit der »technischen Beratung« – wie er sich ausdrückte – von Pinocchio begann er Touristen nach Argentinien zu holen. Wie er in den USA Werbung machte, wie er Kundschaft gewann, keine Ahnung. Mein Onkel hatte immer diese Geheimnisse, die ihn zu Sieg oder Niederlage führten. Und diesmal schien ihm der Triumph sicher zu sein.

Er brachte gestandene Anhänger der Bulls, der Blazers, der Knicks nach Buenos Aires und nahm sie eine Woche lang mit zu verschiedenen »Werkstätten«, wo »Spezialisten« aus den besten Fußballuniversitäten Stunden gaben: von den Clubs Nueva Chicago, Chacarita, Huracán, Tigre, All Boys. Nach zehn Tagen kehrte ein Autohändler aus Philadelphia oder ein Koch aus Minnesota mit ausreichend Erfahrung in seine Heimatstadt zurück, um sich, falls nötig, einer ganzen Bande englischer Hooligans zu stellen.

Irgendwann fragte mein Onkel mich, ob meine Freunde und ich uns nicht ein paar Pesos dazuverdienen wollten. Wir sollten für ihn die Fangesänge ins Englische übertragen. Ein weiterer Service für die Touristen. Ich begann also mit Ezequiel, und vor allem mit Pablo, der ein halber Dichter ist, die ganzen Tribünenklassiker zu übersetzen: »Unsere Liebe ist Phoenix, wir werden immer zu dir stehen, du wirst niemals untergehen« oder »Texas, ein Leben lang keine Schale in der Hand« oder »Macht sie platt, schießt sie aus der Stadt …«. Das machte am meisten Spaß: wenn wir Schimpfwörter zu übersetzen hatten.

Ich würde lügen, wenn ich sagen würde, dass wir besonders gut im Übersetzen waren. Bis auf die Schimpfwörter mussten wir fast alles im Wörterbuch nachsehen.

Eines Nachmittags bestellte mein Onkel uns in sein Büro. Dorthin machten Pablo, Ezequiel und ich uns also auf den Weg. Es sah aus wie der Sitz eines multinationalen Unternehmens: Alles war mit Teppichen ausgelegt, und es gab Sessel, in die man sich am liebsten gleich reinfallen lassen würde. Wir lernten die blondgefärbte Sharon kennen, die wohl genauso viel Englisch konnte wie wir und deren Aufgabe es war, Besucher willkommen zu heißen. Pinocchio war in Anzug und Krawatte nicht wiederzuerkennen. Er zeigte uns sein Büro und seinen Computer, auf dem Solitär geöffnet war. Auf dem Schreibtisch hatte er ein gerahmtes Bild von seiner Mutter stehen, auf einem anderen war seine Freundin Mariela mit ihrer kleinen Tochter zu sehen. Sie lächelten – wie in diesem Moment auch Pinocchio, der auf unsere Kommentare wartete. An der Wand hing das gerahmte Wappen von Huracán und ein Trikot mit der Nummer 20 von den San Antonio Spurs. Wir machten alle drei »Wowwww«, als wir das sahen.

»Ist das echt?«, fragte Ezequiel.

»Jawoll. Das hat mir unser Mann bei den Spurs, Manu Ginóbili, vor einem Monat gegeben. Ich hab sie gegen die Knicks gesehen«, sagte Pinocchio und lehnte sich in seinem Chefsessel zurück.

In diesem Moment klingelte das Telefon.

»So ist es, Boss, ich hab die drei Spinner bei mir im Büro. Schick sie gleich zu dir. Jungs«, sagte er, »ich würde noch stundenlang mit euch quatschen, aber ich hab noch viel zu erledigen.«

»Ich seh schon«, sagte ich und zeigte auf das Solitär auf dem Bildschirm. »So was nennen wir nicht Arbeit.«

»Das heißt Solitär«, ergänzte Pablo.

»Raus hier oder ich ruf die Security.«

Wir gingen an Sharon vorbei, die uns anlächelte, und ins Büro meines Onkels. Er stand mit dem Rücken zu uns und blickte auf die Kanäle des Flusses. Ein wirklich schöner Blick von dieser großen Glasfront aus. Er drehte sich um. Seine Miene war finster. Mit einer Handbewegung hieß er uns Platz nehmen. Da es nur einen Stuhl gab, setzte ich mich hin und Pablo und Ezequiel blieben links und rechts von mir stehen. Ich fühlte mich wie ein Gangster, der zu einer Verhandlung mit einem dicken Fisch gekommen ist.

»Es gab Beschwerden«, sagte er.

Ich blickte Pablo und Ezequiel fragend an. Ihre Gesichter verrieten nichts.

»Beschwerden?«, fragte ich verständnislos.

»Dem Kunden muss man das Beste geben: die besten Hotels, die besten Busse für den Transfer, man muss sie in die besten Parrillas bringen, damit sie unser köstliches Grillfleisch essen, ihnen jeden Wunsch von den Augen ablesen, immer höchste Qualität. Excellence, versteht ihr?«

»Wie die Amerikaner sagen: comme ci, comme ça«, sagte Pablo. Keiner lachte.

»Es gab schon ...«, er suchte in seinem Notebook, »... sieben, nein acht Beschwerden über die Übersetzungen, die wir von den Gesängen liefern, sie sollen, um es höflich auszudrücken, ein Scheißdreck sein.«

»Wir machen sie nach bestem Wissen und Gewissen«, sagte ich beleidigt.

»Um euch ein Beispiel zu geben: anscheinend ist *egg, egg, egg* keine gute Übersetzung für das, was wir mit Eier meinen.«

»Das steht im Wörterbuch«, argumentierte Pablo.

»Seht mal, Jungs. Pinocchio habe ich zu einem Computerkurs geschickt. Sharon schließt bald ein Seminar über Etikette und Form ab. Ich glaube, ihr solltet etwas Vergleichbares für die englische Sprache machen.«

»Ein Englischkurs, noch zusätzlich zu den drei Stunden pro Woche, die wir in der Schule haben?« Ezequiels Stimme bebte.

»So was in der Art«, antwortete mein Onkel und fügte hinzu: »Ich habe Kontakte.«

Das stimmte: Mein Onkel hatte Kontakte und verdiente viel Geld. Ihm gelang es nicht nur, uns drei in ein Schüleraustauschprogramm einzuschleusen, er schaffte es auch, uns von unserer Schule für zwei Monate lang freistellen zu lassen. April und Mai würden wir in Springfield verbringen, der Hauptstadt des Staates Illinois.

»Springfield, die Stadt der Simpsons!«

»Eines der vielen Springfields, die es in den USA gibt«, informierte mich Pablo mit seinem üblichen Optimismus.

Wenn mein Onkel dieser Tage gekommen wäre und

Sergio Olguín

Die Traummannschaft

Roman

Suhrkamp

Es ist Weihnachtszeit in Argentinien und Hochsommer. Dem 14jährigen Ariel, der nach der Schule im Gemüseladen »Mein Gefühl« jobbt und am liebsten mit seinen Freunden Fußball spielt und über Frauen fachsimpelt, stehen besonders heiße Tage bevor: Er ist verliebt in Patricia, ein Mädchen aus einem ärmlichen Stadtviertel. Doch dann geschieht etwas Ungeheuerliches: Der größte Stolz von Patricias Vater, der Fußball, mit dem der begnadete Diego Maradona als Kind gespielt hat, wird von einer Bande Krimineller geklaut. Ariel und seine Freunde beschließen, den Ball zurückzuholen – und sie stürzen sich in ein wahrlich lebensbedrohendes Abenteuer.
Mit tiefgründigem Witz und charmanter Leichtigkeit erzählt Sergio Olguín vom Zauber der ersten Liebe, von Freundschaft in allen Lebenslagen und von Fußballtoren, die besser nicht geschossen worden wären.

»Ein außergewöhnlich charmantes Buch, komisch, anrührend, spannend. Es wird viele begeistern.«
Radio Cultura, Buenos Aires

Ü: Matthias Strobel
st 3766. 182 Seiten. € 7,- (D)

suhrkamp taschenbuch www.suhrkamp.de

gesagt hätte, er habe für uns eine Reise in den Irak oder nach Afghanistan organisiert, ich hätte die Koffer gepackt. Ich wollte bloß wegfahren, weit weg. Ich verstand nicht so recht, was los war, aber Patricia und ich lebten uns immer mehr auseinander, wir stritten wegen nichts und wieder nichts, und ich wusste nicht, ob ich Schluss machen oder bei ihr bleiben sollte. Eine Reise war die perfekte Ausrede, um Abstand gewinnen zu können, ohne irgendwas beenden zu müssen. Das Unglaubliche war, dass Pablo mit seiner Freundin, unserer Schulkameradin Carolina, in derselben Situation war. Na ja, sie hatten schon vor einiger Zeit Schluss gemacht, trafen sich aber trotzdem noch, zum Streiten. Der Einzige von uns, der ernsthaft mit jemandem zusammen war, war Ezequiel, er ging mit einer 18-jährigen Frau. In diesem Fall war es Ezequiels Mutter, die sich freute, dass ihr Sohn in die USA ging.

So kamen wir an die George Maharis Preparatory School in Springfield, Illinois. Zwei Monate lang würden wir bei einer nordamerikanischen Familie leben, wir würden Fächer wie Englisch, Kommunikation und Kunstgeschichte Nordamerikas belegen und hätten Sportkurse. Wir würden zusammen mit anderen Ausländern aus der ganzen Welt und mit US-Amerikanern zur Schule gehen. Die Einheimischen hatten keinen Grund, den Unterricht mit uns zu teilen, aber es gab einen Plan zur Jugendintegration, und die Nordamerikaner, die in unsere Kurse kamen, mussten nur die Hälfte des jährlichen Schulgeldes zahlen. Die Eltern schätzten diesen Preisnachlass und nötigten deswegen ihre Kinder, mit stammelnden Ausländern zur Schule zu gehen. Manche blieben für ein Jahr, andere sechs, vier oder zwei Monate. Es gab auch ein spezielles Programm für die englischsprachigen Ausländer wie Australier oder Südafrikaner. Mein Onkel war der Ansicht, zum Übersetzen von Fangesängen würden zwei Monate reichen.

III

Flanders parkte das Auto mit derselben Bedächtigkeit, die er die ganze Fahrt über beibehalten hatte. Das Spiel musste schon 40 zu 0 stehen. Für die Jaguars, klar. Das war logisch: Die Jaguars waren ein eingespieltes Team. Ihre Spieler kannten sich seit über zehn Jahre und in ihrer Zukunft lag die NBA. Die Monkeys hingegen, mein Team, hatten sich erst vor ein paar Wochen kennengelernt.

Den Namen hatte ich dem Team gegeben. Wir hatten uns mit allen ausländischen Schülern des Jahrgangs getroffen, Jungs und Mädchen, um den Namen zu wählen, der uns in den Sportwettkämpfen kennzeichnen würde. Da das immer »Stiere«, »Pumas«, »Wölfe« und andere Tiere sind, fragte ich im Scherz, warum wir unsere Mannschaft nicht »Affen« nannten.

»Monkeys, sehr gut«, sagte Ji-Sung, der Koreaner.

»So ein Dreck«, sagte Ezequiel und blickte mich hasserfüllt an.

»Affen springen, rennen, sind beweglich«, war der Beitrag von Vicenzo, dem Italiener.

»Sie vergnügen sich mit sich selbst«, fügte Viggo, der Norweger, hinzu und machte die typische Auf- und Abbewegung mit der Faust.

Es trat Stille ein. Eine kurze Stille.

»Monkeys, klar«, sagte Banana, die Japanerin, und alle anderen Mädchen nickten zustimmend.

»Wir sollten uns wenigstens Gorillaz nennen«, brüllte Pablo, aber es war schon zu spät. Die Abstimmung war nahezu einstimmig, abgesehen von zwei Gegenstimmen und einer Enthaltung: meiner.

Flanders, die Zwillinge und ich stiegen aus dem Kombi. Während sie über den Weg gingen, der um das American-Football-Feld herumführte, lief ich quer darüber. Ohne hinter mich zu blicken. Sicherlich schüttelten die drei resigniert den Kopf.

Ich stürmte in die Basketballhalle, als das Spiel gerade losging. Es gab kein großes Geschrei, am lautesten hörte man die Turnschuhe der Spieler, die über den Boden quietschten. Und ein anfeuerndes Murmeln von den Cheerleadern. Den Cheerleadern der Jaguars, denn wir Monkeys hatten es nicht geschafft, ein Team mit weiblichen Anhängern aufzustellen. Darin ist niemand so gut wie die Amerikanerinnen.

Das Erste, was ich sah, war weder das Spiel noch die Cheerleader in ihren Miniröcken, noch der Ball, der von einer Seite zur anderen flog. Ich sah Pablo und Lou auf der Tribüne. Sie sahen ebenfalls nicht aufs Spielfeld, sondern unterhielten sich, ohne die Augen voneinander zu lassen. Mir wurde die Brust eng, ich fühlte ein bisschen Wut und ein wenig Angst. Zusammengenommen heißt das Beklemmung, glaube ich, bin aber nicht sicher. Also tat ich, was ich meinte, tun zu müssen: Ich zielte auf sie und drückte ab. So blieben sie verewigt; er verschlang sie mit den Augen, sie lächelte wie eine Göttin vor ihrem Priester. In diesem Moment blickte Pablo mich an und winkte mich zu ihnen. Ich ging hin, setzte mich ein paar Stufen unter sie und reichte ihnen den Fotoapparat, damit sie ihr Bild von vor ein paar Sekunden ansehen konnten, während ich so tat, als schaute ich dem Spiel zu.

»Wir sind gut getroffen«, sagte sie.

»Du siehst klasse aus«, sagte Pablo.

Ich sagte nichts. Ich begann, dem Spiel ernsthaft zuzugucken, genau in dem Moment, in dem Ezequiel einen Dreipunktwurf versuchte und die Platte hinter dem Korb traf.

IV

Ich muss zugeben, dass das Foto gut war: Sie beide ganz scharf, wie sie sich anblickten, und rundherum, wie Geister, die sich bewegenden, unscharfen Basketballspieler. Der Fotoapparat war ein Geschenk von meinem Onkel Roberto. Er hatte ihn mir am Tag unserer Abreise in die USA gegeben.

»Damit du nicht vergisst, was du sehen wirst«, sagte er zu mir. Eine Nikon Coolpix mit 3.2 Megapixeln und einer 1-Giga-Speicherkarte von SD Kingston. In der Schule hatte ich mal eine Erzählung von Cortázar gelesen, in der es hieß, wenn man eine Uhr geschenkt bekommt, dann lebt man in Abhängigkeit von diesem Apparat, und eigentlich ist man selbst ein Geschenk für die Uhr. Und so ging es mir. Von dem Moment an hatte ich das Gefühl, dass ich mich nicht mehr von meiner Kamera trennen konnte, dass ich alles festhalten musste. Und das Unglaublichste war: Ich hatte wirklich jedes Mal das

Gefühl, meine Empfindungen oder meine Wünsche festzuhalten, wenn ich auf das Display meiner Nikon schaute.

Das erste Foto schoss ich von meinen Eltern auf dem Flughafen von Ezeiza: beide zusammen nach einer langen Reise, die mein Vater gemacht hatte. Sie waren gegen meinen Willen zum Flughafen gekommen, denn ich wollte mich zu Hause verabschieden, aber sie bestanden darauf. Sie hatten recht. Es war besser so. Mir gefiel es, sie zusammen zu sehen, mit diesen lächelnden Gesichtern, die die Traurigkeit über die zweimonatige Abwesenheit ihres einzigen Sohnes verbergen sollten. Und da sind sie: auf dem Foto, das ich von ihnen gemacht habe. Meinem ersten Foto.

»Eins ist sicher: Wenn ich nach Buenos Aires zurückkomme, mache ich einen Fotokurs. Ich möchte Fotograf werden. In einem Augenblick das Unmögliche einfangen. Der Blick, der Ausdruck, all das, was lebendig bleibt, wenn das Bild eingefroren wird.«

»Und nackte Mädchen.«

Das ist Equi. Das sagte er, als ich ihm und Pablo eines Tages in einem Café im Zentrum von Springfield erklärte, warum ich mich nach unserer Rückkehr mit Fotografie beschäftigen wollte. Ezequiel sieht überall nackte Frauen, in allem, was wir beabsichtigen und was wir tun. Als endgültig feststand, dass wir in die USA fahren würden, und wir mit unseren Visa aus der Botschaft kamen, rief Equi:

»Hier kommen wir, USA, Land der nackten Mädchen und der Hamburger mit allem!«

Es stimmt, wir fühlten uns, als würden wir direkt in den *American pie* hineinklettern. Wir hatten die ganze

Serie gesehen und auch noch einige andere alte Filme über die amerikanischen Highschools und glaubten, all das würde uns passieren, sobald wir aus dem Flugzeug stiegen. Pablo, immer der realistischere oder besser, der Spielverderber, sagte uns jedes Mal, wenn wir uns unseren Aufenthalt in den USA ausmalten:

»Denkt an *Freitag, der 13.*, an Halloween, an die ganzen Serienmörder und sogar an *Krieg der Welten.*«

Im Grunde war unser Leben in Springfield in diesem ersten Monat nichts weiter als eine Folge von den *Simpsons.* Es hätte schlimmer sein können.

V

Das Spiel ging schon auf den Anfang des zweiten Viertels zu, und die Monkeys lagen 28 zu 12 zurück. Ezequiel mit dem Basketball von einer Seite zur anderen rennen zu sehen machte ein bisschen ungeduldig. Es sah so aus, als würde er jeden Moment den Ball auf den Boden legen und losdribbeln, an diesen ganzen blonden Hünen vorbei, um den Ball schließlich ins Netz eines imaginären Tors zu kicken. Wie wir den Fußball vermissten.

Als wir auf die George Maharis Preparation School kamen, durften wir eine Sportart wählen. Wir verwarfen Baseball, weil wir den winzigen Ball, den sie da herumschleudern, nie fangen würden. American Football, die Idioten-Version des Rugby, war nichts für uns. Dann gab es noch einen Sport, der Lacrosse hieß und darin bestand, einen kleinen Ball von der Größe eines Tennis-balls in einem Schmetterlingsnetz herumzutragen und in Hockeytore zu werfen. Man musste schwachsinnig sein, um diesen Sport zu praktizieren.

»Und Fußball gibt es nicht?«, fragten wir im Chor. Wir stellten klar, dass wir richtigen Fußball spielen wollten und nicht das, was sie hier Football nennen.

»Soccer, calcio, fútbol, futibol«, sagte Pablo, seine Mehrsprachigkeit unter Beweis stellend. Das erste Wort reichte.

»Ja, klar gibt es das. Aber es ist ein Sport für Frauen. Hier spielen nur die Frauen ›Fußball‹.«

Bevor Ezequiel zu fluchen begann, machten wir ein Kreuz im Kästchen für Basketball und verdrückten uns.

Von den ausländischen Schülern, die Basketball spielten, kamen vier nicht in das Team gegen die Jaguars: Vincenzo, der einen Meter fünfzig maß, der Litauer, der eine Armprothese hatte, Pablo und ich. Ich glaube, sie hätten eher Ji-Sung, den Koreaner, der Lacrosse spielte, ins Team geholt, als Pablo oder mich hineinzuwählen.

Pablo gab mir die Kamera zurück. Ich fokussierte Equi und drückte ab. Ich blickte aufs Display: Das Foto war verwackelt. »Löschen bestätigen?«, fragte mich die Nikon, und ich antwortete mit »Ja«.

Da kamen Flanders und die Zwillinge. Sie hatten Zeit gehabt, sich Popcorn zu kaufen, und machten es sich auf der Tribüne gegenüber bequem. Alle waren da: Vincenzo, der träge das Spiel beobachtete; Ji-Sung, der wild mit der Spanierin Almudena flirtete. Die anderen ausländischen Mädchen waren die Einzigen, die den Monkeys zusahen und sie anfeuerten, wenn auch nicht gerade wirkungsvoll. Sie hätten wenigstens Cheerleader werden sollen ...

Ein paar kamen noch später als ich. Ich sah Dirty Harry, Sideshow Bob und die beiden Australier, Mark und Mike, kommen. Harry und Bob (so nannten alle sie – nur wir fügten das »Dirty« und »Sideshow« hinzu) waren in ein paar Kursen mit uns. Bob und die *aussies* spielten American Football, Harry Baseball. Angeblich war er der beste *catcher* seines Alters im ganzen Bundesstaat Illinois. Pablo nannte ihn den »Fänger im Roggen«, wegen eines Romans, den er gelesen hatte. Ezequiel und ich nannten ihn lieber »Dirty Harry«. Wir konnten ihn kein bisschen ab. Und Bob auch nicht. Eine Abneigung auf den ersten Blick, die auf Gegenseitigkeit beruhte. Sie taten alles dafür, das auch nicht zu verbergen. Sie kamen auf uns zu.

»Lou, was hängst du mit diesen Versagern ab?«, sagte Harry. Lou gab ihm keine Antwort, und sie erwarteten auch gar keine. Sie gingen zu den höheren Rängen weiter, wollten nur mal wieder ihre Verachtung deutlich machen.

Dennoch hatte er mit der Frage einen wunden Punkt getroffen. Nicht weil wir gerade das Basketball-Match verloren, sondern bezogen darauf, dass Lou mit den Ausländern abhing. Sie gehörte, wie Bob und Harry, zur normalen Jahrgangsstufe, war aber lieber mit uns zusammen, als sich mit ihren Schulkameraden aus der ganzen Highschool-Zeit zu treffen.

Das zweite Viertel endete 50 zu 22. Nur ein Wunder konnte noch dafür sorgen, dass das Spiel nicht in einer riesigen Demütigung enden würde, ganz zu Gefallen von Bob, Harry und den übrigen einheimischen Schülern. Die Jaguars hatten Größe, Erfahrung, Begabung. Sie kannten alle Tricks und Spielregeln und konnten Schläge und Schubser austeilen, ohne sanktioniert zu werden. Die meisten von ihnen würden in die NBA kommen, oder zumindest in die Universitätsligen. Unser Team hingegen hatte einen sehr guten Aufbauspieler, Viggo, der den Ball rundherum spielte, als hätte er sein ganzes Leben nichts anderes gemacht, einen guten Athleten wie Equi und einen vielseitigen Spieler, den jeder in seinem Team haben wollte, obwohl er sich in nichts besonders hervortat, außer in Willen, Anstrengung und Mut: den Griechen Alexandros. Die anderen spielten kaum besser als Pablo und ich. Womit alles gesagt ist.

Als das dritte Viertel begann, ging der beste 3-Punkte-Werfer der Jaguars verletzt vom Spielfeld: Er hielt sich den Hals, als hätte ihn Halsstarre befallen oder als wäre er von einer Riesenmücke gestochen worden. In der nächsten Minute blieb Dylan, der Stammaufbauspieler, mitten auf dem Spielfeld wie zur Salzsäule erstarrt stehen. Eine Art Lähmung erlaubte ihm keine Bewegung mehr. Es war ein harter Moment, denn sie mussten ihn zu zweit vom Feld holen und vor Schreck fing er fast an zu heulen.

Dann war es der linke Center, der sich wie eine Marionette bewegte, wann immer der Ball auf ihn zukam. Der Trainer holte ihn vom Platz und wechselte den Ersatzspieler ein, der nicht so gut war. Später fing der rechte Center an, verstört auf seine Hände zu schauen, als hätte er blutende Wunden daran. Auch er bat zur allgemeinen Überraschung um Auswechslung. Vom ursprünglichen Team war nur noch Markus übrig, ein riesiger Schwarzer, der mich an Shaquille O'Neal in seinen Anfängen erinnerte.

Die Partie wurde also mit vier Auswechselspielern,

die zudem noch wegen der unerklärlichen Vorfälle total verunsichert waren, langsam ausgeglichener, und am Ende des dritten Viertels stand es 54 zu 38. Ich blickte Pablo verwirrt an:

»Was ist mit den Typen los? Haben die Lampenfieber?«

»Bis auf Shaquille O'Neal, die anderen sind komplett durch den Wind.«

»Der Schwarze hält alles aus.«

»Psst«, korrigierte er mich, »›Schwarzer‹ sagt man nicht.«

Das hatten wir bei den ersten Begegnungen kapiert. Die Schwarzen nannte man »Afroamerikaner«. Wir in Argentinien hingegen rufen selbst Blondschöpfe liebevoll *Negro*, »Schwarzer«, und so kam es, dass Pablo in einer unserer ersten Unterrichtsstunden den Riesen Markus fragte:

»Hey, Schwarzer, kannst du mir sagen, wie spät es ist?«

Der Dunkelhäutige machte ihn nicht nur fast platt wie eine Austauschschüler-Tortilla, als er ihn gegen die Wand drückte, er wurde außerdem von allen unseren Klassenkameraden geschnitten, und das Ganze kam sogar unserem Kommunikationslehrer zu Ohren, der uns einen Vortrag über Rassismus und Sprache hielt. Pablo musste Markus um Entschuldigung bitten, und wo er schon einmal dabei war, gleich auch noch die anderen vier Afroamerikaner im Kurs. Doch wenn wir drei allein waren, war Markus »der Schwarze« und Edwidge, die Haitianerin, »die Schwarze«. Die Schwarze ... Ich ließ den Blick über unsere Tribüne und die gegenüber schweifen, aber Edwidge war nirgends zu sehen.

»Ist Edwidge nicht gekommen?«, fragte ich.

»Doch«, antwortete Lou. »Sie war bei uns, als wir gekommen sind.«

Ich habe einen guten Riecher. Wofür weiß ich nicht, aber ich hab da was. Soll heißen, ich spüre eine Unruhe, die ich nicht in Worten ausdrücken kann, doch hinterher ordnen sich die Ereignisse gemäß dieser Empfindungen in meinem Körper. In diesem Augenblick spürte ich, dass bei dem Spiel etwas Merkwürdiges im Gange war und dass Edwidges Abwesenheit ein Misston in dieser Wirklichkeit war. Ich beschloss, die Sporthalle zu verlassen, als das Spiel 60 zu 56 für die Jaguars stand und Equi einen 3-Punkte-Wurf versuchte und wieder die Platte hinter dem Ring traf.

VI

Es war dunkel geworden, und außerhalb des Stadions war niemand. Statt über das American-Football-Spielfeld zu laufen, ging ich in die entgegengesetzte Richtung bis zu den Schulpavillons. Das Gebäude hatte drei Flügel, die mit der Sporthalle eine Art Trapez bildeten, in dessen Mitte ein Park lag. In einem der Gebäudeflügel waren die Klassenräume, die Verwaltung und die Schulleitung. Im mittleren Teil befanden sich die Clubs, die Bibliothek, mehrere Lese- oder Versammlungsräume, ein Amphitheater und ein kleiner Kinosaal. Und in dem anderen Pavillon die verschiedenen Lehrabteilungen, die Lehrerzimmer, mehrere Laboratorien, ein kleines Wissenschaftsmuseum und andere Räume.

Ich weiß nicht, warum, aber dorthin machte ich mich auf den Weg. Kurz bevor ich ankam, sah ich zwischen den Bäumen einen Schatten, der sich auf mich zubewegte. Der Schatten sah mich auch und hielt einen Moment lang inne. Er machte ein paar Schritte zur Seite, als wollte er sich unauffällig von mir entfernen. Ich war stocksteif stehengeblieben.

»Edwidge? Bist du das?«, fragte ich auf Englisch, und ich glaube, ich vertat mich mit der Verbform von *sein*.

»Ariel?«, sagte Edwidge.

Und als ich dachte, sie würde zu mir kommen, rannte sie los und an mir vorbei. Sie rannte in Richtung Park und ich hinterher. Sie lief um die Sporthalle und über das Football-Feld. Ihr Vorsprung wurde immer größer. Sie erreichte den Parkplatz und blieb stehen, als wartete sie auf mich. Eine Minute später kam ich an. Atemlos – und ahnungslos, warum sie wegrannte und ich hinterher.

Edwidge hatte sich auf die Motorhaube eines Autos gesetzt und lächelte mich an. Ihr Mund war ein in die Länge gezogener, liegender Halbmond, leuchtete viel heller als der ein paar Meter weiter oben.

»Wie läuft das Spiel?«, fragte sie mich.

»Die Monkeys lagen erst mal total zurück, aber jetzt fangen sie sich langsam und führen fast«, antwortete ich ihr. Ich weiß nicht, was absurder wirkte. Ihre Frage oder dass ich ihr darauf antwortete, als ob nichts wäre.

Sie nickte. Ihr Blick hatte für mich immer etwas Irres, irgendwas zwischen spielerisch und gefährlich.

»Mach ein Foto von mir«, forderte sie mich auf.

»Du spinnst.«

»Mach schon.«

Ich holte die Kamera heraus und versuchte, sie ohne

Blitz zu fotografieren. Das erste Bild verwackelte, das zweite war besser. Dann machte ich ein Foto mit Blitz, und das Licht traf sie voll, machte sie zu einem Gespenst mitten in einem finsteren Wald. Ohne die Kamera wegzustecken, fragte ich sie:

»Edwidge, wo kommst du her, warum läufst du weg?«

»Ich bin nicht weggelaufen, ich wollte nur hierherkommen. Ist doch nicht meine Schuld, wenn du mir nachläufst. Ist dir das nicht peinlich, Mädchen hinterherzurennen? Ich sollte dich anzeigen«, sagte sie, ihre riesigen Augen unverwandt auf mich gerichtet.

»Warum hast du dir nicht mit uns das Spiel angeschaut?«

Sie machte eine Geste, die ebenso »keine Ahnung, was du meinst« wie »du kapierst es eh nicht« heißen konnte.

»Ich habe gearbeitet ... für die Monkeys.«

»Was soll das heißen?«

Sie stieg von der Motorhaube. Sie machte ihren Lederrucksack auf und zeigte ihn mir, wie bei einer Kontrolle, wenn man aus einem Geschäft rausgeht. In der Dunkelheit sah ich nichts.

»Voodoo«, sagte sie, machte den Rucksack zu und ging Richtung Stadion. »Komm, wir gucken, ob die Monkeys es tatsächlich geschafft haben zu gewinnen.«

VII

Mir hatte es die Sprache verschlagen, ich war ziemlich geschockt. Ich merkte gar nicht, dass die Leute schon aus dem Stadion und in Richtung Parkplatz kamen. Etwas war vorgefallen, denn alle hatten verstörte Gesichter und machten Bemerkungen wie »das kann nicht sein«, »unglaublich«, »furchtbar«. Sätze, die mir übertrieben vorkamen, sollten sie sich auf einen möglichen Sieg der Monkeys beziehen.

Pablo, Lou und Vincenzo kamen auf uns zu. Sie hatten dieselbe verschreckte Miene wie die anderen. Bevor ich eine Frage stellen konnte, legte Pablo los:

»Das Spiel wurde abgebrochen, als wir zu 76 zu 76 ausgeglichen hatten und noch drei Minuten zu spielen waren. Es sind welche von der Schule rübergekommen und haben alles abgeblasen. Sie haben wohl einen Lehrer für Naturwissenschaften erhängt im Labor gefunden.«

»Hat er sich umgebracht?«, fragte ich.

»Wenn ich es nicht falsch verstanden habe, haben die *carabinieri* gesagt« – das war Vincenzo – »dass der Lehrer an seinem Arbeitsplatz ermordet worden ist. *Ma* ... das Gruselige ist, dass man ihm ein Coca-Cola-Etikett über den Mund geklebt hat.«

Die Laboratorien: der dritte Gebäudeteil. Ich sah Edwidge an, die mit den Achseln zuckte, die Augen noch weiter aufriss und den Mund verzog. Das konnte ebenso bedeuten »keine Ahnung, was du meinst« wie auch »du kapierst es eh nicht«.

Die Glorreichen Sieben

I

Es war ein merkwürdiger Traum: Edwidge saß auf der Motorhaube vom Auto meines Vaters, einem Ford Galaxy, Baujahr 98. Sie lächelte, aber nicht mit dem irren Ausdruck, den ich von ihr kannte, sondern mit einem noch schlimmeren: Sie lächelte mich an, als wolle sie mich auffordern, sie zu küssen. Als ich näher kam, sah ich, dass sie blondes und kein schwarzes Haar hatte, und während ich sie küsste, wurde sie so klein, wie ich mir Voodoo-Puppen vorstelle. Und die Puppe war nicht Edwidge, sondern Patricia, die zu mir sagte: »Wenn du Lou noch einmal küsst, schneide ich dir den Schwanz ab.« Und ich sagte zu ihr: »Nein, ich schwöre dir, ich hab sie nicht geküsst, sie ist Pablos Freundin.« Und das Patricia-Püppchen antwortete mir: »Dir hat Carolina schon immer gefallen, streit das nicht ab.«

»Mir gefällt Edwidge, die Schwarze ist einfach klasse«, sagte Ezequiel, aber seine Stimme kam nicht aus dem Traum, sondern von einem noch ferneren Ort: aus dem unteren Bett. Ich strich mir mit der Hand über die Stirn. Ich schwitzte.

»Zu groß für meinen Geschmack«, sagte Pablo.

»Und dir, Ariel, welche gefällt dir diese Woche?«

Es stimmte: In diesen ersten fünf Wochen hatten mir sechs verschiedene Mädchen gefallen. Als wir ankamen, begeisterte mich eine gertenschlanke Nordamerikanerin mit roten Haaren, Sylvia, doch dann merkte ich, dass sie sehr intellektuell war, also verlor ich mich in den Augen von Almudena, der Spanierin. Anschließend schwor ich jedem, der es hören wollte, Taslima, die Bengalin, sei die schönste Frau, die ich in meinem Leben gesehen habe. In der vierten Woche hatte ich es mit Cornelia, einer blonden Deutschen, die größer war als Ezequiel, und in den letzten Tagen hatte ich gegenüber meinen Freunden fallenlassen, Banana habe diese japanische Schönheit, die einem den Atem verschlug. Sie alle sahen super aus oder hatten irgendwie ihren Reiz, aber ich war Lou verfallen, von dem Moment an, als ich sie zum ersten Mal gesehen hatten. Aber in diesen Tagen, auch das stimmte, gefielen mir alle.

Pablo hatte sich zuerst mit Lou angefreundet. In der zweiten Stunde gab der Lehrer uns eine lustige Geschichte zu lesen: »Ein herrlicher Tag für Bananenfisch«. Pablo meldete sich und sprach in seinem rudimentären Englisch eine Viertelstunde lang von dem Autor, einem Typen, der nicht fotografiert werden wollte. Es stellte sich raus, dass er auch Louises Lieblingsautor war, so dass man sie und Pablo schon am dritten Tag zusammen sah, wie sie von Büchern und Filmen sprachen.

Aber auch ich freundete mich sehr mit Lou an. Mit mir redete sie nicht über ihre Lieblingsbücher, sondern über mein Viertel, meine Eltern, über meine neue Leidenschaft: das Fotografieren. Sie erzählte mir auch von ihrer Familie, von ihrer Chippewa-Mutter und ihrem Navajo-Vater: Beide waren in Indianer-Reservaten geboren worden und mit 17 Jahren zum Studium nach Santa Fe in New Mexico gegangen, wo sie sich kennengelernt und verliebt hatten. Ihr Vater war Fotograf und lebte in Chicago, seit er sich von ihrer Mutter getrennt hatte. Lou war in Springfield zur Welt gekommen, träumte aber davon, wie ihre Großeltern in einem Indianer-Reservat zu leben.

Einmal nahm sie mich mit in die Schulbibliothek und holte mehrere Bildbände hervor. In einem waren Fotos aus dem 19. Jahrhundert, auf denen die nordamerikanischen Indianer in ihren Reservaten zu sehen waren. Sie erinnerten mich an Fotos, die ich in Argentinien von Mapuche- und Quechua-Indianern gesehen hatte. Dann zeigte sie mir ein Buch von einem gewissen Walker Evans, der während der großen Wirtschaftsdepression in den 1930er Jahren die von der Armut betroffenen Menschen fotografiert hatte. Ich weiß nicht, warum, aber diese Fotos erinnerten mich an mein Viertel und machten mir Lust, es Evans gleichzutun: Mit meiner Kamera loszuziehen und die Leute in meiner Stadt zu porträtieren, die Ausgegrenzten, diejenigen, denen es ganz in der Nähe von meinem Zuhause nicht gut ging.

»Und welche gefällt dir diese Woche?«, fragte mich Ezequiel und warf ein Kissen nach mir. Ich brauchte ein paar Sekunden, bis ich eine Antwort fand:

»Ich fand die fünf Cheerleader toll, die die Jaguars angefeuert haben.«

II

Flanders Familie bestand aus seiner Frau Josephine, die alle Jo nannten, den Zwillingen Jim und Trevor Jr. sowie Flanders selbst, auch bekannt als Trevor White. Sie hatten uns das Zimmer ihrer Kinder gegeben, weil es größer war als das Gästezimmer, und noch ein zusätzliches Bett aufgestellt. Pablo schlief in dem Einzelbett, Ezequiel unten und ich oben in dem Stockbett. Das Zimmer war vollgestopft mit dem Spielzeug der Zwillinge. Sie hatten ein paar Hot-Wheels-Bahnen, wie ich sie in Buenos Aires noch nie gesehen hatte. Mehr als einmal spielten wir bis spät in die Nacht mit den Autos.

An den Wänden hingen Poster von *Die Monster AG* und von Max Steel, ein Wimpel von den Chicago Bulls, noch einer von den Bears und ein Baseballhandschuh. Sie hatten auch einen Computer, den sie uns benutzen ließen, obwohl wir normalerweise für die Schulaufgaben in einen zur Bibliothek gehörenden Raum gingen, in dem Computer für uns zur Verfügung standen. In der Schule wie auch im Haus der Whites hatten die Computer *Cyberpolizei*. Es war also nichts damit, unseren Spaß zu haben. Wenn wir sie nicht für irgendeine Hausarbeit für die Schule benutzten, lasen wir also nur die Fußballzeitschrift *Olé* oder schrieben E-Mails.

Ich hatte meiner Mutter gezeigt, wie man das E-Mail-Programm benutzt, und wir schrieben uns regelmäßig. Meine Mutter richtete mir immer Grüße von meinem Vater aus, aber er schrieb nie auch nur eine Zeile. Patricia schrieb mir auch manchmal. Da sie keinen Computer hatte, ging sie in ein Internetcafé und schickte mir eher kühle und informative Nachrichten (ich war beim Zahnarzt, ich ertrage die Mathelehrerin nicht, ich hab mir ein T-Shirt von La Renga gekauft). Ich antwortete ihr im selben Ton.

An diesem Morgen mussten wir wie jeden Sonntag früh aufstehen, um in die Kirche zu gehen. Als ich das meiner Mutter in einer E-Mail erzählte, traf sie fast der

Schlag und sie wollte mich nach Hause zurückholen lassen. Sie dachte, ich sei einer Sekte in die Hände gefallen. Zum Glück konnte mein Onkel sie beruhigen. Die Whites gehören keiner Sekte an. Sie sind Baptisten. Genauer gesagt, sie gehören zur *Southern Baptist Convention.*

»Aha, ihr seid Protestanten«, sagte Pablo.

»Nein«, erklärte Trevor, »uns Baptisten gab es schon, lange bevor Luther gegen Rom rebelliert hat. Tatsächlich haben die Protestanten uns verfolgt und umgebracht.«

»Aber glaubt ihr an Jesus oder nicht?«, fragte ich.

»Wir glauben an das, was die Bibel sagt, an das, was Gott sagt. Wenn die Bibel sagt, dass etwas passiert ist, dann ist es wirklich passiert. Jedes Wunder, jedes Ereignis in jedem der 66 Bücher des Alten und des Neuen Testaments ist wahr und glaubwürdig«, erklärte Jo.

All das erläuterten sie uns sofort nach unserer Ankunft. Sie fragten uns, welcher Glaubensrichtung wir angehörten, und wir sagten ihnen die Wahrheit. Dass wir katholisch seien, aber nicht in die Kirche gingen. Zumindest sagte ich das, doch Pablo korrigierte mich:

»Ich bin Agnostiker.«

Einerseits waren sie enttäuscht, aber andererseits, glaube ich, weckte es eine gewisse Hoffnung in ihnen: uns in acht Wochen zum Wort des Herrn zu bekehren. Die Zeugen Jehovas haben weniger Zeit, wenn sie bei einem an die Tür klopfen, und oft genug schaffen sie es, jemanden zu überzeugen.

Sie erklärten uns, dass in ihrem Haus kein Alkohol getrunken werde, keine Schimpfwörter gebraucht werden (»nicht auf Englisch und auch in keiner anderen

Sprache«, ließ Jo uns wissen, die auf der Highschool Spanisch gelernt hatte), es werde nicht geflucht, keine Rockmusik gehört, das Essen werde gesegnet und sonntags ginge man in die Kirche und in die Sonntagsschule.

Sowohl Trevor Jr. als auch Jim waren mit ihren sieben Jahren potentielle künftige Prediger. Sie waren es, die uns beim ersten Mittagessen das Brot wieder auf den Tisch legen ließen, weil das Gebet noch nicht gesprochen war. Dann schlossen alle die Augen und falteten die Hände. Jim öffnete ein Auge und machte uns ein Zeichen, dass wir es ihm nachtun sollten. Wir zögerten, blickten uns an und pressten schließlich die Hände zusammen und schlossen die Augen.

»Herr«, sagte Trevor Vater, »segne das Essen, das du uns gegeben hast, und erleuchte mit deinem Wort unsere Freunde, die heute Tisch und Brot mit uns teilen.«

»Amen«, sagten die übrigen drei Whites und mit einer Sekunde Verzögerung auch wir:

»Amen.«

III

Am ersten Sonntag kamen wir aus dem Zimmer, bereit zum Frühstücken und begierig darauf, all das kennenzulernen, was wir von Springfield und Umgebung noch nicht kannten. Die Whites waren besonders förmlich gekleidet. Sie blickten uns mit einer gewissen Missbilligung an.

»Wollt ihr so gehen?«, fragte Jo uns.

Was stimmte nicht mit unseren Bermudas, unseren Basketballshirts, unseren Skater-Sneakers und unseren Kappen von Boca, Independiente und River?

»Das ist nicht gerade die passende Kleidung für die Kirche«, sagte Trevor.

»Und auch nicht für die Sonntagsschule«, sagte Trevor Jr.

Da lag ganz zweifellos ein großes Missverständnis vor. Wir würden nicht in den Gottesdienst, zur Predigt oder wie auch immer sie das nannten gehen. Erst recht nicht in eine Sonntagsschule. Mit der George Maharis von Montag bis Freitag hatten wir genug. Mit den Fahrrädern, die die Whites uns selbst zur Verfügung gestellt hatten, wollten wir Springfield bis in den letzten Winkel erkunden.

Selten habe ich so enttäuschte Gesichter gesehen wie diese vier. Ich hätte mich besser gefühlt, wenn ich eine alte Dame geohrfeigt hätte. Schließlich hatten sie uns bei sich zu Hause aufgenommen, uns das Zimmer ihrer Kinder gegeben, ihren Computer, ihre Fahrräder, Jo bereitete jeden Morgen zum Frühstück köstliche Spiegeleier mit Speck zu, mittags wundervolle Backhähnchen, und immer gab es irgendeinen frisch gebackenen Kuchen oder Gebäck, wenn wir nachmittags heimkamen. Trevor fuhr uns mit dem Auto, wohin immer wir wollten, als wäre er unser Vater. Besser als jeder unserer drei eigenen Väter. Und wir waren so undankbar, so schlechte Menschen, dass wir nicht mit ihnen in die Kirche gingen. Pablo flüsterte mir ins Ohr:

»Ich habe gehört, dass Sylvia sonntags zu den Baptisten geht.« Es war die Woche, in der mir Sylvia gefiel. Damit stand mein Entschluss fest. Ich brauchte meine Freunde nicht zu überzeugen, sie nicht einmal zu fragen, bevor ich sagte:

»Wir ziehen uns um und gehen mit in die Kirche.«

Glücklicherweise bestanden sie nicht darauf, dass wir in die baptistische Sonntagsschule gingen. Nur die Zwillinge schnitten das Thema noch einmal an. Ich ging ganz nah an Jim heran und flüsterte ihm zu:

»Wenn du oder dein Bruder noch einmal mit der Sonntagsschule nerven, hängen wir euch an den höchsten Baum von Springfield.«

Die Drohung funktionierte, denn sie kamen nicht mehr darauf zurück.

So gingen wir also von diesem Sonntag an immer in den Gottesdienst, in unseren anständigsten Klamotten, die nicht gerade viel hergaben. Doch Jo schenkte uns schöne blaue Hemden, die an die Uniformen einiger Schulen in Buenos Aires erinnerten.

Ah, und in der Kirche sahen wir Sylvia nie. Später erfuhren wir, dass sie keine Baptistin war, sondern Siebenten-Tags-Adventistin.

IV

An diesem Sonntag standen wir also auf und gingen in die Küche, wo Jo den Tisch mit Eiern, Speck, Orangensaft, Cornflakes, Toast, Erdnussbutter und Kaffee gedeckt hatte. Wenn ich wieder zu Hause in Buenos Aires irgendwas vermissen würde, dann das Frühstück. Kein Vergleich mit dem kargen Milchkaffee mit Kräckern, die es bei mir gab.

»Ich sehe, meine kleinen Männer sind schon fertig«, sagte Jo.

In die Kirche fuhren wir mit zwei Autos. Trevor nahm

uns mit und Jo ihre Zwillinge. Der Pastor, Reverend Robert, kannte uns schon und gab uns am Ende des Gottesdienstes die Hand.

Dieser Sonntag war anders als die vorherigen. Es lag eine besondere Spannung in der Luft, zu Hause und auch später im Gotteshaus, wenn auch niemand etwas zu den Ereignissen vom Vortag sagte (es sei denn, der Pastor hatte das auf subtile Weise in der Predigt getan, als er von der Apokalypse nach dem heiligen Johannes sprach). Weder in Springfield noch irgendwo sonst war es normal, dass ein Highschool-Lehrer im Schulgebäude ermordet wurde, doch alle schienen bereit, so zu tun, als wäre nichts Besonderes passiert.

»Herr, segne unser Essen und gib uns die Kraft, Übel und Bösartigkeit zu ertragen, Zweifel und Angst, Lüge und Verunglimpfung«, sagte Jo vor dem Mittagessen; ich glaube, sie dachte sehr wohl an das Verbrechen an dem Lehrer.

Ich hatte den Jungs nichts von meinem merkwürdigen Zusammentreffen mit Edwidge am Abend zuvor erzählt. Schon gar nicht, als wir mit Flanders im Auto zurückfuhren, und auch nicht, als wir wieder zu Hause waren, aus Angst, die Whites (irgendeiner von ihnen) könnte uns hören. Und nun, mit einem gewissen Abstand, schien alles noch unwirklicher.

Nach dem Essen gingen wir ohne die Fahrräder raus und zum Jaycee Park. Pablo – der Trevor Jr. hatte überreden können, ihm sein Skateboard zu leihen – wollte zu Skank Skates zum Üben gehen, aber wir überredeten ihn, mit in den Park zu kommen. Im Jaycee Park gab es alles: Spielplätze für die Kleinen, einen Basketballplatz und genug Grünfläche, um ein kleines Fußballmatch zu spielen – was leider niemand tat.

Pablo fuhr auf seinem Skateboard und hielt sich im Grunde seines Herzens für einen der Rocket Powers. Ich hatte meinen Fotoapparat dabei. Wir verließen die Madison Avenue und bogen in die Clear Lake Avenue.

»Es gibt da was, das hab ich euch noch nicht erzählt«, sagte ich. Pablo sprang von seinem Skateboard und wartete auf uns. Sie sahen mich ein bisschen misstrauisch an. Als gingen sie davon aus, dass ich in den letzten Stunden irgendeinen Blödsinn gemacht hatte.

»Gestern«, fuhr ich fort, »während die Jaguars nach und nach verletzt ausfielen, bin ich aus dem Stadion gegangen.«

»Das weiß ich noch. Du bist Edwidge suchen gegangen.«

»Ja, ich bin rausgegangen und bis zur Schule. Als ich kurz vor dem Gebäude war, glaubte ich einen Schatten zu sehen, der sich bewegte. Es war Edwidge.«

»Zum Glück hat der Mond geschienen. Sonst wär's ja nicht so leicht ...«

»Sie ist losgerannt und ich hinterher. Ich hab sie auf dem Parkplatz eingeholt.«

»Die ist scharf auf dich«, war Ezequiels Beitrag, er war ein wenig enttäuscht, weil er es war, der scharf auf sie war.

»Schön wär's. Ich hab sie gefragt, was sie da macht, und sie hat gesagt ...«

»Voodoo!«, schrien die beiden wie aus einem Mund. Mir verschlug es ebenso die Sprache, wie als Edwidge dasselbe Wort gesagt hatte.

»Das habt ihr gewusst?«

»Edwidge ist aus Haiti. Was soll sie schon machen? Orientalischen Tanz?«

»Den Tanz der sieben Schleier. Den, wo sie einen Schleier nach dem anderen wegnehmen, bis sie ganz entblättert dastehen«, fügte Ezequiel hinzu.

Sie sind meine Freunde, aber ich muss zugeben, dass sie ziemliche Schwachköpfe sind.

»Seid ihr blöd oder was? Was hat, dass sie aus Haiti ist, damit zu tun, eine ganze Basketballmannschaft zu verletzen?«

»Ariel, niemand hat irgendwen verletzt. Bis auf den Brutalo von Alexandros, der Dylan einen Ellbogenstoß versetzt hat, der ihm fast was rausoperiert hätte. Reine Suggestion. Edwidge hat im Speisesaal damit gedroht, Voodoo mit den Jaguars zu machen. Das hat sie laut zu allen gesagt, um sie zu erschrecken. Und zwar als der Volltrottel Bob gesagt hat, es sei jammerschade, dass die Sklaverei abgeschafft worden ist.«

»Das war, weil Ji-Sung seine Cola über ihn geschüttet hatte.«

Pablo und Ezequiel beharrten darauf, dass alle, ich eingeschlossen, Edwidges Drohung mitangehört hätten. Ich weiß nicht, woran ich in diesem Moment wohl gedacht habe, denn ich erinnerte mich nicht an ein Wort von ihr dazu.

»Nehmen wir mal an, es ist, wie ihr sagt. Ich hab sie jedenfalls aus dem Gebäude kommen sehen, in dem der tote Chemielehrer gefunden wurde.«

»Edwidge praktiziert also nicht nur Voodoo, sie bringt auch noch Lehrer um, bei denen wir nicht mal Unterricht haben. Das ist wirklich übel. Und die nette Geste, ein Coca-Cola-Etikett auf ihn draufzukleben, ist typisch Voodoo. Voodoo-Cola.«

Ich hielt den Mund und sah auf die Avenue und die

sauberen Straßen, die mich an das Stadtzentrum von Mendoza oder Bahía Blanca erinnerten. Ich blieb ein paar Sekunden stehen, machte ein Foto von der Straßenecke Clear Lake Avenue und South Wheeler. Dann ging ich weiter.

V

Sonntags füllt sich der Jaycee Park mit Familien und Gruppen von Typen wie uns. Während Pablo einen Trick mit dem Skateboard versuchte, gingen Ezequiel und ich zum Basketballplatz. Überraschung, Überraschung. Da spielten ein paar von den Jaguars mit anderen Lulatschen, die wir nicht kannten. Markus sah uns und hob grüßend die Hand. Dylan und Wes, einer der Flügelspieler des Teams, schienen sich von den Schmerzen vom Vortag erholt zu haben. Wir gingen näher und guckten zu. Sie spielten gut, kein Zweifel.

Irgendwann kamen Sylvia, Lorrie und Djuna vorbei. Sie grüßten uns kaum und liefen weiter. Wir gingen zum südlichen Teil des Parks, zu der Schneise, die zur Cook Street führte. Dort sahen wir einen Menschenpulk. Als wir näher kamen, entdeckten wir, dass mitten in diesem Tumult Pablo steckte, und dass er – wer hätte das gedacht – mit Dirty Harry, Sideshow Bob und den Australiern Mark und Mike stritt. Bob brüllte ihn aus einem halben Zentimeter Entfernung von seinem Gesicht an.

»Du Volldepp, willst du, dass ich dir die Fresse einschlage?«

Pablo behielt ihn von seinen zehn Zentimetern weiter unten fest im Blick und antwortete in versöhnlichem Tonfall.

»Ich hab dir doch gesagt, das war keine Absicht, ich hab mich entschuldigt. Ich bin hingefallen. Was soll ich denn da deiner Meinung nach tun?« – und in unserer Sprache fügte er hinzu: »Was für ein Arschloch!«

Natürlich konnte keiner der vier genug Spanisch, um zu verstehen, was Pablo gesagt hatte, aber eine Stimme hinter ihnen sorgte für Aufklärung:

»Der hat Arschloch zu dir gesagt«, eigentlich übersetzte er es ins Englische, mit *asshole*. Den Typ müsste mein Onkel zum Übersetzen der Fangesänge einstellen. Wer da das Lästermaul gab, war Cuautie, der gleichzeitig mit uns bei dem Gemenge angekommen war. Sein richtiger Name war Cuauhtémoc und er war der Enkel von Mexikanern, die seit Jahrzehnten in Springfield lebten. Die wenigen Male, die er mit uns gesprochen hatte, hatte er nie Spanisch geredet, weshalb ich dachte, er habe die Sprache seiner Großeltern nie gelernt. Nicht nur, dass er sie nicht nie gelernt hatte, er verstand sogar unsere typisch argentinischen Wendungen.

Harry boxte Pablo richtig dreckig in den Magen, der krümmte sich auf dem Boden zusammen, und bevor sie anfingen, auf ihn einzutreten, stürzten Ezequiel und ich uns auf sie. Bob und Equi gingen zu Boden, während Mark mir einen Fausthieb in die Nieren versetzte, der mich Sterne sehen ließ. Pablo versuchte sich in dem Moment aufzurappeln, in dem Mike ihm das Knie seitlich in den Oberschenkel rammte, was ihn wieder zu Boden warf. Die Leute sahen uns zu und mischten sich nicht ein. Besser gesagt, einige mischten sich ein und schlugen uns. Sogar Cuautie traute sich, ein bisschen auf uns einzudreschen. Die Hiebe prasselten von allen Seiten auf uns ein, und ein hinterhältiger Schuft nutzte die Gelegenheit, um nach meinem Fotoapparat zu grapschen. Aber er würde mich töten müssen, wenn er mich von meiner Nikon trennen wollte. Ich klammerte mich mit aller Kraft an sie, während zwei oder eine Million anderer Typen auf mich einprügelten.

Unter normalen Umständen waren vier oder fünf gegen drei, wenn wir Equi auf unserer Seite hatten, ein ausgewogener Kampf, aber bei so vielen auf einmal bekamen wir eine Tracht Prügel von der Sorte, bei denen die Anzahl der Schläge später in der Autopsie nachgezählt werden. Zum Glück für uns tauchten aus dem Nichts Vincenzo, Ji-Sung, Viggo und Alexandros auf. Neben den verschiedensten Hieben und Schlägen schimpfte jeder in seiner Sprache. Ein richtiges Spektakel für alle, die uns zusahen. Es war eine wahre Feldschlacht, die wohl nicht länger als zwei Minuten dauerte, denn dann kamen auch Dylan, Markus und Wes und gingen dazwischen. Markus packte sich gleich vier von uns und schleuderte uns zur Seite: die Einheimischen nach links; die Ausländer nach rechts.

»Haut ab«, rief Dylan uns zu.

Ich war sauer, weil ich dachte, Dylan wollte uns die Schuld geben und sich auf deren Seite stellen.

Pablo umklammerte das Skateboard genauso wie ich die Kamera. Wir stellten sicher, dass uns nicht ein Zahn fehlte, und liefen Richtung Cook Street. Beim Überqueren der Straße schlugen wir mit den Jungs ein, die uns zu Hilfe gekommen waren: Faust von oben, Faust von unten und Faust von vorn, unser Freundschaftsgruß.

Einen Typ, der mit einem dieser Cowboyhüte vorbeikam, von denen ich geglaubt hatte, man sehe sie nur in Filmen, bat ich, mit meiner Kamera ein Foto von uns zu schießen. Anschließend sahen wir es uns auf dem Display an. Da waren wir alle sieben: Pablo mit zerschlagenem Gesicht, Ezequiel mit zu Berge stehenden Haaren, Ji-Sung mit einem breiten Grinsen, Vincenzo mit der Miene eines bösen Zwergs, der Rotschopf Viggo und sein T-Shirt von *Rage against the machine*, Alexandros im Trikot der griechischen Nationalmannschaft und ich mit meiner Kappe von Boca. Sieben Typen aus allen Teilen der Welt, zusammengekommen in einer für alle fremden Stadt, um sich gegen die Angriffe zu verteidigen und zusammen Spaß zu haben. Und zu Freunden zu werden.

VI

»Was haltet ihr davon, zur Schule zu gehen?«, schlug Viggo vor.

»An einem Sonntagnachmittag?« Ezequiel war nicht willens, seiner Schulphobie zu entsagen.

»Die Mädchen trainieren.« Viggo hatte gewöhnlich diese Art von Informationen über unsere Mitschülerinnen. »Fußball.«

»Ich hätte nie gedacht, dass ich irgendwann mal die Frauen beneiden würde.«

Wie Viggo und Vincenzo uns erzählten, nutzten die Mädchen den Sonntag, weil da kein American Football trainiert wurde und sie den großen Platz für sich hatten. Sie bereiteten sich auf das Spiel am nächsten Samstag gegen die Einheimischen vor. Es war das Gegenstück zum Basketballspiel vom Vortag, aber in weiblicher Ausführung.

Sie machten gerade ein Probespiel, als wir ankamen: die Stammspielerinnen gegen einige Ersatzspielerinnen, plus andere Mädchen, die zum Aushelfen gekommen waren. Ein kleines Match, naja. Wir sieben Jungs setzten uns auf eine Holztribüne. Alexandros kommentierte das Spiel der Mädchen sofort:

»Sie rennen viel, spielen aber wenig.«

»Was machen die denn da?«, fragte Ezequiel entrüstet. »Die schauen zu den Außenverteidigerinnen, rücken mit dem Ball bis in die Mitte vor und spielen dann den Mittelfeldspielerinnen zu. Die Verteidigerinnen fallen zurück. Die Mittelfeldspielerinnen rücken zehn Meter vor und spielen zu den Stürmerinnen. Die Mittelfeldspielerinnen fallen zurück. Und schaut mal: Die Stürmerinnen bleiben vorn und warten, dass ihnen der Ball zugespielt wird.«

Ezequiel hielt es nicht länger aus. Er sprang von der Tribüne, lief zum Spielfeld und begann den Mädchen zuzuschreien.

»Cornelia, lauf, lauf mit dem Ball weiter. Taslima, wenn Cornelia vorläuft, machst du ihre Seite dicht. Entlaste sie, Süße. Lass mal sehen die Neun. Nummer Neun«, schrie er Almudena zu, »wenn du siehst, dass der Ball nicht bis zu dir kommt, dann geh ihn holen, Mädchen.«

Er hörte sich an wie der Bambino Veira. Es fehlte nur noch, dass er »Schönheit, ich möchte Schönheit« rief.

Die Mädchen hörten zu spielen auf. Und gingen in die Mitte des Spielfelds. Ich dachte: »Equi ist wirklich scharf darauf, sich bei den Mädchen unbeliebt zu machen.« Es war einfach so, der Ärmste hielt es nicht aus, ein Fußballspiel anzugucken, ohne mitmischen zu können. Die Mädchen diskutierten untereinander. Im Block gingen sie auf Equi zu. Jetzt fehlte nur noch, dass auch sie uns verprügelten.

»Ezequiel«, sagte Cornelia. »Wir wollen dich um etwas bitten. Wir möchten, dass du unser Trainer wirst und uns sagst, wie wir Fußball spielen sollen.«

»Ídolo!«, schrie ich ihm auf Spanisch zu und alle verstanden es. Wir Jungs applaudierten. Equi sah uns mit demselben Lächeln an, das er aufsetzen würde, wenn Britney Spears ihn zum Essen einladen würde. Er drehte sich zu den Mädchen um und sagte mit seiner männlichsten Stimme:

»In Ordnung, ich akzeptiere. Alles zum Wohl der Monkeys. Meine erste Anweisung ist folgende ...«

»Trikottausch!«, schrie Viggo. Equi drehte sich zu uns um, doch diesmal war sein Blick hasserfüllt.

»Meine erste Anweisung ist folgende: Wir werden nicht Fussball spielen, wir werden den Ball spielen.«

Easy Rider

I

Das Schuljahr in der George Maharis Highschool ging von September bis Juni. Als wir in die »Integrations«-Kurse kamen, waren die Einheimischen schon in ihrem zweiten Halbjahr. Bei Alexandros, Ji-Sung, Almudena und Taslima war es ebenso. Es war kein Jahr der großen Integration gewesen. Als wir kamen, war dieses Ziel schon über Bord gegangen.

Kurz nach Beginn des Schuljahrs hatten sich die Ausländer alle zusammen an einen Tisch im Speisesaal gesetzt und kaum einer redete mit ihnen. Niemand lud sie zu den Partys ein, sie machten keinen Sport mit den anderen, und eine erste Staffel ausländischer Austauschschüler, die zwei oder drei Monate geblieben waren, war schon ohne Glanz und Gloria abgezogen. Von Integration keine Rede.

Die Situation hatte sich mit Taslima und einem Iraner namens Arash verschärft. Sie wurden die »Schiiten« oder die »Iraker« genannt.

»Ausgerechnet Arash«, sagte Alexandros, »seine Eltern haben den Iran in der Zeit von Khomeini verlassen. Er hat von klein an in Abu Dhabi gelebt, der Hauptstadt der Arabischen Emirate, wo es mehr Einkaufszentren gibt als in den USA.«

Taslimas Fall war noch extremer: Sie war in Bangladesch zur Welt gekommen, aber die muslimischen Fundamentalisten hatten einen Preis auf den Kopf ihrer

Mutter ausgesetzt, einer Schriftstellerin, glaube ich, und sie waren nach Stockholm gezogen.

»Jedenfalls«, sagte Almudena, während wir bei Taco Bell am Stevenson Drive mexikanische Tacos aßen, »haben wir wegen der beiden ... wie sagt man das auf Englisch? ... ganz schön Trouble gehabt.«

»Bis ihr gekommen seid und alles noch mehr versaut habt«, sagte Ji-Sung anklagend zu Viggo, Vincenzo und zu uns. »Was soll das eigentlich, sie herauszufordern, Matchs gegen sie zu spielen, mit ihren Mädchen rumzumachen?«

Viggo war der Erste, der mit einem der Mädchen ausgegangen war, mit Djuna. Damit gewann er die Bewunderung aller. Für Djuna hingegen bedeuteten die Dates mit Viggo, vom zweiten Platz der beliebtesten Mädchen der Schule auf den achten zurückzufallen. Nach einiger Zeit machten sie Schluss, Djuna ging mit einem der Australier und stieg auf den vierten Platz der Beliebtheitsskala. Ich verstand nie so ganz, wie das funktionierte. Es ging nicht darum, die Schönste zu sein, sondern es war ein mysteriöses Zusammenspiel von Kleidung, momentanem Boyfriend, früheren Boyfriends, Freundschaften (mit anderen beliebten Schülern, ein richtiger Teufelskreis), dem Ruf als gute Cheerleaderin (die Anführerin sank nie unter den dritten Platz der Popularität), das auch die besondere Qualität einschloss, alle zu ignorieren, die einem über den Weg liefen. Für Mädchen wie Sylvia oder Lorrie waren wir unsichtbar. Deshalb erntete Viggo solche Bewunderung.

Und es war der Italiener Vincenzo, der vorschlug, Sportmannschaften zu bilden und gegen die Einheimischen zu spielen. Eigentlich wollte er eine Fußballmannschaft gründen, aber die Amis nahmen die Herausforderung nicht an. Deshalb gründeten wir das Basketballteam. Die Mädchen hatten mehr Glück: Sie durften Fußball spielen.

Viggo und Vincenzo hatten alles angefangen, aber wir drei folgten ihnen dicht auf den Fersen.

»Bis jetzt haben sie uns ignoriert oder verbal attackiert. Wegen euch«, Almudena zeigte der Reihe nach auf jeden von uns, »werden sie uns an einem Baum aufknüpfen.«

II

Am Montag nach dem Mord an dem Chemielehrer wurde der Unterricht wegen Trauer abgesagt, wenn auch die Bibliothek und die Lesesäle für die Schüler geöffnet blieben, die kommen wollten. Ein Schild am Eingang informierte über den Ort der Trauerfeier, unter der Ankündigung war ein lächelndes Foto des Lehrers. Er war fast kahl.

Wir zogen wie die anderen Schüler aus den Klassenräumen zum Sportplatz und in den Speisesaal. Abgesehen von dem betretenen Tonfall der Lehrer, die uns über den Weg liefen, war die Stimmung wie an einem Feiertag.

Eins hatte mich vom ersten Tag an, als wir in die Schule kamen, erstaunt: die unglaubliche Freiheit, mit der sich die Schüler bewegten. Sie gingen zum Unterricht, doch zwischen den Stunden liefen sie in den Speisesaal oder zum Sportplatz, zum Rein- und Rausgehen unterschrieben sie lediglich auf einer Liste. Niemand ging in die Schule wie an einen Ort, wo man fünf oder sechs Stunden sein und langweilige Fächer belegen muss. Die Schüler von der George Maharis verbrachten einen großen Teil des Tages in den Schulgebäuden. Die Unterrichtsstunden nahmen nur ein Drittel dieses Tages in Anspruch. Den Rest verbrachten sie auf dem Campus und in den Clubs. Es gab alle möglichen Clubs: den Wissenschaftsclub, den Literaturclub, einen für Fotografie, Umweltschutz, Bürgerrechte, Lokalgeschichte, Journalismus, Kino, Kochen, Tourismus und sogar einen Betclub. Bis auf den Club für die Geschichte von Springfield – den Dirty Harry und Sideshow Bob belegten – gab es in allen anderen irgendeinen ausländischen Schüler. Ich ging in den für Fotografie, Pablo in den für Literatur und Ezequiel in einen über Frauenrechte. Es war nicht die juristische Doktrin, die ihn an diesem Club interessierte.

Ich fragte mich, wann die Schüler von Springfield lernten, weil sie nie aufgeregt wegen einer Prüfung oder einer Übung zu sein schienen. Und trotzdem hatten alle ziemlich gute Noten und ihr größtes Interesse war, Punkte für Stipendien zu sammeln oder Auszeichnungen zu gewinnen und an die Universität zu kommen, was erst zwei oder drei Jahre später der Fall sein würde. Sie genossen die Schule, die Gänge, ihre persönlichen Spinde, die Gärten am Eingang, die riesigen Sportplätze, die beiden Speisesäle und eine Unmenge Klassenzimmer, in denen die Schüler das Sagen zu haben schienen. Auf dem Campus trainierten sie auch außerhalb der Schulzeit, die Cheerleader probten, und Faulpelze wie ich fläzten sich auf den Rasen und guckten zu. Wenn ich mir eine ideale Schule erträumen sollte, wäre die George Maharis ziemlich nah dran an diesem Traum.

III

Ezequiel nahm seinen Job als Trainer ernst und nutzte den unterrichtsfreien Tag, um das Monkeys-Frauenteam zu trainieren. Pablo ging in die Bibliothek, um nach ich weiß nicht welchem Buch von ein paar französischen Dichtern zu suchen (ein bisschen absurd, wo wir doch in den USA waren), und ich drehte weiter meine Runden durch die Schule, um zu sehen, ob ich Lou irgendwo traf, aber sie tauchte nicht auf. Sicher würde sie gleich in die Bibliothek gehen, wie Pablo.

Ich ging mit Ji-Sung und Vincenzo in den Speisesaal. Wir kauften uns ein paar Erfrischungsgetränke. In unserer Nähe saßen Sylvia und Lorrie, festlich angezogen. Neben ihnen mit ihrer stets tadellosen Kleidung und ihren ebenso teuren wie stinkigen Parfüms kam man sich unweigerlich gewöhnlich und schmutzig vor. Es war nur logisch, dass Lou sich mit Edwidge oder mit Cornelia wohler fühlte als mit ihnen.

Mit Vincenzo und Ji-Sung quatschten wir über belangloses Zeug. Ji-Sung erklärte uns die Regeln für Lacrosse, er hatte es in North Dakota spielen gelernt, wo sein Vater Kulturattaché in einem Büro der koreanischen Botschaft gewesen war. Vincenzo erzählte, dass er aus Pozzuoli kam, einer Stadt nicht weit von Neapel. Noch ein Fan von Maradona. Ich erzählte ihnen, wie Ezequiel, Pablo und ich den ersten Ball gerettet hatten, mit dem Diego gespielt hatte. Sie hörten sich die ganze Geschichte sehr interessiert an, und als ich fertig war, sagten sie mir, ich könne gut Geschichten erzählen. Ich hatte den Eindruck, sie glaubten mir nicht.

IV

Kurz vor Mittag schlug ich ihnen vor, das Training der Monkeys angucken zu gehen. Jeder Vorschlag, der damit zu tun hatte, die Mädchen zu sehen, war stets willkommen.

Ezequiel stand inmitten der Spielerinnen und zeigte ihnen Übungen, wie man den Ball zurückgewann, mit kurzen Pässen. Er korrigierte, gab Ratschläge, feuerte an, befahl. Ein echter Trainer.

Am Tag zuvor war Edwidge nicht bei den Mädchen gewesen, was nicht so seltsam war, wenn man bedenkt, dass Sonntag gewesen war. Dass sie hingegen an diesem Montag nicht da war, war schon eher auffallend. Es war offensichtlich, dass sie nicht in die Schule gekommen war.

Nach einer Weile kam Pablo mit Lou, die von den Mädchen unseres Teams ausgepfiffen wurde, weil sie bei den Jaguars spielte. Lou zeigte ihnen den Mittelfinger, und Almudena und Taslima grüßten auf dieselbe Art zurück. Sie mochten sich.

Ich sah einen beunruhigten Ausdruck auf Lous Gesicht. Ich folgte ihrem Blick und sah zwei Typen in Anzug und Krawatte, die zu einer Gruppe von Schülern auf dem Baseballplatz gegangen waren. Die Jungs zeigten zu uns. Lous Augen sahen aus wie die einer Katze. Aufmerksam und ängstlich zugleich. Die Typen kamen auf uns zu. Einer war alt, sehr mager und faltig. Der andere hatte dunklere Haut und trug eine Sonnenbrille. Beide gingen langsam, als machten sie einen Spaziergang. »Bullen«, flüsterte Lou. Sie kamen näher und fragten nach mir. Sie zeigten mir ihre Erkennungsmarken, von denen ich nur den Glanz sah, und baten mich, ein paar Meter mit ihnen zu gehen, weil sie mir ein paar Fragen stellen wollten.

Unter den Blicken aller gingen wir bis zu ein paar Bäumen. Der Alte stellte sich als Detective Joe Briscoe vor. Der andere sagte nichts. Briscoe fragte mich, ob ich perfekt Englisch verstünde.

»Perfekt nicht. Aber genug, um mich unterhalten zu können.«

»Gut. Du hast gestern das Basketballspiel im Stadion gesehen.«

Ich verstand nicht, ob das eine Frage oder eine Feststellung war, also nickte ich zustimmend mit dem Kopf.

»Aber irgendwann bist du rausgegangen. Was hast du gemacht?«

»Ich bin raus, spazieren, weil mir langweilig war.«

»Wo bist du langgegangen?«

»Über den Sportplatz.«

»Nirgendwo sonst?«

»Ich glaube, ich bin Richtung Parkplatz gegangen.«

»Bist du zu den Klassenräumen gegangen?«

»Ich bin über den Platz in die Richtung gegangen, bin aber nicht bis dorthin gekommen.«

»Warst du die ganze Zeit allein?«

Was sollte ich antworten? Sollte ich Edwidge ins Spiel bringen oder nicht? Wenn sie wussten, dass ich außerhalb des Stadions gewesen war, war nur logisch, dass sie auch wussten, dass Edwidge dort rumgelaufen war.

»Ich habe eine Freundin getroffen, Edwidge.«

Der alte Polizist, der die Fragen stellte, während der andere mich mit einem herablassenden Lächeln betrachtete, blickte auf ein paar Notizen, als käme ihm der Name Edwidge irgendwie bekannt vor.

»Wo habt ihr euch getroffen?«

»Auf dem Parkplatz.«

»Ein seltsamer Ort, um sich zu treffen.«

»So würde ich das nicht sagen. Es ist ein guter Ort zum Knutschen.«

»Ihr habt euch also, sagen wir mal so, getroffen, um miteinander intim zu werden?«

»Ja.«

»Und woher ist sie gekommen?«

»Ich glaube, sie hat mir gesagt, sie käme von der Toilette.«

»Hat sie dir das gesagt oder hast du sie kommen sehen?«

»Ich habe die Sterne angeschaut.«

Der alte Polizist sah den anderen an, der mir freundschaftlich auf die Schulter klopfte und mich auf Spanisch ansprach.

»Komm schon, *hermano*, du solltest besser alles sagen. Du weißt ja, in diesem Land ist es ein Verbrechen, nicht mit der Justiz zusammenzuarbeiten und sie zu behindern.«

Ich antwortete ihm auf Englisch:

»Ich steuere das bei, was ich weiß.«

Der Dunkle lächelte nun nicht mehr, aber er redete weiter Spanisch mit mir:

»Wenn du deine kleine Freundin verteidigst, kannst du im Gefängnis landen, wie sie. Und für einen Mord zahlt man hier teuer. Sieh mal, *hermano*, arbeite mit mir zusammen und du gehst wieder zu deinen Freunden. Du und ich, wir verstehen uns, wir sind Latinos.«

Vielleicht rutschte es mir in hochnäsigem Ton heraus, etwas daneben, aber jedenfalls sagte ich auf Spanisch:

»Ich bin kein Latino, ich bin Lateinamerikaner.«

Sie baten mich, den Staat Illinois nicht zu verlassen, ohne mich abzumelden. Der Dunkle ließ mir seine Karte da, falls ich mich an etwas erinnern sollte oder mit ihm sprechen wollte. Er hieß Inspector Erik Malo. Dann auch noch dieser Nachname, böse, böse. Sie gingen, wie sie gekommen waren, mit demselben ruhigen Schritt deren, die den Tag genießen.

Die Jungs und Mädchen kamen zu mir. Das war auch besser so, denn ich konnte mich nicht bewegen, so schwach fühlten sich meine Beine an. Ich erzählte ihnen, dass sie wissen wollten, was ich am Samstagabend mit Edwidge gemacht hatte. Dass sie mir zu verstehen gegeben hatten, dass Edwidge verhaftet sei. Lou korrigierte mich.

»Verhaftet ist sie nicht. Heute Morgen habe ich bei ihr zu Hause angerufen, weil ich mit ihr in die Schule fahren wollte, und die Frau, bei der sie wohnt, hat mir gesagt, dass sie gestern weggegangen ist. Und dass sie gesagt hat, sie werde in ein paar Tagen wiederkommen.«

V

Klatsch ist eine universale Sprache. Er funktioniert ebenso gut auf den Bürgersteigen von Lanús wie an den hellerleuchteten Straßenecken von Springfield. Am nächsten Tag war die Gerüchteküche in der Schule also auf dem neuesten Stand:

Edwidge habe sich in den Lehrer verliebt und ihn deshalb ermordet.

Es sei eine alte Rastafari-Rache gewesen (Verwechslung von Haiti mit Jamaica).

Wir Ausländer steckten alle unter einer Decke und die Verbrechen würden sicher weitergehen.

Hatte man uns bislang mit Misstrauen beäugt, so wurde von diesem Moment an alles noch schwieriger. Es fehlte nur noch, dass man uns durch einen Metalldetektor laufen ließ (in dieser Schule gab es keinen) oder uns gleich hinauswarf, ein Vorschlag von Cuautie, der abgelehnt wurde, sogar mit Pfiffen.

»Mach dir keine Hoffnungen, Alter«, sagte Almudena auf Spanisch zu mir, »die wollen uns hier haben, um uns auf dem Scheiterhaufen verbrennen zu sehen.«

Sie übertrieb. In Wirklichkeit behandelten uns bis auf zwei oder drei Knalltüten die übrigen mit Gleichgültigkeit. Besser das, als dass sie uns wie Affen im Zoo angafften, wie es in meiner Schule der Fall wäre, wenn man sie mit Leuten aus der ganzen Welt füllen würde.

Trotz allem fand die Schule langsam zu ihrem normalen Rhythmus zurück. Am Mittwoch war die Nachricht vom ermordeten Lehrer nicht mehr wichtiger als das Spiel zwischen Jaguars und Monkeys am Samstag.

Meine Sorge um Edwidges Verbleib wurde von einem noch größeren Problem überschattet: die täglichen gemeinsamen Unternehmungen von Lou und Pablo. Wenn sie nicht gerade einen Film im Programmkino sahen (mit so wenig ansprechenden Titeln wie *Stranger than paradise*), war es eine Ausstellung in der Parkinson Galerie von einem Typ, der Graffiti sprühte. Am Mittwoch kam Pablo erst nach dem Abendessen zu den Whites zurück, also um acht, denn wir aßen um halb sieben. Flanders war sauer und schimpfte mit ihm. Das Unglaubliche war, dass ich mit Flanders' Schimpftiraden einverstanden war. Pablo setzte eine beflissene Miene auf und verschwand in unserem Zimmer. Er warf sich aufs Bett, und den Blick zur Decke gerichtet, sagte er zu Ezequiel und mir:

»Ich hab sie totgeküsst.«

Er war mein Freund, einer meiner zwei besten Freunde, aber in diesem Moment gab es ein oder zwei Sekunden, in denen ich ihn eigenhändig hätte umbringen können.

VI

Während Pablo Tag und Nacht mit Lou beschäftigt war, machte Ezequiel dasselbe mit einem ganzen Dutzend Mädchen. Sein Ding war auf einmal nicht mehr die Anziehungskraft der Frauen, sondern der Fußball. Er hatte seine Aufgabe sehr ernst genommen und trainierte sie nicht nur, er ließ auch nicht mit sich spaßen.

In den Wochen vor unserer Ankunft in Springfield hatten wir von der Möglichkeit geträumt, in die Mädchenumkleide vordringen zu können. Das hatten wir in einem Haufen Filme gesehen. Was konnte es Besseres dafür geben, als der Trainer zu sein?

»Wirst du die Trainingsanweisungen in der Kabine geben?«, fragte ich ihn. Und Vincenzo:

»Darf ich dein Assistent sein?«

»Ich kann ihnen die Strategie der griechischen Nationalmannschaft erklären, mit der wir die Europameisterschaften gewonnen haben.«

»Ja, alle hinten reinstellen und Charisteas betet zu Zeus.«

»Du sei besser still, Spaghetti, ihr habt doch den *catenaccio* erfunden.«

»Nur gut, dass wir euch bei den Weltmeisterschaften beide Male geschlagen haben, auch wenn ihr dann Weltmeister geworden seid.«

»Lasst uns beim Thema bleiben: Können wir sechs mit dir in die Mädchenumkleide kommen? Oder geh wenigstens du zuerst rein, installier eine Webcam und fertig.«

»Jungs, ich werde die Monkeys zum fußballerischen Erfolg führen. Nicht damit ihr Krämpfe in den Händen bekommt.«

Das Schlimmste war, dass er das ernst meinte. Gerade er, der ständig an die Mädchen gedacht hatte, die er in den USA aufreißen würde. Jetzt war er zu einem ehrwürdigen Gentleman geworden, dem Anführer einer Gruppe junger Schulmädchen, die man erziehen musste.

Und er hielt sie kurz. Beim Mittagessen kontrollierte er, was jede von ihnen aß. Ausgeglichene Ernährung, ausgeglichene Ernährung, wiederholte er immer wieder. Abends nach dem Essen setzte er sich ans Telefon der Whites und begann mit der Liste in der Hand jede Einzelne der Spielerinnen anzurufen. Als Vorwand gab er ihnen irgendeine technische Anweisung im letzten Moment, aber eigentlich kontrollierte er, dass sie alle früh zu Hause waren. Nicht mal Bilardo war so streng.

Ein paar Tage lang fühlte ich mich ein bisschen einsam. Auch wenn das ungerecht ist, denn der Grieche, der Norweger, der Italiener und der Koreaner hielten, ohne es zu wissen, zu mir. Wir zogen durch Springfield und ich machte Fotos von den Örtlichkeiten, den Leuten, von ihnen. Wir ließen nur das Haus von Abraham Lincoln aus, das wir schon mit der Schule und mit Flanders besucht hatten, der uns außerdem noch einmal dorthin mitnehmen wollte, damit uns auch nicht das kleinste Detail im Museum für den Helden der Sklavenbefreiung entging. Seither war Lincoln für uns nicht mehr Lincoln, sondern Jebediah Springfield.

Einen meiner Lieblingsplätze hingegen, wo ich in diesen Wochen immer wieder hinging, hatte ich mit Pablo und Ezequiel entdeckt. Eigentlich führte Pablo uns hin, weil er in seinen Büchern drüber gelesen hatte. Es war eine alte Tankstelle, eine dieser »gas stations«, die man in Filmen sieht.

»Meine Herren«, sagte er, als wir vor Shea's Gas Station standen. »Wissen Sie, wo wir hier gerade stehen? Am Rand der Route 66. Seht ihr? Von hier zogen die Leute in den Westen auf der Suche nach der Freiheit, man selbst zu sein. Von hier brachen die besten Männer einer Generation auf, die das System, die Kriege, die Konventionen satthatten. Wisst ihr, was wir machen sollten, meine lieben Freunde? Diese Straße nehmen, an der unnützerweise ›Interstate 40‹ steht, denn wir alle, die freien Menschen, wissen, dass es die Route 66 ist, und uns auf die Suche nach unserem Schicksal begeben. Der Weg wartet auf uns, die Hauptstraße Amerikas, die Mutter aller Straßen in den USA. Wir sind die Vagabunden des Dharma.«

Pablo sog die Luft ein, als wäre es der Sauerstoff, nach dem er sich immer gesehnt hatte. Ich fragte Ezequiel leise:

»Che, ist Route 66 nicht eine alte Fernsehserie?«

»Nein, du Dummkopf, das ist *Mini-Max* mit dem Agenten 86, Route 66 ist eine Klamottenmarke.«

»Und ein Song von Pappo.«

»Ist der wirklich von Pappo?«

Ich machte ein Foto von Pablo mit seinem Gesicht eines glücklichen Irren, vor der zum Museum umgewandelten Tankstelle. Dann liefen wir an der alten Straße entlang bis zum *Cozy Dog Drive In*, um ein paar spektakuläre Hotdogs zu essen, heiße Hunde, wie sie unsere *panchos* hier nennen.

VII

Am Freitag vor dem Spiel ereigneten sich zwei Vorfälle, die nicht in Zusammenhang miteinander zu stehen schienen. Beim letzten Fußballtraining der Mädchen foulte Milena Taslima übel. Die Bengalin reagierte heftig und stürzte sich auf die Tschechin. Sie mussten getrennt werden. Ezequiel traf eine Entscheidung, die nur ein aufrichtiger Trainer treffen kann: Er schickte Taslima in die Kabine, nahm sie aus der Mannschaft und sagte ihr, dass sie nicht spielen werde. Der Aufruhr war so groß, dass er zum Thema des Nachmittags wurde, selbst unter den Einheimischen, die Ezequiel nun mit mehr Respekt betrachteten.

Aber Equi setzte die Angelegenheit ganz schön zu, deshalb gingen wir zu seiner Beruhigung und nachdem wir Flanders' Erlaubnis eingeholt hatten, bei Pizza Hut essen. Lou, Pablo, Ezequiel und ich. Ezequiel schien ein bisschen niedergeschlagen oder besorgt, und Lou auch.

Ezequiels Gründe kannten wir, aber Lous nicht. Als das Gespräch abflaute, rückte sie damit raus.

»Ihr wisst ja nicht, wie grausam und ungerecht die Polizei und die Richter hier sein können.«

»Wenn wir dir erzählen würden …«, setzte ich an, schwieg aber gleich, denn sie schien nichts hören zu wollen.

»Meine Familie … meine Familie hat sehr gelitten. Sie leidet immer noch. Deshalb hab ich gemacht, was ich gemacht hab.«

»Was hast du denn gemacht?«, fragten wir.

»Edwidge hat den Chemieprofessor nicht umgebracht.«

»Warst du es?«, fragte Ezequiel, der sogar das Spiel am nächsten Tag vergessen hatte.

»Nein, natürlich nicht. Aber ich wusste, dass man ihr die Schuld geben würde. Ich bin am selben Abend darauf gekommen.«

»Und was hast du dann gemacht?«

»Ich hab sie abgeholt und sie versteckt. Sie ist jetzt an einem sicheren Ort. Schön weit weg von hier und der Polizei in diesem Staat.«

Es hatte uns die Sprache verschlagen. Die Pizza mit Pepperoni wurde auf den Tellern kalt. Lou nahm einen Schluck von ihrer Coca-Cola und sprach weiter:

»Zwei Dinge sind mir völlig klar: Es wird weitere Tote geben, und sie werden versuchen, die Morde euch, den Ausländern, in die Schuhe zu schieben.«

Frauen am Rande des Strafraums

I

Das Fußballspiel der Mädchen war um fünf Uhr nachmittags. Diesmal vertraute ich nicht auf Flanders' guten Willen und radelte mit Pablo auf dem Fahrrad hin. Ezequiel war schon seit dem Morgen in der Schule. Wenn Pablo mit mir fuhr, dann deshalb, weil Lou ebenfalls schon in der Spielvorbereitung war. Unsere Freundin war Stammspielerin bei den Jaguars.

Doch bevor wir zur Schule fuhren, mussten Pablo und ich eine wichtige soziale Mission erfüllen: Taslima aufmuntern. Sie war am Boden zerstört, weil sie aus der Mannschaft geflogen war, hatte Banana uns erzählt.

Taslima lebte auf halber Strecke zwischen dem Haus der Flanders und der Schule. Wir klingelten, und es öffnete Mrs. Brown, Taslimas Gastmutter. Im Gegensatz zu den Whites waren die Browns katholisch, sie hatten keine Kinder, und Mr. Brown war Lehrer an unserer Schule.

»Wenn ihr eure Freundin sehen wollt, müsst ihr in die Küche gehen.«

Dort trafen wir Taslima mit einer Pfanne in der Hand an.

»Pfannkuchen.«

Taslima war nicht nur bester Laune, sie legte auch ungeahnte Kochkünste an den Tag. Sie bereitete Pfannkuchen nach einem klassischen nordindischen Rezept zu.

»Ich habe Erdbeersauce, Blaubeersauce, Orangensauce, Sauce aus chinesischen Früchten, Kokos-Mandel-Sauce.«

Sie rührte den Teig für die Pfannkuchen und buk sie hintereinander weg in der Pfanne. Wir setzten uns an die Frühstücksbar. Pablo und ich auf die eine Seite; die Browns auf die andere. Taslima servierte uns Pfannkuchen, und wir aßen einen nach dem anderen, hörten gar nicht mehr auf. Sie schien nicht mehr daran zu denken, dass heute der Tag des Spiels war.

Als ich sie nach einem halben Dutzend an das Duell des Nachmittags erinnerte, wurde sie angespannt:

»Meinetwegen können die Monkeys 50 zu 0 verlieren.«

Nach einem weiteren halben Dutzend Pfannkuchen für jeden von uns konnten wir sie überzeugen, uns zu begleiten. Mrs. Brown sagte, sie würde später nachkommen. Mr. Brown hingegen würde zum Lesen zu Hause bleiben.

Taslima hatte kein Fahrrad, daher erbot ich mich, sie auf meiner Lenkstange mitzunehmen, wie wir es in meinem Viertel mit unseren Freunden taten. Doch Mr. Brown erlaubte das nicht.

»Im Staat Illinois ist es verboten, Mitfahrer auf der Lenkstange des Fahrrads zu transportieren.«

Wir liefen ein paar Blocks, und als wir außer Sichtweite der Browns waren, stieg Taslima auf und so fuhren wir bis zur Schule, geplagt von der Angst, dass die Polizei uns anhalten könnte. Taslima kreischte jedes Mal, wenn ich stärker in die Pedale trat. Mir gefiel ihr Rücken, die Form ihres Körpers. Vielleicht könnte ich mir, wenn ich Taslima ernsthaft in Betracht zog, Lou aus dem Kopf schlagen.

Wir kamen zehn Minuten vor Spielbeginn an. Die Tribünen waren gerammelt voll. Ich sah die Whites in aller Pracht: Sogar Jo war gekommen.

Wir setzten uns zu den anderen Jungs. Alexandros hatte, ich weiß nicht wo, eine Tröte aufgetrieben, mit der er alle nervte. An einer Seite, getrennt durch ein paar Familienangehörige der Jaguars, saßen die Australier Mark und Mike. Weiter unten waren Markus, Wes, Dylan und Sylvia – die kein Fußball spielte, sie machte nur Leichtathletik und war die Kapitänin der Cheerleader-Truppe, die beim letzten landesweiten Turnier Meister geworden war.

Das Spielfeld war kleiner als bei uns, oder, wenn man so will, größer als unsere Plätze für Kinderfußball. Es maß etwa 70 mal 50 Meter. Die Frühlingssonne brannte heiß, als an den gegenüberliegenden Ecken des Platzes die beiden Mannschaften aufliefen. Hinter den Monkeys kam, wie General San Martín vor der Schlacht von Chacabuco, Ezequiel.

II

Sie spielten sieben gegen sieben. Equi stellte die Monkeys 3-2-1 auf und ließ sie vorne viel Druck machen. Die Mannschaft der Jaguars erwies sich als schwächer, als man hätte erwarten können. Almudena machte auf der rechten Seite, was sie wollte, und links stieß sie hinter den einheimischen Manndeckerinnen vor. In der Mitte verteilte Banana die Bälle, als wäre sie schon immer eine geschickte Fünf gewesen. Cornelia holte jeden Ball zurück, und Milena tat sich hervor, wo sie nur konnte. Annemarie im Tor war eine privilegierte Zuschauerin. Bei den Jaguars bekam Lou keinen Fuß an den Ball. Sie lief alle Bälle heraus, spielte aber ungenau, gestört von Milena, die sie eng deckte. Trotzdem sah die kleine Indianerin klasse aus in den kurzen Hosen und dem grünweißgestreiften T-Shirt.

Die Monkeys vergaben mehrere Torchancen, und bekanntlich kassiert man die Treffer, die man im gegnerischen Tor vergibt, im eigenen. Doch diesmal war es nicht so, denn Cornelia gewann einen Ball im Mittelfeld zurück, die Deutsche spielte einen langen Pass zu der Spanierin und Almudena schob ihn ins untere Eck. Ein schönes Tor.

Almudena stürmte zur Bank und zeigte mit dem Finger auf Ezequiel. Als sie vor ihm stand, gab Almudena ihm weder eine Umarmung wie der Rotschopf Sava seinem Trainer Griguol noch die Hand wie Chipi Barijho Bianchi, sondern einen Kuss auf den Mund. Equi blieb starr stehen wie die Locke einer Statue, und als die Spanierin ihn losließ, begann er Anweisungen zu geben, aber ich kenne ihn gut und merkte, dass er auf dem Planeten Venus war. Kodifiziert und alles.

In der zweiten Halbzeit änderte sich die Lage. Die Jaguars wechselten zwei Spielerinnen aus: Lorrie und Djuna kamen rein, und das Spiel war ein anderes. In einer Partie, in der es bis zu diesem Moment keine größeren Zusammenstöße gegeben hatte, griffen sie nun an, und die Abwehrspielerinnen begannen hart in die Zweikämpfe zu gehen. Bei Djunas erster ernsthaften Chance – ein Pass aus der Tiefe von Lorrie, der sie allein vor Annemarie stehen ließ – versenkte die Blonde den Ball im Tor.

Das Endergebnis war eins zu eins, und bei beiden Mannschaften blieb der bittere Nachgeschmack, die Chance vertan zu haben, als Gewinner vom Platz zu gehen.

»Trikottausch«, schrie Viggo. Die Mädchen taten so, als hörten sie ihn nicht.

III

Es gab noch eine dritte Halbzeit in einer riesigen Cafeteria, die zweihundert Meter von der Schule entfernt lag und, wie fast alle nordamerikanischen Cafeterias, die ich kenne, Tom's hieß. Wir setzten uns an einen langen Tisch, jedoch gesplittet in zwei Gruppen: auf der einen Seite die Ausländer, auf der anderen die Einheimischen. In der Mitte, quasi als Symbol der Integration, die unsere Studienpläne vorsahen, saßen auf der einen Seite Lou und Pablo, auf der anderen Lorrie und ich, wenn auch weniger integriert: Sicherlich sah Lorrie mich nicht so an, wie Lou Pablo ansah.

Bei den Monkeys gelangte die gute Stimmung auch bis zu Taslima, die sich bei Milena entschuldigte. Almudena ließ keine Sekunde von Ezequiel ab. Sie hatte ihn mit Beschlag belegt, und es war deutlich ersichtlich, wie sie ihn von den anderen Frauen fernhalten wollte.

Pablo zog einen Zettel aus der Hosentasche. Ich wusste, was er in den Händen hielt, weil er es mir am Tag zuvor erzählt hatte, als er in die Bibliothek ging, um nach französischen Dichtern zu suchen:

»Ich habe ein Gedicht für dich geschrieben. Es heißt ›Pablo singt für Lou‹. Ich lese es dir vor:

›Meine kleine verehrte Lou. Ich möchte an einem Tag sterben, an dem du mich liebst.
Ich möchte schön sein, damit du mich liebst.
Ich möchte stark sein, damit du mich liebst.
Ich möchte jung sein, damit du mich liebst.
Ich möchte, dass der Krieg wieder beginnt, damit du mich liebst.‹«

Sie sah ihn entzückt an. Die arme Unwissende. Dieses Gedicht hatte vor rund hundert Jahren ein französischer Schriftsteller geschrieben. Pablo hatte mit Hilfe des Wörterbuchs nur die Übersetzung gemacht. Es war ein sehr langes Gedicht und enthielt Anspielungen auf den Ersten Weltkrieg und Paris, die Pablo nicht einmal geändert hatte. *Ich möchte jung sein, damit du mich liebst.* Ganz offensichtlich war er jung, und ebenso offensichtlich hatte nicht er das geschrieben. Aber statt ihm eine zu knallen, himmelte Lou ihn an.

»›Ich möchte, dass du mein Herz bist, um dich immer in mir zu spüren.
Ich möchte, dass du das Paradies oder die Hölle bist, je nachdem, wo ich mich befinde.
Ich möchte, dass du ein Junge bist, um dein Erzieher zu sein.
Ich möchte, dass du die Nacht bist, um uns in der Dunkelheit zu lieben.
Ich möchte, dass du mein Leben bist, um nur für dich zu sein.
Ich möchte, dass du eine deutsche Mörsergranate bist, um erschlagen von Liebe zu sterben.‹«

Pablo las das Gedicht zu Ende, und sie umarmte und küsste ihn, lang, verschlingend. Ich hätte Lorrie geküsst, wenn ich nicht gewusst hätte, dass sie mir sofort eine

Flasche auf dem Kopf zerschlagen würde. Links neben mir saß Vincenzo. Da gab es nichts zum Küssen. Glücklicherweise sagte der Italiener etwas zu mir:

»Wusstest du, dass ich in San Siro war? Nicht als Diego gespielt hat, da war ich noch ein Baby. Aber ich war ein paar Jahre später da und die Leute haben immer noch ›Ho visto Maradona‹ gesungen. Kennst du das?«

Klar doch. Auf der anderen Seite von Vincenzo saß Alexandros. Zu dritt stimmten wir die Liebeserklärung für Maradona an: »Oh mamma mamma mamma, oh mamma mamma mamma, sai perché mi batte il corazón? Ho visto Maradona, ho visto Maradona, uee, mamma, innamorato son …«

Wir sangen mit den Limonadenbechern in der Hand, als wären es Bierkrüge, und schunkelten beschwingt. Wir mussten aussehen wie besoffen.

»Wetten, dass du das nicht kennst.« Vincenzo stimmte eins an, das Pelé im Vergleich zu unserer legendären Nummer Zehn heruntermachte: »Maradona è meglio ’e Pelé, ci hanno fatt’o mazz tanto pe ’ll avé!«

»Das hört sich an wie eins, das wir singen. Hör mal, Alexandros: ›Brasiliano, brasiliano, gute Miene zum bösen Spiel, Maradona ist der größte, Pelé stolpert viel zu viel.‹«

Die Einheimischen verstanden natürlich nicht, was wir da sangen. Sicherlich erzählte der gute Cuautie ihnen, wir grölten da eine alte antiamerikanische Ballade, denn Sideshow Bob, Dirty Harry und auch Cuautie erhoben sich und kamen auf uns zu. Bob zeigte mit dem Finger auf uns und sagte:

»Ihr seid Loser und werdet das immer bleiben. Sklaven-Loser.«

Ich hatte die Schnauze voll von ihm, und meine Übung im Übersetzen von Gesängen half mir dabei, ein Lied zu improvisieren, das der Werkstätten für Thementourismus meines Onkels würdig war:

»American, American, how sad you are if you see/ Maradona is the greatest, he is greater than Weegee.«

Weegee war kein Fußballer, nicht mal ein Sportler. Es war ein nordamerikanischer Fotograf aus den 1930er Jahren, doch es war der einzige Name, der mir in diesem Augenblick als Reim einfiel. Letzten Endes war ich sehr viel kreativer als Pablo mit seinem Gedicht.

»Hat er Pee Wee gesagt?«, fragte Sideshow Bob Cuautie.

»Eine typische südamerikanische Beleidigung«, erwiderte dieser.

Bob warf sich über den Tisch und packte mich am Kragen.

»Hör mir mal gut zu, du Fußballkopf ...«

Er sprach den Satz nicht zu Ende, denn Vincenzo stieß ihn vom Tisch, damit er mich losließ. Mehrere Teller und Becher waren zu Boden gegangen. Zum Glück waren sie alle aus Plastik.

Bevor wir wieder aufeinander losgingen, mischte sich Ezequiel ein.

»Hey, warum hören wir nicht auf mit dem Quatsch und machen einen ernsthaften sportlichen Wettstreit daraus?«

»Aber immer doch«, sagte Markus, der näher gekommen war, »nur kein Fußball. Das ist was für Frauen.«

Ezequiel hielt sich zurück. Hauptsächlich, weil der Schwarze gute zwei Meter groß war.

»Gut, aber auch nicht Basketball, und nicht Baseball oder American Football.«

»Volleyball, Handball?«, schlug ich vor, woraufhin mich alle böse ansahen, Amis wie Ausländer. Eingedenk meines Erfolgs bei der Taufe unserer Mannschaft auf den Namen Monkeys hätte ich besser die Klappe gehalten. Zum Glück sagte Wes, einer der Flügelspieler der Jaguars:

»Und Lacrosse? Warum nicht Lacrosse? Keine der beiden Mannschaften wird einen Vorteil haben bei einem Sport, den fast niemand ausübt.«

»Das ist kein Sport«, beschwerte sich Sideshow Bob.

»Gib uns eine Woche, um die Regeln zu lernen, und dann spielen wir.«

»Das ist Blödsinn«, beschwerte sich nun Dirty Harry. Er zeigte mit dem Finger auf mich, schien etwas sagen zu wollen, schwieg dann aber doch. Er ging mit Bob und Cuautie weg.

»Einverstanden. Wir sehen uns nächsten Sonntag auf dem Platz. Diesen Montag kündigen wir es in der Schule an«, bekräftigte Wes.

Als die Amis sich in ihre Ecke verzogen hatten, sah ich unser Ass im Ärmel an, Ji-Sung. Der Koreaner sagte mit seinem breitesten Grinsen:

»An dieser Schule gibt es nur zwei gute Lacrosse-Spieler. Der eine bin ich, und der andere Dylan.«

Eins zu eins. Gleichstand.

IV

Es war schon dunkel geworden, als wir uns trennten. Die Einheimischen, weniger Nachteulen als wir, waren schon vor einer ganzen Weile gegangen. Ezequiel winkte uns von weitem zu und zog mit Almudena ab, ohne uns zu sagen, wohin. An der Eingangstür zur Cafeteria Tom's blieben Taslima, Lou, Pablo und ich stehen.

»Samstags abends gehen die Browns zu Freunden zum Bridgespielen und kommen erst spät zurück«, Taslima sah auf die Uhr: »Sie müssen gleich gehen. Wollt ihr nicht mit zu mir kommen?«

Ich wusste schon, wie Taslimas Einladung enden würde: Pablo und Lou würden in einem der Zimmer rumknutschen, und sie und ich würden in der Küche über die Probleme des Mittleren Ostens diskutieren. Wenn ich mich an sie ranmachte, würde sie, blöd wie ich bin, spitzkriegen, dass ich in eine andere verliebt war, und würde mich nicht mal eins ihrer schwarzen Haare berühren lassen. Besser, ich blieb ruhig in der Küche und versuchte, nicht allzu sehr an Lou zu denken. Mit ein bisschen Glück sahnte ich eine weitere Ladung Pfannkuchen ab.

Wir fuhren mit den Rädern, die Mädchen sangen auf der Lenkstange einen Song von Avril Lavigne, während wir beim Pedaletreten Muskeln aufbauten. Die Nacht umhüllte uns in den Straßen von Springfield. In einem solchen Moment war es leicht, sich als Herr dieser Stadt zu fühlen.

Wir erreichten das Haus der Browns, es lag im Dunkeln. Lou bedeutete uns mit einer Bewegung, still zu sein.

»Was ist los?«

»Habt ihr das nicht gesehen? Im Haus hat sich das Licht einer Taschenlampe bewegt.«

Keiner von uns dreien hatte etwas gesehen.

»Vielleicht Stromausfall«, war mein wenig überzeugender Erklärungsversuch.

Geduckt schlichen wir uns näher. Einen Meter von der Tür entfernt hörten wir Lärm, einen Stuhl, der umstürzte, ersticktes Stöhnen, Geräusche, die irgendwer zu unterdrücken versuchte. Pablo war am nächsten bei der Tür. Wortlos verlangte er von Taslima den Schlüssel. So vorsichtig, als entschärfte er eine Bombe, schloss Pablo auf.

Die Geräusche kamen aus der Küche. Wir liefen los. Ich weiß nicht, was jeder im Schein des Mondlichts, das durch das Fenster fiel, zuerst sah. Ich sah Mrs. Brown, geknebelt und an einen Stuhl gefesselt. Ihre Augen waren schreckgeweitet und starrten zu einer Seite. Dort lag Mr. Brown, tot oder ohnmächtig, während ein Typ ihn mit einem Strick fesselte und ein anderer ihm ein Etikett auf den Mund klebte. Die Typen hatten Masken von Krusty der Clown auf. Es würde schwer sein, herauszufinden, wer sie waren – wenn da nicht diese Kleinigkeit wäre. Einer von ihnen trug ein so spezielles T-Shirt, dass es davon wohl nur eins in Springfield, Illinois, gab, vielleicht nur eins in den ganzen USA. Wer da den Strick um Mr. Browns Hals legte, hatte das schwarzweiß gestreifte T-Shirt mit der Werbung für Caramelos Lippo an, vom argentinischen Fußballclub El Porvenir. Ezequiels Trikot von El Porve.

Ich blieb stocksteif stehen. Pablo reagierte schneller: Er hatte einen Stuhl genommen, der auf dem Boden lag, und zerschlug ihn mit einem Kampfschrei auf dem Rücken von dem mit dem Shirt von El Porvenir – der stürzte über Mr. Browns Körper. Der andere hatte Pablo an den Schultern gepackt und stieß ihn Richtung Tisch. Ich warf mich ohne irgendeine Kampftechnik auf sie, ich kannte auch gar keine. Mein Ding war die Improvisation: viele kurze Schläge begleitet von Schreien, die dich, so sie dich nicht erschrecken, zumindest verwirren.

Eines der Mädchen hatte das Licht angemacht, und wir schrien alle. Taslima hatte die Alarmanlage in Gang gesetzt, die nun unsere Schreie übertönte. Die beiden Krustys der Clown rappelten sich auf und rannten zur Hintertür. Wir versuchten nicht mal, ihnen zu folgen. Die Mädchen banden Mrs. Brown los, während wir uns Mr. Brown ansahen und ihn anfassten. Er atmete.

Ich ging zum Waschbecken, füllte ein Glas mit Wasser und schüttete es ihm ins Gesicht. Mr. Brown wachte auf, wirkte verstört. Mrs. Brown weinte und wiederholte immer wieder »die wollten ihn umbringen«. Die Alarmanlage schrillte weiter, bis Taslima sie ausschaltete.

»Hast du dasselbe gesehen wie ich?«, fragte Pablo mich, während wir versuchten, Mr. Brown loszubinden.

»Das Trikot von El Porve?«

Pablo schaffte es, den Knoten an den Händen des Lehrers zu lösen.

»Irgendwer möchte uns die Schuld in die Schuhe schieben.»

V

Mr. Brown kam langsam wieder zu sich, und seine Frau hatte sich schon wieder etwas beruhigt. Das Gesamtpanorama schien heiterer zu werden, wäre da nicht Lou gewesen, die völlig aufgewühlt aussah.

»Ich gehe.«

Wir sahen sie überrascht an.

»Die Polizei wird jeden Moment hier sein. Ich gehe besser.«

Ohne auf eine Antwort zu warten, lief sie zur Tür. Lou hatte eine fast krankhafte Angst vor der Polizei. Sie schien sie Meilen gegen den Wind zu riechen. Wenn sie den Polizisten begegnet wäre, die ich im letzten Jahr kennengelernt hatte – den Cabo Polonio, Oficial Chuy und Ayudante Balizas –, hätte man sie mit einer Panikattacke einliefern müssen.

Wenige Sekunden später war die Sirene eines Streifenwagens zu hören. Zwei Polizisten nahmen die Aussagen von uns fünfen auf. Niemand erwähnte Lou, nicht einmal die Browns.

Dem zufolge, was die Browns der Polizei erzählten, hatten sie sich gerade fertig gemacht, um zu ihrer Bridge-Partie aufzubrechen, als sie Geräusche in der Küche hörten. Mr. Brown ging nachsehen, was los war, und zwei Typen mit maskierten Gesichtern fielen über ihn her. Sie schlugen ihn mit einem robusten Gegenstand (vermutlich ein metallenes Werkzeug oder ein Revolvergriff) nieder, und er blieb ohnmächtig am Boden liegen. Bevor Mrs. Brown reagieren konnte, stießen sie sie zu einem Stuhl und fesselten sie. Ein paar Sekunden später kamen wir und stoppten das, was der Höhepunkt der Nacht hätte werden sollen: Man hatte Brown genauso aufhängen wollen wie seinen Kollegen. Sie hatten ihm sogar gerade wieder ein Coca-Cola-Etikett auf den Mund geklebt, um den Modus Operandi exakt zu wiederholen.

Als sie die Kleidung der gescheiterten Mörder beschrieben, hoben das Ehepaar Brown und Taslima das schwarzweiß gestreifte T-Shirt hervor. Um Verdachtsmomente bei den Polizisten zu vermeiden, sagte ich:

»Dieses T-Shirt hat mir gehört. Es ist das Trikot eines argentinischen Fußballclubs. Ich glaube nicht, dass es hier noch so ein T-Shirt gibt.«

Alle sahen mich verwundert an.

»Bist du sicher, dass es dir gehört hat?«, fragte der Polizist.

»Es ist mir vor zwei Wochen geklaut worden.«

Das war nicht gelogen. Vor zwei Wochen hatte Ezequiel nach einem Basketballtraining seine Tasche in der Umkleide vergessen. Als er zehn Minuten später zurückkam, fehlte das Trikot von El Porve, das er nach dem Spiel gegen ein sauberes T-Shirt gewechselt hatte. Wir konnten niemand Besonderen verdächtigen, weil diese Umkleide von allen Kursen benutzt wurde. Der Dieb konnte jeder von den hunderten von Typen sein, die dort durchkamen. Nur klaute der Typ nicht nur Klamotten aus den Taschen anderer Schüler. Er brachte auch Lehrer um.

Als Pablo und ich das Haus der Browns verließen, stand im Vorgarten nur noch ein Fahrrad. Das andere hatte Lou mitgenommen.

VI

Als wir am nächsten Morgen aufstanden, wussten die Whites teils schon Bescheid über das, was im Haus von Taslimas Gasteltern vorgefallen war.

»Man hat versucht, Mr. Brown umzubringen«, sagte Trevor Vater.

Demnach, was Trevor durch mehrere Telefonate mit Nachbarn aus Springfield herausgefunden hatte, war das Ehepaar Brown von zwei als Clowns verkleideten jungen Männern angegriffen worden, die flohen, als sie »das arabische Mädchen« und ihre Freunde kommen hörten. Zum Glück wussten sie nicht, wer diese Freunde waren.

»Dieses arabische Mädchen gefällt mir überhaupt nicht. Ich kann mir gut vorstellen, mit was für Leuten die sich trifft.«

»Sie ist keine Araberin, sie ist Bengalin«, klärte ich sie auf.

»Aber sie ist Muslimin«, sagte Trevor im selben Tonfall, in dem Flanders gesagt haben könnte »sie ist ein kleines Attentäterchen«.

Er wie auch seine Nachbarn glaubten, das arabische Mädchen und seine Freunde seien in den Vorfall verwickelt und hätten dies zu vertuschen versucht, als die Alarmanlage anging. Nicht einmal die Aussage der Browns, die dieser Theorie widersprach, trug dazu bei, das Gerede zu verringern. Es schien uns nicht der beste Moment zu sein, um ihm zu sagen, dass wir es gewesen waren, die am Vorabend mit bei den Browns gewesen waren. Auch wenn ich glaube, dass Trevor und Jo im Grunde ahnten, dass diese 15-jährigen Jungs, die sie da im Haus hatten, gut Mörder oder Terroristen sein könnten. Sie zählten wohl schon die Tage, die noch bis zu unserer Abreise blieben.

Im Baptistentempel hielt der Reverend eine Predigt über Gewalt. Er sprach von Wölfen und Schafen und bat uns eindringlich, uns vor denen zu hüten, die sich als Letztere verkleideten. Gottes kleine Geschöpfe.

Als wir aus der Kirche kamen und der Pastor uns die Hand gab, sah ich in seinen Augen dieselbe Unruhe und das Misstrauen wie bei den Whites. Wir fuhren zurück nach Hause, wo wir Mails an unsere Eltern schrieben:

»Liebe Mami,

ich spreche immer besser Englisch. Ich denke fast schon auf Englisch. Mein Onkel hat recht: Dieser Kurs ist richtig gut. Hier ist alles in Ordnung. Die Jungs und ich essen super. Jo, also Mrs. White, kocht sehr lecker, wenn auch nicht so lecker wie du. Ich habe sicher schon fünf Kilo zugenommen. Die Leute sind echt nett zu uns, und wir haben richtig Spaß. Wir haben das Haus von Lincoln besichtigt, waren in einem Oldtimer-Museum, und sie haben uns sogar in ein paar Orte in der Nähe mitgenommen, Pekin und Eureka. Mit meinem Geld komme ich gut zurecht, und ich habe mir sogar eine Levi's mit fünf Taschen gekauft. Ich schicke dir ein Foto von mir mit Ezequiel und Pablo in einem Park, der Jaycee heißt. Das T-Shirt, das ich anhabe, hat mir ein griechischer Freund geschenkt, es ist von einem Fußballverein aus seinem Land. Ich habe ihm versprochen, dass ich ihm eins von Boca schicke, sobald ich wieder zurück bin. Sag Papa, er soll nicht vergessen, mir die Spiele von der Copa Libertadores aufzuzeichnen. Ich habe eine Krawatte für ihn gekauft, die wird er toll finden. Für dich habe ich auch was gekauft, aber ich sage dir nicht, was. Überraschung. Gib Papa einen Kuss, und viele Küsse für dich,

Ariel.«

Für meine Mutter hatte ich ein Parfüm gekauft und eine riesige Sonnenbrille.

Wir aßen mit den Whites und gingen dann raus. Zum Glück fragten sie uns nicht, wo wir das fehlende Rad gelassen hatten. In hundert Meter Entfernung wartete jemand auf uns. Es war kein Mädchen. Es war die Polizei.

VII

Da standen an ihr Auto gelehnt der Alte und der Latino. Inspector Briscoe und Inspector Erik Malo. Sie winkten mich heran. Ezequiel und Pablo blieben zurück. Wie beim letzten Mal ergriff zuerst Briscoe das Wort:

»Ein Mord und ein Mordversuch: ein guter Durchschnitt. Beide Male verduften die angeblichen Verdächtigen, und bei beiden Verbrechen bist du mit verschiedenen deiner Freunde am Tatort.«

»Das zweite Mal ist es gerade deshalb bei einem Mordversuch geblieben, weil ich mit meinen Freunden gekommen bin.«

»Jedenfalls bewundert einer der Mörder dich genug, um die gleichen Klamotten wie du zu tragen.«

»Das ist wohl die einfachste Art, jemanden zu beschuldigen, oder?«

»Warum ist deine Freundin verschwunden?«

»Taslima?«

»Louise, die Indianerin. Sie war bei euch und jetzt weiß keiner, wo sie ist.«

»Das müsste man sie fragen.«

»Du weißt sicher nicht, wo sie steckt.«

»Nein.«

»Hör mal zu, Kleiner, wir wissen, dass du da deine

Finger im Spiel hast. Wäre es nicht einfacher, dass du es uns sagst, bevor wir dich festnehmen müssen und du zum Tode auf dem elektrischen Stuhl verurteilt wirst?«

»Ich habe nichts damit zu tun«, antwortete ich ihm auf Englisch.

»Wie du willst, im Gefängnis wird es sehr schwierig für dich sein, einen Deal mit dem Bezirksstaatsanwalt zu machen. Ich glaube nicht, dass er die Forderung nach der Todesstrafe aufheben wird.«

Sie stiegen ins Auto und fuhren weg.

»Kugeln, die in der Nähe einschlagen«, zitierte Ezequiel den Fußballkommentator Víctor Hugo Morales.

»Mein Schicksal ist es, in Sing-Sing zu enden«, sagte ich, und wir gingen zum McDonald's in der Grand Avenue.

VIII

Dies war meine erste Auslandsreise. Als wir in den USA eintrafen, hatte ich daher das Gefühl, eine völlig andere Welt zu betreten, mit mir unbekannten Codes. Anfangs konnten wir kaum einmal auf Englisch radebrechen, und mein Onkel hatte uns so viele gute Ratschläge mit auf den Weg gegeben, dass ich in Springfield zunächst glaubte, schon verhaftet zu werden, wenn ich nicht den Zebrastreifen benutzte. Dieses Gefühl einer unbekannten Welt verflüchtigte sich zum ersten Mal, als wir alleine rausgingen und an der Grand Avenue auf einen McDonald's stießen. Es war, als befänden wir uns plötzlich in unserem eigenen Wohnzimmer, an einem Ort, den wir kannten, mit den beiden Etagen, den Toiletten für Rollstuhlfahrer, den Tischen, die wir stundenlang besetzen konnten, dem Frühstück bis um 11 Uhr, den Junior-Tüten und den Big Macs. In einem McDonald's werde ich mich immer wie zu Hause fühlen.

Wir setzten uns an einen Tisch mit Blick auf die Straße und analysierten die Lage. Man musste kein Sherlock Holmes sein, um zu dem Schluss zu kommen, dass Lou sehr viel mehr wusste, als sie uns gesagt hatte. Wir mussten mit ihr sprechen.

Pablo rief bei ihr an. Sie war nicht zu Hause, hatte ihrer Mutter aber gesagt, wenn wir anriefen, könnten wir das Fahrrad abholen kommen. Wir nahmen den Trolleybus und fuhren zu Lou, was ziemlich weit außerhalb war. Die Mutter machte uns auf. Sie war 35 oder 40 Jahre alt und auf dieselbe Art schön wie ihre Tochter. Sie trug eine enge Jeans und eine weite Bluse.

Sie fragte uns, ob wir ein Glas Milch wollten, und wir sagten Ja. Ein Fernseher lief und zeigte eine Talkshow, an der Paris Hilton und ihre Schwester teilnahmen.

Lous Mama hieß Albertine Peltier. Sie brachte uns Haferkekse mit Honig und Sesam, die wir restlos verputzten. Sie stellte uns Fragen über Argentinien und über uns. Zu meinem Erstaunen fragte sie nicht »Wer ist Pablo?«, sondern:

»Wer von euch ist Ariel? Louise hat mir gesagt, dass du sehr gute Fotos machst. Wusstest du, dass Lous Vater Fotograf ist? Wir haben uns getrennt, als Lou noch ganz klein war, und er ist nach Chicago gezogen. Er arbeitet in einer Werbeagentur. Er sieht Lou sehr wenig, zu wenig. Sie besucht ihn auch nicht und verbringt auch die Ferien nicht bei ihm. Sie fährt lieber zu ihren Großeltern väterlicherseits in das Navajo-Reservat in Window Rock.«

Lous Mama redete gern. So hörten wir uns weiter Geschichten von ihrer Tochter an, als sie ein kleines Indianermädchen war, das einen Teil des Jahres in den Reservaten der Navajo im Westen oder denen der Chippewa im Norden verbrachte.

»Jetzt fährt sie nur noch in das Navajo-Reservat. Das Chippewa-Reservat erinnert sie zu sehr an den Schmerz, den meine ganze Familie leidet.«

Sie verstummte. Dann ging sie in die Küche und kam mit mehr Keksen und einem traurigen Lächeln zurück. Sie begleitete uns bis zur Tür. Ich fragte, ob ich ein Foto von ihr machen dürfe, und sie sagte Ja, dass sie sehr gern fotografiert werde. Ich knipste sie unter dem Rahmen der Eingangstür. Wie Lou hatte auch sie diesen Blick einer starken Frau, die bereit war, alle Feindseligkeiten dieser Welt auszuhalten.

Aber wo war Lou? Warum hatte sie keinen Kontakt zu uns aufgenommen? Mied sie uns? Warum wusste sie, was mit den Lehrern an der Schule los war? Wir nahmen das Fahrrad und gingen los, ohne zu wissen, wo wir die Antworten suchen sollten.

Freiheit für Leonard Peltier

I

Es war ein grauer Montag. Es hatte die ganze Nacht lang geregnet, und Springfield war bis in den letzten Winkel durchweicht. In der Schule war von nichts anderem die Rede als vom Mordversuch an Mr. Brown. Die meisten der Einheimischen sahen uns als Verdächtige an und begriffen einfach nicht, dass wir durch unser Auftauchen einen weiteren Mord verhindert hatten.

Lou kreuzte nicht in der Schule auf. Nach dem Vormittagsunterricht schlugen Viggo und Almudena vor, in Tom's Cafeteria zu gehen. Es hatte aufgehört zu regnen, aber die Feuchtigkeit ließ Springfield fast wie Buenos Aires aussehen.

Ich sah sie zuerst: An der Ecke schräg gegenüber von Tom's, in einer Jeansjacke und mit einer grünen Hose aus Sackleinen, das pechschwarze Haar zurückgebunden, einen Rucksack auf dem Rücken und die Hände in den Taschen, stand Lou. Sie stand ganz still, schien nicht vorzuhaben, in die Cafeteria zu kommen. Ich war versucht, aufzustehen und allein zu ihr zu gehen, doch dann machte ich Pablo mit den Augen ein Zeichen in ihre Richtung. Wir gingen zusammen bis zur Ecke. Die anderen sagten nichts und machten auch keine Anstalten, mit uns zu gehen, nicht mal Ezequiel.

Lou gab jedem von uns einen Kuss. Beiden auf die Wange. Sie lief in entgegengesetzter Richtung von der Cafeteria los und wir mit ihr.

»Lou, was hast du mit alldem zu tun? Wo ist Edwidge?«

»Das Wichtigste ist, dass es keinen weiteren Mordversuch gibt.«

»Und was weißt du davon?«, fragte ich.

»Seht mal, Jungs, das ist eine lange Geschichte. Wenn euch das reicht, dann sage ich euch, dass ich nichts mit dem zu tun habe, was gerade geschieht, dass ich aber leider die Gründe kenne und auch weiß, wer möglicherweise dafür verantwortlich ist.«

»Dann zeig sie an.«

»Schau mich an«, sie blieb stehen. Ich sah sie an; seit ich sie kannte, tat ich nichts anderes. »Ich bin Indianerin, oder amerikanische Ureinwohnerin, wie sie in der Schule sagen. Wem werden sie wohl glauben, mir oder den blonden Söhnen der Stadt?«

»Na gut, eine Sache ist die Polizei, eine andere die Justiz. Es gibt Richter, Staatsanwälte, was weiß ich. Sie werden keinen Unschuldigen schuldig sprechen.«

Sie lachte.

»Die Justiz, ganz genau. Heute kommt mein Großvater in Springfield an.«

Wir verstanden nicht, was das, worüber wir gerade sprachen, mit einem Familienbesuch zu tun hatte.

»Der Vater deines Vaters?«

»Nein, der Vater meiner Mutter. Ein Chippewa.«

»Und?«

»Mein Opa geht nach Springfield, weil er krank ist.«

»›Kommt‹ nach Springfield«, korrigierte Pablo. Mir schien es kein passender Moment für Grammatikunterricht zu sein.

»Er kommt nicht nach Springfield, Illinois, er geht

nach Springfield, Missouri. Ich erklär's euch, und vielleicht begreift ihr dann, wie das hier in dieser Stadt, in diesem Staat, in diesem Land läuft: Mein Großvater geht nach Springfield, Missouri, weil dorthin die Bundeshäftlinge überführt werden, wenn sie krank werden, ins Krankenhaus von Springfield.«

»Dein Großvater ist im Gefängnis?«

»Er ist seit zwanzig Jahren im Gefängnis. Er hat lebenslänglich.«

Und sie fügte hinzu:

»Für ein Verbrechen, das er nicht begangen hat.«

II

Wir waren zum Lincoln Park gekommen. Wir gingen zu einer Bank und setzten uns auf das feuchte Holz. Lou zwischen uns, alle ganz dicht nebeneinander, wegen der Kälte. Sie machte ihren Rucksack auf und holte ein paar Flyer raus, auf denen stand: »Freiheit für Leonard Peltier. Im Gefängnis, weil er die Würde der Indianer verteidigt hat.« Mitten auf dem Zettel war das Bild eines Mannes mit ausladendem Schnurrbart, langem Haar und Holzfällerhemd. Er sah nicht wie ein Opa aus, sondern wie ein junger Mann. Oder vielleicht war das Foto schon alt.

»Ich wollte euch beiden schon lange die Geschichte meines Großvaters erzählen.«

Während wir alle drei auf das Foto auf dem Flyer blickten wie auf einen Bildschirm, lauschten wir der Geschichte von Lous Großvater. Daten, Namen, Orte, Ereignisse. Ich hätte in meinem Körper gern ein Aufnahmegerät gehabt, damit mein Gedächtnis kein Datum, keinen Ort, kein Ereignis vergaß. Keinen Namen.

III

Der amerikanische Traum

Die Geschichte von Leonard Peltier beginnt nicht erst 1944 mit seiner Geburt in Grand Forks, North Dakota. Sie beginnt viele Jahre früher. Mit der Geschichte der Kriegsführung gegen eine Kultur, mit der systematischen Ausrottung derer, die ursprünglich auf dem amerikanischen Kontinent wohnten, sowohl in den Vereinigten Staaten als auch in Argentinien, Mexiko, Kolumbien oder Chile.

Peltier wuchs im Chippewa-Reservat von Turtle Mountain auf, im Haus seiner Großeltern. Seine Eltern hatten zwölf Kinder, und es war nicht leicht, sie alle aufzuziehen. Leonard war kein besonders talentierter Schüler, und als er kein Stipendium für die Kunstschule von Santa Fe, New Mexico, bekam, brach er die Schule nach der neunten Klasse ab. Seine Bestimmung war es, wie die der meisten nordamerikanischen Indianer, ein unausgebildeter Arbeiter mit einem Hungerlohn zu werden. Mitte der 1960er Jahre konnte er in Seattle gemeinsam mit einem Cousin ein Geschäft für Autoersatzteile aufmachen. Das war gar nicht so schlecht, wenn man seine Herkunft bedachte. Er hätte auch den amerikanischen Traum von einer Familie, einem Haus, einem Auto anstreben können. Doch seine Blutsbrüder lebten weiterhin unter höchst prekären Bedingungen, und dem gegenüber konnte er nicht gleichgültig bleiben.

Fort Lawton

Ende der 1960er Jahre begann er im American Indian Movement (AIM) aktiv zu werden, seine Feuertaufe war die Besetzung von Fort Lawton, einem Gelände, das von der Bundesregierung aufgegeben worden war. Ein nordamerikanisches Gesetz spricht den Indianern ein Vorzugsrecht zu, Ländereien, die von Bundesbehörden verlassen worden sind, in Anspruch zu nehmen. Peltier und seine Freunde wurden verprügelt und für kurze Zeit verhaftet. Dennoch wurde Fort Lawton schließlich zu einem indianischen Kulturzentrum.

Lous Großvater war nicht Gandhi. Auch kein Verbrecher oder Mörder. Trotzdem musste er es hinnehmen, dass er in seinem Kampf für die Rechte der Indianer immer wieder wegen verschiedener Delikte angeklagt wurde oder man versuchte, ihn ungerechtfertigt irgendeiner Straftat zu beschuldigen.

Pine Ridge

Um 1973 stand der Indianerstamm der Oglala-Lakota in Pine Ridge, South Dakota, unter Führung eines Indigenen namens Dick Wilson, einem ehemaligen Klempner, der durch undurchsichtige Schiebereien an die Macht gelangt war. Der Ort Pine Ridge war von der Tragödie geprägt. Dort hatte das Massaker von Wounded Knee stattgefunden, bei dem Weihnachten 1890 die US-amerikanische Kavallerie dreihundert Männer, Frauen und Kinder getötet hatte.

Mit Unterstützung des FBI begann eine Terrorpolitik gegen jene Indianer, die Wilsons Führungsstil kritisierten oder ihre indianische Identität behalten wollten. Um seine autoritäre Politik durchzusetzen, stellte Dick Wilson eine Bürgerwehr auf: die GOONs, die Guardians of the Oglala Nation. Diese Kräfte ermordeten in drei Jahren rund zweihundertfünfzig Personen, ohne dass die Bundesregierung Nachforschungen anstellte. Sie bedrohten, zerstörten Behausungen, mordeten.

Die wachsende »Schreckensherrschaft« sorgte dafür, dass 1975 der Ältestenrat von Pine Ridge die Bewegung, in der Peltier aktiv war, um Schutz anrief. Unter denen, die zu Hilfe eilten, war Leonard Peltier, der gemeinsam mit anderen eine kleine Zeltstadt auf dem Grundstück der Familie Jumping Bull in der Nähe von Oglala errichtete, in der Hoffnung, sie vor Diskriminierung, Armut und den kriminellen Machenschaften ihres Stammesführers schützen zu können.

Angeklagt

In der Nacht vom 26. Juni 1975 drangen zwei Agenten des FBI in die Zeltstadt ein. Unter dem Vorwand, sie suchten nach einem Indianer, der ein paar gebrauchte Stiefel geklaut habe, verletzten sie das Zutrittsrecht zu privatem Wohneigentum. Nach wenigen Minuten begann ein Schusswechsel, an dem mehr als 150 Agenten einer Spezialeinheit des FBI teilnahmen, Polizisten des Bureau of Indian Affairs (BIA) und die GOONs. Peltier half einer Gruppe von Jugendlichen, das Gelände zu verlassen.

Das fatale Ergebnis des Schusswechsels war der Tod

von zwei Bundesagenten und einem Indianer. Peltier konnte fliehen und hielt sich monatelang versteckt, bis er nach Kanada ging. Er wurde willkürlich wegen des Todes der beiden Bundesagenten angeklagt (der Tod des Indianers wurde nie untersucht), gemeinsam mit drei anderen Bewohnern von Pine Ridge. Einer von ihnen, der angebliche Stiefeldieb, war an diesem Tag nicht einmal in der Reservation gewesen, daher sprach man ihn frei. Die Justiz von Iowa betrachtete auch die anderen beiden Angeklagten als unschuldig. Das FBI war nicht bereit hinzunehmen, dass Selbiges auch mit dem vierten Beschuldigten geschähe.

Falsche Beweise

Die Regierung war nur noch auf Leonard Peltier fixiert. Zuerst verlegten sie den Gerichtsstand von Iowa nach Fargo, North Dakota, und Richter Paul Benson (ernannt vom damaligen Präsidenten Richard Nixon) nahm sich des Falls an. Peltier wurde basierend auf der Falschaussage einer Frau ausgeliefert, die behauptete, seine Freundin und am Tag der Schießerei mit dabei gewesen zu sein. Später bereute sie es und gestand, dass sie von der Polizei genötigt worden war. Man erlaubte ihr nicht, noch einmal auszusagen.

Das FBI und die Bundesstaatsanwälte lehnten die Anträge der Verteidigung auf Beibringung von Beweismaterial wie Berichte der Ballistik und anderes, das zu Peltiers Verteidigung hätte dienen können, ab. Es gab keinerlei Hinweise darauf, woher die Kugeln an jenem Tag gekommen waren, und so wurden Beweise erfunden, um alles auf eine einzige Waffe zu reduzieren, die angeblich

Peltier getragen haben sollte. Richter Benson verweigerte der Verteidigung auch das Recht, den Geschworenen Zeugenaussagen über das üble Verhalten des FBI in diesem Fall vorzulegen. Obwohl es nur einen umstandsbedingten Beweis gegen Peltier gab, wurde er schuldig gesprochen und zu zweimal lebenslänglicher Haft verurteilt.

Die verweigerte Freiheit

Das 1981 verabschiedete Informationsfreiheitsgesetz ermöglichte die Veröffentlichung eines Teils der 18.000 Seiten über die Vorkommnisse in Pine Ridge. 6.000 werden aus Sicherheitsgründen immer noch geheim gehalten. Doch was offengelegt wurde, ließ kaum noch Zweifel daran offen, dass man einen Unschuldigen verurteilt hatte.

Während des zweiten Berufungsverfahrens im Jahr 1985 erklärte der Staatsanwalt in einer öffentlichen Gerichtsverhandlung: »Wir wissen nicht, wer unsere Agenten getötet hat, wir wissen es einfach nicht.« Am 11. Oktober 1986 erklärte das 8. Hohe Berufungsgericht: »Wir erkennen das ungebührliche Verhalten von Seiten einiger Agenten des FBI an, sind aber nicht bereit, ihnen das zur Last zu legen, und auch keine weiteren Unkorrektheiten.«

Im April 1991 richtete der höchste Richter des Berufungsgerichts der Vereinigten Staaten, Gerald Heaney, der 1986 die Abweisung geschrieben hatte, einen Brief an den Präsidenten, in dem er aufgrund der offensichtlichen Unregelmäßigkeiten während der Verhandlungen die Umwandlung des Strafmaßes im Fall Peltier unterstützte. Im Juli 1993 verweigerte das 8. Hohe Berufungsgericht ein weiteres Berufungsverfahren. Es argumentierte, man wünsche die illegale Auslieferung, die mentale Folter, die Nötigung von Zeugen, die Falschaussagen des FBI, das Zurückhalten von entlastenden Beweisstücken, die Fabrikation der Mordwaffe und das Zugeständnis der Regierung nicht neuerlich zu betrachten, da die Beschuldigungen nicht im passenden Moment öffentlich gemacht worden seien.

In einer Anhörung zur Freilassung auf Bewährung, die im Dezember 1995 stattfand, gab Lynn Crooks für die Staatsanwaltschaft zu, dass es keinen direkten Beweis gegen Leonard Peltier gebe und die Regierung keine Beweise habe, um ihn »erneut zu verurteilen«, sollte der Fall erneut aufgerollt werden. Peltiers Freilassung auf Bewährung wurde im März 1996 abgelehnt. Nicht nur das: Die US-Justiz weigerte sich, sie vor 2008 erneut in Betracht zu ziehen.

Unterdessen hat Leonard Peltier mehr als die Hälfte seines Lebens im Gefängnis verbracht. Doch in diesen Jahren war er nicht allein. Amnesty International betrachtet ihn als politischen Häftling, und seine Freilassung wurde von solchen Persönlichkeiten gefordert wie Nelson Mandela, dem Dalai Lama, Rigoberta Menchú, Mutter Teresa von Kalkutta, dem Europäischen Parlament, Bischof Desmond Tutu, Robert Redford, Winona Ryder, Val Kilmer, Whoopi Goldberg. Der Schriftsteller Peter Matthiessen schrieb ein Buch über ihn: *In the Spirit of Crazy Horse*. Eine Rockband, *Rage against the machine*, widmete ihm einen Teil ihres Werks. Und sogar ein baskischer Sänger, Fermín Muguruza, schrieb ein Lied für ihn: »Leonard Peltier free«.

IV

»Mir tut es sehr weh, die Geschichte meines Großvaters zu erzählen. Und sie empört mich, ich möchte rebellieren, gegen die Ungerechtigkeit anschreien«, sagte Lou.

»Und was hast du mit diesen Flyern vor?«

»Ganz Missouri damit tapezieren. Mein Großvater kommt morgen Mittag in das Gefängnis. Wir werden ein Sit-in vor dem Gefängniseingang machen.«

»Ist das nicht gefährlich?«, fragte ich.

»Das ist mir egal. Aber ich wollte euch noch was fragen.«

»Du kannst auf uns zählen. In meinem Land sind wir auf Straßenblockaden spezialisiert, du hast hier also drei Experten«, sagte ich.

»Die Barrikade versperrt die Straße, öffnet aber den Weg«, fügte Pablo hinzu. »Der Satz ist nicht von mir, er stammt aus dem Pariser Mai.«

Ich dachte: Warum beichtest du ihr nicht, dass das Gedicht für Lou von einem französischen Dichter ist? Ich hielt mich zurück.

»Und wir sagen den anderen Bescheid, dann kommen sie alle. Vincenzo ist Demos gegen die Liga Lombarda gewohnt.«

»Nein, es ist nicht nötig, sie da reinzuziehen. Ich gehe mit meiner Familie und mit den Mitgliedern einer Bürgerrechtsbewegung hin. Außerdem ist Springfield 300 Meilen von hier entfernt. Ich fahre mit meiner Mutter im Auto. Was ich euch fragen wollte, ist, ob ihr was von Informatik versteht.«

»Ob wir Hacker sind?«

»Nicht ganz. Glaubt ihr, man kann die Datei von einem Videochat so bearbeiten, dass einer der Teilnehmer gelöscht wird?«

»Ja. Zumindest kann man das Bild rausschneiden oder es verdecken.«

»Ich hab einen Videochat gespeichert, in dem der Schlüssel für die Verbrechen und den möglichen Täter liegt. Wenn wir ein paar Teile rausschneiden und nur das lassen, was von Interesse ist, können wir es vielleicht anonym an einen Staatsanwalt schicken, und wer weiß. Vielleicht klappt es diesmal …«

»Hast du die Datei auf deinem Rechner?«

»Das ist das Problem. Nach dem Mord hab ich Schiss bekommen und hab den Computertower zu meinem Großvater geschickt.«

»Deinem Großvater Leonard?«

»Nein, du Dummkopf. Zu meinem Großvater Nector Kashpaw, im Navajo-Reservat. In Window Rock, Arizona. Das ist der einzige Ort auf der Welt, an dem ich mich sicher fühle. Und wo ich schon morgen nach Missouri fahre, hab ich vor, anschließend bis nach Window Rock weiterzufahren. Hoffentlich schaffe ich es rechtzeitig und sie versuchen nicht, den anderen Chemielehrer umzubringen.«

»Woher weißt du, wer der Nächste ist?«

Sie sagte es nicht, fügte aber hinzu:

»Der Sohn dieses Lehrers vertraut mir weniger als ich der nordamerikanischen Justiz.«

»Lou«, bat ich sie, »sag uns wenigstens, aus welchem Grund sie drei Lehrer für Naturwissenschaften umbringen wollen.«

Lou blickte suchend in die Ferne und fand, wonach sie suchte.

»Seht euch dieses Plakat an. Da, dort drüben rechts. Alle diese Verbrechen nur deswegen.«

Wir schauten hin: Es war ein riesiges Werbeplakat für ein berühmtes Erfrischungsgetränk.

»Völlig verrückt: alles, um die wahre Rezeptur der Coca-Cola herauszufinden.«

Der beste Polizist

I

Als wir fast zwei Stunden später wieder im Tom's ankamen, war keiner von den anderen mehr da. Wir trafen sie auf dem Sportfeld der Schule an. Ji-Sung versuchte, ihnen die Grundprinzipien des Lacrosse zu erklären. Sobald ich konnte, nahm ich Alexandros beiseite.

»Du kennst dich mit Computern aus, oder? Du hast mir erzählt, du hast einen Virus erfunden und so.«

»Na klar, immerhin haben wir Griechen die Trojaner erfunden.«

»Kann man einen Videochat manipulieren? Einen der Teilnehmer rausschneiden und Sequenzen entfernen?«

»Das ist todsicher leichter als Lacrosse spielen.«

Als Ji-Sungs Unterricht zu Ende war, gingen Pablo und ich mit Ezequiel zu McDonald's. Während wir unsere Big Macs aßen, erzählten wir ihm alles, was Lou uns gesagt hatte. Ezequiel brachte die letzten Pommes nicht mehr runter.

»Und wann hat Lou vor, den Computer in dem Indianer-Reservat abzuholen?«

»Das hat sie uns nicht gesagt. Vielleicht morgen nach dem Sitzstreik vor dem Gefängnis.«

»Wäre es nicht einfacher gewesen, den Chat auf eine CD zu brennen und dann die Datei von der Festplatte zu löschen?«

»Ja, was weiß denn ich. Sie hatte Angst.«

»Und morgen?«

»Und morgen gehen wir zu dem Sitzstreik. Wir lassen sie nicht allein.«

»Wir fahren 500 Kilometer?«

»Wie nach Mar del Plata. So weit ist das nicht.«

Wir gingen zum Busbahnhof. Um sechs Uhr morgens fuhr ein Bus, damit kämen wir vor Mittag in Missouri an. Wir kauften drei Tickets und gingen zurück zum Haus der Flanders. Zum Abendessen aßen wir mit ihnen einen Braten mit Nelken und Zucker und *colcannon*, eine Art Kartoffelpüree mit Zwiebeln und Grünkohl. Jo erklärte uns, dass das zwei typisch irische Rezepte seien. Diesmal war ich dafür zuständig, Gott für das Essen zu danken, das wir verspeisen würden. »Und möge morgen alles gut gehen, lieber Gott«, bat ich in meinem Inneren. Wir verschlangen alles, was es gab, und zogen uns in unser Zimmer zurück. Im Internet suchten wir die Adresse des Gefängnisses von Springfield, Missouri, heraus. Wir legten uns hin, und bevor wir einschliefen, erklärte Ezequiel uns die Grundregeln des Lacrosse, die er an diesem Tag gelernt hatte. Wie ein Vater, der seinen Kindern eine Einschlafgeschichte erzählt.

II

Am Dienstag standen wir früher auf denn je. Wir machten uns selbst Frühstück, weil die Whites noch schliefen. Wir wollten auch nicht, dass sie mitbekamen, wohin wir fuhren. Wir aßen nur Cornflakes mit Milch. Sicherheitshalber nahmen wir die Pässe und genug Geld mit, um notfalls zurückfliegen zu können. Ich beschloss, auch meine Nikon mitzunehmen. Was auch immer geschehen würde, es war es wert, fotografiert zu werden.

Obwohl es gerade erst dämmerte, merkte man schon, dass es ein heißer Tag werden würde. Wir liefen bis zum Busbahnhof. Unser Bus kam pünktlich. Die Autobahn, die die beiden Springfields miteinander verband, folgte dem Lauf der alten Route 66, was Pablo besonders euphorisch stimmte. Pablo und Ezequiel setzten sich auf einen Doppelsitz und ich mich auf den davor. Zwei Sitze ganz für mich allein.

Ich schlief sofort ein und wachte erst in St. Louis auf, wo der Bus einen Stopp machte. Als wir aus St. Louis herausfuhren, schlief ich, nachdem ich mir das Ufer des Mississippi angeguckt hatte, wieder ein und öffnete die Augen genau in dem Moment, als wir an einem Schild vorbeikamen, das verkündete, wir kämen nun nach Cuba. Nach einer Sekunde der Verwirrung bestätigte sich, dass es sich um einen Ort dieses Namens handelte. Ich streckte mich auf meinem Doppelsitz mit dem Kopf zum Fenster hin aus, die Füße zeigten zum Gang. Als ich das nächste Mal aufblickte, fuhren wir gerade in die Stadt Springfield ein, im Bundesstaat Missouri.

Vom Busbahnhof liefen wir bis zur Sunshine Street und gingen auf der Suche nach dem Kansas Expressway in Richtung Westen, weit aus dem Stadtzentrum hinaus. An der Kreuzung dieser beiden Straßen sollten wir auf das Medizinische Zentrum für Bundeshäftlinge stoßen, ein Gefängnis, das gleichzeitig ein Krankenhaus war.

Als wir es aus der Ferne sahen, sagte Ezequiel:

»Wenn das ein Knast ist, dann begehe ich jetzt gleich ein Verbrechen.«

Das Gefängnis von Springfield lag inmitten eines

Parks, der die Gärten der französischen Schlösser blass aussehen ließ. Ganz hinten sah man ein solides Gebäude aus Ziegelsteinen, etwa fünf Stockwerke hoch und circa 150 Meter breit. Davor präsentierte sich imposant ein riesiger Mast mit der Flagge der Vereinigten Staaten.

Auf dem Bürgersteig vor den grün umsäumten Wegen zum Gebäude gingen etwa zwanzig Personen mit Plakaten im Kreis. Lou war auch dabei. Sie sah uns kommen und winkte freudig mit ihrem Plakat. Als hätte sie schon immer gewusst, dass wir trotz der Entfernung kommen würden.

»Kommt, lauft mit uns im Kreis, damit die Polizei euch nicht festhält. Das ist meine Familie.«

Ich hörte, wie Ezequiel leise zu Pablo sagte:

»Echt hübsch, deine angeheiratete Familie.«

Lou erklärte uns:

»Das sind nicht alles Cousins, Cousinen, Onkel oder Tanten. Sie sind aus der großen Indianerfamilie. Es gibt Chippewa wie meinen Großvater und wie meine Mutter, Navajo, Hopi, Zuni, Lakota, Cherokee, Osage …«

Es musste einer von jeder Ethnie sein, denn insgesamt waren es 18 Personen, dazu wir. Ich fragte Lou, ob ich Fotos machen könne, und sie sagte, das sei kein Problem. Ich knipste von innerhalb des Menschenkreises und ging dann weiter weg, um sie mit dem Krankenhaus-Gefängnis im Hintergrund zu fotografieren. Die Schilder und Plakate wiederholten die Forderung nach Leonard Peltiers Freilassung. Wie in einer Litanei kehrten unsere Stimmen immer und immer wieder zum selben Satz zurück: »Free Leonard Peltier.«

Irgendwann gab ein etwa 30-jähriger Mann, der die Gruppe anzuführen schien, eine Anweisung, und wir liefen unter den erwartungsvollen Blicken der Sicherheitsmänner im Gänsemarsch zum Haupteingang. Dort setzten wir uns auf den Boden. Ein Uniformierter trat zu unserem Anführer und sprach mit ihm. Unser Anführer schüttelte den Kopf und sagte etwas, das ich nicht hören konnte. Der Uniformierte gab auf und ging.

»Die Story kenne ich schon«, sagte Pablo, »in ein paar Minuten kommt die Infanterie mit den Pferden.«

Die Infanterie kam nicht, doch es waren keine drei Minuten vergangen, seit wir uns vor dem Eingang auf dem Boden niedergelassen hatten, als fünf Streifenwagen anrückten, zwei gepanzerte Räumfahrzeuge und noch eins von denen, die für Häftlingstransporte benutzt werden. Aus dem Inneren des Gefängnisses kam eine weitere Gruppe Uniformierter auf uns zu. Ich machte ein paar Fotos von den Streifenwagen und der Gruppe der sich nähernden Gefängniswärter. Ezequiel rief mir zu:

»Steck die Kamera weg.«

Er hatte recht. Ich hängte mir die Kamera unters T-Shirt. Eine Sekunde später waren die Polizisten über uns. Sie trugen die typischen Schlagstöcke der Polizei überall auf der Welt. Einer der Vorteile der Globalisierung ist es, dass man die universellen Bewegungen der Bullen voraussehen kann. Zuerst versuchten sie, ein paar von uns mitzunehmen, und weil es so lästig war, uns mitzerren zu müssen, begann ein Schlagstockregen auf uns niederzuprasseln, der unsere argentinische Provinzpolizei Bonarense an einem schlechten Tag blass aussehen ließ. Ich kapierte gerade erst, was los war, da hatte ich schon einen heftigen Hieb auf die Schulter bekommen, der brannte wie ein Messerstich. Außer Gefecht gesetzt, wie ich nun war, hoben sie mich zu zweit unter den Armen hoch und schleppten mich zu einem Streifenwagen. Bevor sie mich in den Gefangenentransporter luden, drückten sie mich gegen das Fahrzeug, tasteten mich ab, nahmen mir den Fotoapparat weg und legten mir Handschellen an.

Im selben Bulli nahmen sie Ezequiel mit, der einen leichten Schnitt am Hals hatte, aus dem es blutete. Er versuchte, sich mit der Schulter sauberzumachen, denn seine Hände steckten ebenfalls in Handschellen. Alles war so schnell gegangen, dass ich gar nicht hatte reagieren können, ich hatte Lou nicht beschützen können, auch nicht wegrennen, irgendwas. Und zu allem Überfluss hatte ich die Kamera verloren.

Wenn sie uns nicht gerade verhaftet hätten, wäre die Situation zumindest paradox gewesen: Weil wir vor einem Gefängnis protestierten, nahmen sie uns fest und fuhren uns in die Polizeizentrale von Springfield, Missouri.

Sie holten uns mit weniger Gewaltanwendung aus dem Wagen raus und führten uns in eine Zelle mitten in einem großen Büro. Nach einer Weile kamen die restlichen Verhafteten, darunter Pablo und Lou. Sie schienen keine Schläge abbekommen zu haben.

Sie nahmen unsere Daten auf, ließen mich Fingerabdrücke machen und ein Papier unterschreiben, auf dem meine Besitztümer aufgelistet waren, und ich verlangte meine Kamera zurück. Eine Minute später hielt ich die Kamera in den Händen, sie schien unbeschädigt zu sein, und sie steckten sie mit meinem Schlüsselbund, meinem Geld, meinem Pass und einer Packung Kaugummis in den Beutel. Man machte Fotos von mir von vorne und im Profil. Ich wollte lächeln. Und konnte nicht.

Ich durfte einen Telefonanruf tätigen. Zuerst dachte ich daran, Flanders anzurufen, doch wahrscheinlich würde er lebenslänglich für uns alle drei fordern. Ich meldete ein R-Gespräch zum Büro meines Onkels. Er war nicht da, ich sprach mit Pinocchio. Ich sagte ihm, die Polizei habe mich auf einer Demonstration in Springfield, Missouri, nicht Illinois, festgenommen.

»Du bist ein Trottel«, sagte er mit irritierender Ruhe. Mir wäre eine Szene mit wildem Geschrei und Sorge um mein Schicksal lieber gewesen.

»Sag meinem Onkel Bescheid, dass er was tun soll. Wir sind alle drei verhaftet.«

Pinocchio tat weiter so, als erzählte ich ihm, wir seien in einem Ferienresort.

»Find die Besuchstage raus, wir reisen vielleicht nächste Woche, um uns die Spurs anzugucken, dann kommen wir auf einen Sprung vorbei«, sagte er zu mir.

»Im Ernst, Idiot, die hier sind schlimmer als die Bonarense.«

»Zur Hölle mit dir, wenn du dich auch mit der CIA anlegen musst.«

Ein Polizist machte mir ein Zeichen, ich solle auflegen.

»Sag meinem Onkel, er soll meinen Eltern nichts sagen.«

»Wenn deine Eltern was spitzkriegen, bringen die dich um, deinen Onkel, mich, selbst die arme Sharon, die hier neben mir sitzt und dich grüßen lässt.«

Eine halbe Stunde später kamen ein paar Wächter, legten mir wieder die Handschellen an und nahmen nur mich mit. Wir liefen durch einige Gänge, die in das Innere einer energiegeladenen und lebendigen öffentlichen

Behörde blicken ließen. Ein totaler Widerspruch. Sie führten mich in ein Zimmer mit einem Tisch, ein paar Stühlen und einem riesigen Spiegel an der Wand: das typische Verhörzimmer. Ich blieb ein paar Minuten allein, bis, in denselben Klamotten wie immer, Inspector Briscoe und Inspector Malo auftauchten.

»Fangen wir mit einem Rätsel an«, sagte Briscoe zur Begrüßung: »Was haben ein Krimineller und ein falscher Krimineller gemeinsam? Beide sind schuldig.«

»Ich dachte, in den Vereinigten Staaten ist es erlaubt, friedlich zu demonstrieren.«

»Das gilt für die Nordamerikaner. Nicht für dich. Ich hätte nie gedacht, dass es dich wegen eines Vergehens wie diesem erwischen würde.«

»Was machen Sie hier?«

»Fast fünf Stunden Autofahrt«, sagte Briscoe genervt. »Hinter dem Bus her, in dem ihr gekommen seid.«

»Hier habe ich deine Sachen«, sagte Malo. »Damit du siehst, dass wir keine Wilden sind, haben wir deine Kamera nicht angerührt. Du siehst, wir schützen dein Recht auf Privatsphäre.«

»Vielen Dank«, sagte ich.

»Gut«, schloss Briscoe, »viel mehr gibt es nicht zu sagen oder zu tun. Ich bedaure, dir nicht die Gelegenheit zu geben, einen weiteren Mordversuch zu unternehmen und dir so die Todesstrafe zu verdienen. Hierfür wirst du nicht mehr als zehn Jahre bekommen, vermute ich. Den Eingang eines öffentlichen Gebäudes zu versperren ist ein sehr schweres Bundesvergehen.«

»Du wirst eine Zelle mit dem Indianer teilen.«

»Es gibt schlechtere Gesellschaft«, sagte ich.

»Wo wir schon davon sprechen«, sagte Eric Malo mit

besonderer Freude, »da gibt es jemanden, der dich sehr gern sehen möchte.«

Malo ging zur Tür, öffnete sie und sagte auf Spanisch:

»Komm rein, *amigo*, und begrüß deinen Landsmann.«

Das hätte ich mir nicht mal in meinem schlimmsten Albtraum vorstellen können: In einem tadellosen Anzug und mit blauer Krawatte, mit zurückgegeltem Haar und seinem Bullenschnauzbart stand da der Cabo Polonio. Ich fiel nicht in Ohnmacht, aber es fehlte nicht viel.

III

»Die Welt ist ein Taschentuch«, sagte er und fügte hinzu: »Und wir die Popel.«

Ich musste wohl träumen. Das konnte nicht wahr sein. Vor mir hatte ich den Verbrecher, der mit der Mutter meiner Freundin zusammen war, derselbe Typ, der mit seinen Helfershelfern versucht hatte, den ersten Ball zu klauen, mit dem Maradona gespielt hatte, der Polizist, der mich im letzten Jahr in Villa Fiorito hatte umbringen wollen. Unter normalen Umständen hätte ich zu heulen begonnen, aber das waren keine normalen Umstände.

»Ich dachte, Sie säßen in irgendeinem Streifenwagen im Süden von Gran Buenos Aires«, sagte ich mit einer Stimme zu ihm, die von wer weiß wo kam.

»Und ich dachte, du würdest in einem Gemüseladen bedienen.«

»Ich sehe, ihr habt viel miteinander zu besprechen.

Wir lassen euch allein«, sagte Malo und sprach auf Spanisch weiter: »Oficial Polonio, ich bitte Sie um Zurückhaltung. Sie wissen ja, es gibt leider Dinge, die wir auf einem Polizeirevier nicht machen können.«

Die beiden Inspektoren gingen. Ich hätte mir nie vorgestellt, dass ich mir einmal wünschen würde, sie würden bei mir bleiben. Der Cabo Polonio lehnte seinen Hintern an den Tisch und sah mich mit einem überheblichen Lächeln an.

»Ich hab immer schon gewusst, dass es mit dir ein böses Ende nehmen würde.«

Ich sagte nichts.

»Du wirst dich fragen, was ich in den USA mache. Dasselbe wie du: Ich lerne. Mich hat das Polizeipräsidium von Buenos Aires hergeschickt. Sie haben mich als einen der besten Polizisten des Jahres eingestuft, und zur Belohnung haben sie mich hergeschickt, damit ich mich in Verbrechensbekämpfung spezialisiere. Null Toleranz. Pass nur auf, diese Kerle hier in Springfield sind mit allen Wassern gewaschen.«

Bei Springfield sprach er das »e« mit aus. Ich konnte mich nicht mal rühren, wegen der Handschellen. Er drehte sich um und sah auf dem Tisch den Beutel mit meinen Habseligkeiten liegen. Er machte ihn auf, nahm das Geld raus und zählte die Scheine.

»Anscheinend wirft das Gemüsegeschäft mehr Geld ab, als ich dachte. Oder hast du den Ball behalten und verkauft?«

Ich schwieg weiter.

»Mir wurde gesagt, ein paar Argentinier wären in eine Demonstration verwickelt gewesen, und sie würden außerdem in Verdacht stehen, ein paar Morde begangen zu haben. Ich hätte nie gedacht, dass das du und deine Freunde sind. Gott existiert wirklich, siehst du?«

Er sah meinen Schlüsselbund an, an dem ein Bild von der baptistischen Kirche hing, auf Englisch stand darauf: »Gott liebt dich«. Natürlich waren das die Schlüssel von den Whites.

»Was heißt ›God loves you‹?«

»Gott liebt dich.«

»Ganz wie ich sage.«

Er sah das Päckchen Kaugummi, nahm sich eins raus und steckte es sich in den Mund.

»Hier lassen sie einen nicht rauchen. Ich futtere den ganzen Tag nur Schrott.«

Er zählte noch einmal das Geld.

»Gar nicht schlecht. Hast du gesehen, wie teuer hier alles ist? Zum Glück hab ich im Hotel Vollpension.«

Einen Moment lang schien er darüber nachzudenken, ob er das Geld einstecken sollte. Schließlich steckte er es zurück in den Beutel. Er nahm den Fotoapparat in die Hand.

»Ui, ich hatte genau so einen, den hat mir der Ayudante Balizas besorgt. Erinnerst du dich an Balizas? Der Arme, wegen all dem Trubel, den du und deine Freunde veranstaltet haben, haben sie ihn bei der Polizei entlassen. Und erinnerst du dich an Principal Chuy? Wegen euch hat er sechs Monate in Devoto gesessen.«

»Ihnen ist es besser ergangen.«

»Man hat so seine Beziehungen.«

Er schaltete den Fotoapparat ein und begann die Fotos durchzusehen. Ich wusste, dass der Cabo Polonio ein Mörder war. Als ich aber seinen Gesichtsausdruck sah, während er die Fotos meiner Mitschülerinnen anguckte, wurde mir klar, dass er auch ein Vergewaltiger sein konnte. Ich hatte große Lust, ihm das Gesicht grün und blau zu schlagen.

»He, wer ist denn die scharfe Dunkelhaarige hier? Sieht aus wie 'ne Indianerin. Du setzt meiner Stieftochter ja wohl keine Hörner auf, oder? Aber sie ist auf vielen Fotos mit deinem Freund. Ist sie seine Freundin? Sag bloß, du bist scharf auf die Freundin deines Freundes? Hübsche Gören. Du bist nicht dumm.«

Und wenn ich schrie? Schließlich machte er etwas, von dem selbst Eric Malo gesagt hatte, man dürfe es nicht machen. Bevor ich irgendwas unternahm, ging die Zimmertür auf. Durch die Tür trat eine der schönsten Frauen, die ich in meinem Leben gesehen hatte. Groß, schwarzes, sehr kurzes Haar, dunkle Augen, ein Mund wie aus der Feder eines Manga-Zeichners. Sie trug ein Kostüm. Hinter ihr kamen Briscoe, Malo und ein weiterer Polizist. Sie sahen aus wie begossene Pudel.

»Nehmen Sie ihm die Handschellen ab«, sagte die Frau, und ihre Stimme war tief wie die einer Fernsehsprecherin. Dann zeigte sie auf den Cabo Polonio: »Und Sie stecken diese Kamera wieder in den Beutel.«

Der Cabo Polonio konnte vielleicht kein Englisch, aber der Blick der Frau ließ keine Zweifel offen. Der Polizist schaltete die Kamera aus und steckte sie sofort weg. Die Frau hielt mir die Hand entgegen. Ich hätte ihre Füße umarmt.

»Ich bin Claire Kincaid, die Rechtsanwältin von Herrn Roberto Cholakian, dem Vormund dieses Minderjährigen«, ich hörte zum ersten Mal, dass mein Onkel mein Vormund war, hatte aber nicht vor, eine Diskussion anzufangen. Die Anwältin sprach weiter:

»Ich bitte dich um Entschuldigung. Das ist nicht die übliche Vorgehensweise mit Verhafteten und erst recht nicht mit Minderjährigen. Wenn du möchtest, kannst du Anklage gegen die Verantwortlichen erheben.«

Ich wollte nichts als weg von hier, vor allem weg vom Cabo Polonio. Die beiden Inspektoren und der Oficial der Bonarense gingen zur Tür. Bevor er den Raum verließ, glaubte der Cabo Polonio ungestraft eins auf Spanisch draufsetzen zu können:

»Pass bloß auf, Jungchen, nicht dass ich dich in den USA allemachen muss.«

»Señor«, sagte Anwältin Kincaid in perfektem Spanisch, »ich weiß nicht, was Sie hier machen, aber es ist Ihnen nicht gestattet, gegen jemanden Drohungen auszusprechen. Glauben Sie etwa, Sie sind in Ihrem Land? Ich werde sofort eine Unterlassungsverfügung erwirken, damit Sie diesem jungen Mann nicht näher als 100 Yard kommen dürfen.«

Und an mich gewandt ergänzte sie auf Englisch:

»Die glauben immer, man könne kein Spanisch. Dabei ist es Pflichtfach in der Sekundarstufe. Außerdem habe ich, bevor ich nach Springfield gekommen bin, in New York als beisitzende Staatsanwältin gearbeitet. Dort haben wir alle Spanisch gesprochen.«

Sie gab mir meine Besitztümer zurück, und wir gingen in einen Raum, wo Ezequiel und Pablo auf mich warteten. Wie durch Magie war mein Onkel zum Vormund von uns dreien geworden, hatte eine Anwältin besorgt, die nach Chanel Nr. 5 roch und uns in weniger als zwei Stunden aus der Polizeizentrale von Springfield geholt hatte. Ich wusste, dass mein Onkel gute Kontakte in den USA hatte, aber ich hatte keine Ahnung gehabt, wie gute.

»Und die anderen?«, fragte ich die Anwältin.

»Gegen die Erwachsenen wird man gerichtlich vorgehen, die Minderjährigen werden ihren Eltern übergeben.«

»Aber es gibt ein Mädchen, das mit seiner Mutter festgenommen worden ist, und der Vater lebt in Chicago.«

»Man wird sie festhalten, bis ihr Vater kommt. Das kann ein Tag sein, oder zwei, drei, vier.«

Ich fragte sie, ob sie sie nicht vertreten könne, aber Claire Kincaid erklärte uns, dass das mit gebürtigen US-Amerikanern nicht so einfach sei. Es hat auch Vorteile, Ausländer zu sein, sagte sie mit einem Augenzwinkern zu uns.

Sie würde mit meinem Onkel sprechen, um ihn zu beruhigen. Wir sollten ihn auch anrufen oder ihm eine Mail schicken. Zum Abschied riet sie uns:

»Jungs, das System möchte euch weder töten noch beschuldigen. Hier ist niemand daran interessiert, euch ins Gefängnis zu bringen, wenn ihr euch nicht schuldig macht. Aber ich sage euch etwas, und behaltet das im Kopf: Das System hat Lücken. Ein Fehler und ihr könnt tot aufgefunden werden. Die Justiz garantiert nur eine ordnungsgemäße Autopsie. Soll heißen: Eure Eltern werden zwar das Verfahren gegen den Staat wegen eures Todes gewinnen, aber ich glaube nicht, dass es das ist, was ihr wollt, oder?«

Sie gab uns die Hand und ging wieder zurück ins Gebäude, während wir uns von der Polizeizentrale entfernten.

IV

Wir riefen meinen Onkel an. Er beschimpfte mich auf Armenisch, auf Aramäisch und in vielen weiteren Sprachen. »Der Türke tobt«, sagte Ezequiel, als ich auflegte.

Wir riefen Flanders an, um uns mit irgendeiner Ausrede für unsere ganztägige Abwesenheit zu entschuldigen. Doch die Knalltüten von Briscoe und Malo hatten schon Kontakt mit ihm aufgenommen und ihm alles erzählt. Bullenschweine at their best. Flanders war verstört, sauer, undurchdringlich. Alles auf einmal.

»Das ist gegen die Vereinbarung, und auch nicht das, was wir erwarten, wenn wir junge Leute aus der ganzen Welt aufnehmen. Den Gesetzen nicht zu gehorchen heißt, Gottes Gesetz nicht zu gehorchen. Ihr habt euch auf schlimmstmögliche Art betragen. Ich spreche jetzt gleich mit der Stelle für Kulturaustausch.«

Wir nahmen die Campbell Avenue und marschierten langsam los.

Pablo brachte unser einziges und wirkliches Problem zur Sprache:

»Was wird mit Lou passieren?«

»Man wird sie festhalten, bis ihr Vater aus Chicago kommt und sie abholt.«

»Aber sie muss die Beweise wegen der Morde holen. Und wenn, während sie in Haft ist, noch jemand ermordet wird?«

Das stimmte. Das dritte Opfer war noch nicht in Sicherheit, und erst recht nicht mit der inhaftierten Lou. Außerdem konnte der dritte Versuch der entscheidende sein. Und jetzt war Lou nicht da, um uns zu verstecken.

»Wir müssen diesen Videochat holen gehen, von dem Lou gesprochen hat.«

»Alexandros hat mir gesagt, er könne alle Änderungen machen, um nur die belastenden Teile zu schicken.«

»Und wie kommen wir an den Computer?«

»Wo ist Window Rock?«

»1600 Kilometer von hier, so ungefähr, Richtung Westen, über die Mutter aller Straßen«, sagte Pablo.

Es trat Stille ein. Wir würden nicht nur 1600 Kilometer weiter reisen müssen. Wir müssten auch den Ort des Navajo-Reservats finden, Lous Familie finden, sie überzeugen, dass sie uns den Computer ansehen ließen und dann die verflixte Datei ausfindig machen. Zu viele problematische Schritte, als dass alles gut gehen könnte. Doch wenn wir mit leeren Händen nach Springfield zurückkämen, würde wahrscheinlich noch jemand sterben. Es lag an uns zu verhindern, dass ein weiterer Mord geschah.

Pablo blieb plötzlich stehen, sah uns an, sah die Straße an und sagte:

»Jungs, die Stunde ist gekommen. Die Stunde, uns auf den Weg zu machen. Die Route 66 wartet auf uns.«

On the road

I

Es war Mai, Frühling in diesem Teil der Welt, und trotzdem war es heiß wie an einem Sommertag. Das ist der Klimawechsel, hätte mein Onkel Roberto gesagt und dabei niedergeschlagen den Kopf geschüttelt, zugleich hätte er zu einer langen Tirade gegen die Eingriffe des Menschen am Amazonas angesetzt, gegen die Spraydosen, das Abbrennen von Land, die Umweltverschmutzung und die Länder, die das Kyoto-Protokoll nicht unterzeichnet hatten. Es war heiß, das stimmte. Nicht diese feuchte und klebrige Hitze, die sich in Buenos Aires im November bemerkbar macht, sondern eine trockene, dürre Hitze, wie die, die immer in den Cowboyfilmen zu sehen ist. Und wir mussten gen Westen reisen in ein Indianerreservat. Ich hatte als Kind so oft Cowboy gespielt, dass ich an meinen Flanken zwei gute Colts und auf dem Kopf den breitkrempigen Hut vermisste. Wir gingen mit langen, gemessenen Schritten. Drei Clint Eastwoods, so ungefähr.

Vom Busbahnhof aus konnte man die Highways sehen, die sich wie bei einer Hot-Wheels-Bahn voller Kurven und Brücken kreuzten. Dort war nicht besonders viel los. Es gab keine Shops, die Alfajores oder Andenken verkauften, auch keine Läden mit Kleidung für die Berge oder den Strand, keine Spielzeuggeschäfte oder Buchhandlungen. Nur eine Bar und eine Autovermietung. Es waren nur wenige Leute dort, woraus wir schlossen, dass es nicht schwierig sein sollte, drei Tickets nach Window Rock zu bekommen.

Nicht schwierig: unmöglich. Der Bus, der sich am ehesten der Hauptstadt der Navajo-Nation näherte, fuhr erst am Donnerstag Richtung Albuquerque.

»Wir können nicht zwei Tage lang warten«, sagte Pablo. »Lasst uns Tickets für irgendeinen Bus kaufen, der nach Westen fährt, und fertig.«

»Was fertig?«

»Und wir nähern uns nach und nach.«

»Und wenn wir dort, wo wir hinkommen, auch keine Tickets bekommen?«

»Was weiß ich. Dann kaufen wir Motorräder, trampen, schmuggeln uns in einen Zug.«

Pablo hatte zu viele Bücher gelesen. Trotzdem hörten wir auf ihn. Es gab einen Bus aus New Jersey, der in einer Stunde nach Oklahoma City fahren würde. Wir kauften die Tickets und gingen in die Bar, um die Zeit totzuschlagen. Wir bestellten Hamburger mit Gurke und Käse und Coca-Cola. Wir kauften gleich dort auch eine Straßenkarte für Touristen, die neben den aktuellen Interstate Highways den Verlauf der Überreste der Route 66 zeigte. Viel würden wir nicht vorankommen mit der Reise nach Oklahoma City, aber besser als nichts. Etwa 460 Kilometer von 1600.

Wir aßen die Hamburger und schauten dabei unentwegt auf die Landkarte und kalkulierten, wie lange wir wohl für die Reise brauchen würden. Wenn wir es nicht so eilig gehabt hätten, wären wir gern noch ein paar Kilometer weiter zum Grand Canyon gefahren.

Ich legte die Kamera auf den anderen Tisch, stellte den Selbstauslöser ein und machte ein Foto von uns dreien und der Landkarte, unserem Reiseführer für die nächsten beiden Tage. Zwei Tage, sofern alles gut lief.

II

Gerade als wir merkten, wie spät es war, fuhr ein silberner Bus mit dem Schildchen »Oklahoma« hinter der Windschutzscheibe auf der Plattform ein.

Es stieg nur eine Person aus und wir stiegen ein, der Fotoapparat, der um meinen Hals hing, war unser einziges Gepäck. Man merkte, dass der Bus von sehr weit weg kam, denn in der Luft hing trotz der Klimaanlage, die die drückende Hitze von Missouri milderte, eine Atmosphäre der Müdigkeit und des Überdrusses. Manche hatten Vorhänge vor die Scheiben gezogen, damit die Sonne sie nicht störte. Niemand sprach, man hörte nur den schweren Atem des einen oder anderen Schlafenden oder das angestrengte Schnauben irgendeines müden Passagiers.

Pablo und Ezequiel setzten sich wieder zusammen. Sie ließen mich mit einer Unbekannten auf dem Platz neben mir zurück, während sie zu den hintersten Reihen gingen, wo sie ganz in der Nähe des Kaffeeautomats und des Wasserspenders waren.

Meinem Ticket nach war mein Platz der am Fenster. Dieser Platz war aber von einer Frau undefinierbaren Alters besetzt, sie war wohl zwischen 35 und 60, ziemlich dick und mit lustigen Locken, die ihr in die Stirn hingen. Sie schlief, und aus ihrem offenen Mund drang ein leichtes Schnarchen. Mir schien es nicht der rechte Moment zu sein, um meinen Platz einzufordern.

Der Bus fuhr pünktlich los. Wir waren noch nicht auf die Interstate Highway 44 gebogen, als meine Sitznachbarin abrupt aufschreckte. Ich sah sie aus den Augenwinkeln an. Sie spähte aus dem Fenster und fragte mich in fast dramatischem Tonfall:

»Wo sind wir?«

»Wir haben gerade den Busbahnhof von Springfield verlassen.«

»Springfield wo?«, sie hatte den aggressiven Tonfall einer schlechten Lehrerin oder einer hypernervösen Person.

»Springfield, Missouri.«

Sie blickte aus dem Fenster und versuchte die Landschaft zu erkennen, aber es musste wohl nicht sehr anders aussehen als an jedem anderen Highway im Mittleren Westen der USA. Trotzdem schien sie entspannter.

»Ich glaube, ich bin in Chicago eingeschlafen«, sagte sie und lachte, als hätte sie etwas sehr Lustiges gesagt. Ich nutzte ihre gute Laune und forderte:

»Auf meinem Ticket steht, dass der Fensterplatz meiner ist.«

Sie sah mich an, als hätte ich Spanisch mit ihr gesprochen.

»Wie alt bist du?«

»15.«

»Und wo sind deine Eltern?«

»Ich bin mit Freunden unterwegs.«

Sie schüttelte missbilligend den Kopf und lehnte sich in ihrem Sitz zurück. In meinem Sitz. Sie sagte nichts, und ich schnitt das Thema nicht mehr an.

III

Allmählich überkam mich durch das sanfte Rütteln des Busses eine sehr angenehme Schläfrigkeit. Ich versuchte, an die Mädchen von der George Maharis School zu denken, landete aber immer wieder bei Lou. Hoffentlich würde ihr Vater bald kommen und man ließe sie frei. Ich wollte mir ihr glückliches Gesicht vorstellen, wenn wir mit ihrem geretteten Computer und den Beweisen für das Verbrechen an dem Lehrer zurückkämen. Obwohl es auch sein konnte, dass sie es gar nicht lustig fand, wenn wir ihre Daten untersuchten. Ich stellte mir lieber die erste Möglichkeit vor.

Ich schlummerte. Lou nahm aus Dankbarkeit meinen Arm und sah mir in die Augen. Doch wer mich da eigentlich am Arm fasste, war die Frau auf dem Sitz neben mir.

»Hast du geschlafen?«

»Nein«, log ich.

Sie fragte mich, was ich denn für eine Reise mit meinen Freunden machte. Ich erzählte ihr nichts von den wahren Gründen, vom Schüleraustausch und seinen Einzelheiten erzählte ich ihr hingegen wohl. Sie wusste nicht genau, wo Argentinien war.

»Das ist in Mexiko, oder?«

Ich erklärte ihr, dass dem nicht so war. Es nützte nicht viel, denn mehr als einmal begann sie einen Satz mit »ihr Mexikaner …«. Sie war eine merkwürdige Frau. Sympathisch auf eine Art, die etwas Diabolisches zu verbergen schien.

Der Bus verschlang die Schilder mit Ortsnamen, ohne

dass wir einen Stopp machten. Mount Vernon lag hinter uns, und ein neues Schild kündigte in einer Meile die Ortschaft Joplin an. Genau in dem Moment fragte sie mich nach meinem Namen und nannte mir ihren.

»Janice.«

Sie sah meinen Blick auf das Schild an der Autobahn und lächelte.

»Ich heiße Janice mit c und e. Die Sängerin war Janis. Aber wir ähneln uns, oder?«

Ich nickte. In Wahrheit ähnelte sie Janis Joplin so sehr wie Michael Jackson Madonna. Um das Thema zu wechseln, fragte ich sie, ob sie in Oklahoma lebte. Janice machte ein trauriges Gesicht. Bevor mir irgendeine andere dumme Frage einfiel, um erneut das Thema zu wechseln, sagte sie zu mir:

»Ich hab in New Jersey gelebt, aber ich musste gehen.«

Sie erzählte mir eine hochkomplizierte Geschichte: Ihre Mutter war vor einigen Monaten in New Jersey gestorben, sie war dorthin gezogen, um sie zu pflegen, aber ihr Bruder, Janice zufolge ein sehr schlechter Mensch, hatte ihr das Leben unmöglich gemacht. Sie erzählte mir, dass sie trotzdem in dem Haus geblieben war, das ihrer Mutter gehört hatte, und sich nach kurzer Zeit in einen Geschäftspartner ihres Bruders verliebt hatte. Sie wollten schon heiraten, doch später hatte sich gezeigt, dass er eine genauso brutale Persönlichkeit hatte wie ihr Bruder. Und das hatte sie nicht ertragen.

»Sieh mal, du bist mir sympathisch, deshalb sag ich dir die Wahrheit: Sowohl mein Bruder als auch mein Verlobter gehören zur Mafia.«

»Aha«, sagte ich und verfluchte den Augenblick, in dem ich mich auf diesen Platz gesetzt hatte.

»Ja. Zur italienischen Mafia.«

»Ah, wie in *Goodfellas.*«

»Ein bisschen brutaler, würde ich sagen.«

Ich machte weiter ein ausdrucksloses Gesicht, doch sicher verformte sich meine Miene zu etwas zwischen Überraschung und Entsetzen, als sie zu mir sagte:

»Ich sag dir was: Mein Verlobter hat mich geschlagen. Da hab ich einen Revolver genommen und ihn kaltgemacht. Ein einziger Schuss mitten in die Stirn. Der Arme. Diese Missgeburt schlägt keinen mehr.«

IV

Es gab zwei Möglichkeiten. Entweder war Janice verrückt und hatte ihren Verlobten umgebracht und war gefährlich, oder sie war verrückt und hatte diese Geschichte vom Mord erfunden und war daher gefährlich. Wie gut, wenn das Leben einem die Wahl lässt.

Janice verlor sich in Einzelheiten, die mein Gedächtnis beschloss nicht zu speichern. Ich hörte nur den Singsang ihrer hellen Stimme, durchdringend und fröhlich wie der dieser Tanten, die man nie haben möchte. Ich weiß nicht, in welchem Moment sie ihre Hand auf mein Knie gestützt hatte und zu mir sagte:

»Ihr Mexikaner seid so dienstfertig, warum holst du mir nicht einen Kaffee?«

Ich stand auf wie ein Automat, ohne einen Ton von mir zu geben, und fühlte mich etwas befreit, weil ich bis nach ganz hinten im Bus gehen musste. Ich kam an den Jungs vorbei, die mit offenen Mündern schliefen. Ich dachte daran, stehenzubleiben und ihnen alles zu erzählen, aber aus irgendeinem Grund drehte ich mich um und sah ganz vorn Janices Äuglein, die mich beobachteten. Nur ihre kleinen Augen, daher weiß ich nicht, ob sie lächelte oder mich mit einer gewissen Aggressivität anblickte. Ich lächelte und ging weiter. Ich füllte den Kaffee ein, verbrannte mir die Hand, fluchte leise und kehrte zu meinem Sitz zurück.

Sie fragte mich noch einmal nach meinem Alter. Sie erzählte mir, dass sie einen Sohn habe, der kaum älter sei als ich. Ich glaube, ihre Augen füllten sich mit Tränen, als sie das sagte, doch da blieben sie, in den Augen. Sie habe ihren Sohn seit Jahren nicht mehr gesehen. Ich verstand nicht richtig, ob der Vater es nicht erlaubte oder ob ihr Sohn weggegangen war. Zusammenhangslos erzählte sie mir, wenn nicht ihr Bruder gewesen wäre, hätte sie nicht gewusst, was sie mit der Leiche ihres Verlobten hätte machen sollen.

»Sicher hat er die Leiche zerstückelt. Sie machen immer dasselbe«, fügte sie hinzu, und ich wusste nicht, ob sie das stolz oder angeekelt sagte. Ich wollte nichts mehr von diesem Gespräch wissen. Jedes Mal, wenn ich einen Anlauf unternahm, die Augen zu schließen und mich schlafend zu stellen, fügte sie einen weiteren Satz hinzu. Der Bus fuhr auf der fast leeren Autobahn wohl an die hundert Stundenkilometer. Für mich fuhr er im Schritttempo, die Kilometer zogen sich wie der Käse auf einer richtig heißen Pizza.

Irgendwann schloss ich die Augen und fing an zu schnarchen. Ich hatte noch nicht den ersten Schnarcher ausgestoßen, als sie mich kräftig am Arm packte und mit schreckerfüllter Stimme sagte:

»Es würde mich nicht wundern, wenn mein Bruder in Oklahoma auf mich wartet.«

»Lebt er nicht in New Jersey?«

»Kapierst du nicht? Er ist in der Lage, den Weg im Auto zurückzulegen, vor mir da zu sein und auf mich zu warten, um ein Ende mit mir zu machen.«

»Ein Ende machen?«

»Mich umbringen.«

»Aber warum sollte er Sie umbringen, wo er Ihnen doch geholfen hat?«

»Du kapierst nicht, wie die Mafia funktioniert. Er hat mir geholfen, damit die anderen Bosse nicht glauben, ich hätte seinen Partner in seinem Auftrag umgebracht. Aber jetzt, um bei ihnen gut dazustehen, ist er fähig, mich auszuschalten. Um zu zeigen, wie er für Gerechtigkeit sorgt.«

Das Argument schien mir übermäßig komplex, wenn nicht an den Haaren herbeigezogen. Doch sie fügte noch etwas hinzu, was mir die Lust nahm, weiter darüber nachzudenken.

»Außerdem ist er fähig, dich oder alle in diesem Bus hier umzubringen.«

Ich schluckte.

»Ich weiß schon«, sagte sie mit einer plötzlichen Eingebung, »ich steige in Edmond aus, und wenn der Bus in Oklahoma ankommt, weiß er nicht, wo ich ausgestiegen bin.«

Mir schien das eine hervorragende Idee zu sein. Es waren nur noch zwei Kilometer bis Edmond, daher unterstützte ich ihren Vorschlag begeistert.

»Aber es gibt ein Problem. Ich hab nicht genug Geld, um eine andere Strecke zu fahren. Vielleicht ist es besser, bis nach Oklahoma zu fahren und Gottes Willen geschehen zu lassen. Oder du könntest mir Geld leihen, wenn du mir deine Adresse gibst, schicke ich es dir in 48 Stunden.«

Ich muss zugeben, dass ich zu diesem Zeitpunkt zu verwirrt war, um genau zu wissen, wie ich reagieren sollte. Trotzdem sagte ich, mit dem letzten Tropfen Mut, der mir noch blieb:

»Mmmm, nein, ich kann Ihnen kein Geld geben ... das brauche ich selbst.«

Sie sah mich an, wie Serienkiller wohl ihr nächstes Opfer ansehen müssen.

»Ich glaube, du hast nicht verstanden«, sie machte ihre Handtasche auf und ließ mich hineingucken; darin war eine Waffe. »Bist du dir bewusst, dass ich den Menschen umgebracht habe, den ich geliebt habe, und dass ich nicht in den Händen meines Mafia-Bruders sterben möchte? Kapierst du, wozu ich bereit bin?«

Der Bus fuhr schon in den Busbahnhof von Edmond ein. Ich zog das Geld, das ich bei mir trug, aus meinen Bermudas.

»Lass mal sehen«, sagte sie und nahm es. Wir zählten: Es waren 188 Dollar. Sie teilte 180 ab und gab mir acht zurück. »Los, schreib mir deine Adresse auf diesen Zettel.«

Sie sah sich an, was ich aufgeschrieben hatte, und fragte:

»Argentinien ist in Mexiko?«

Während ich ihr noch einmal erklärte, dass Argentinien nicht in Mexiko lag, war der Bus schon stehengeblieben. Sie nahm ihre Tasche, schob sich an mir vorbei, wobei sie mir auf beide Füße trat, und verabschiedete sich:

»Du bist ein guter Junge. Wenn dich in Oklahoma irgendwer nach mir fragt, hast du mich nie gesehen. Du hast nie was von mir gehört.«

Und sie stieg aus. Der Bus fuhr wieder an, und ich blickte an die Decke und hatte das Gefühl, einer großen Gefahr entkommen zu sein. Mit der linken Hand hielt ich die acht Dollar umklammert, die mir geblieben waren. So blieb ich sitzen, bis der Bus 25 Minuten später in Oklahoma eintraf.

V

»Oklahoma City looks oh so pretty ...«, sang Ezequiel, als wir aus dem Autobus stiegen, und machte dabei eine versoffene Stimme wie Pappo. Equi und Pablo blickten den Busbahnhof in seiner ganzen Breite an, als wären wir dort hingekommen, um Sightseeing zu machen. Ich dagegen stand noch unter der Wirkung von »Janice the Menace«.

»Ich vermisse meinen Walkman«, beklagte Ezequiel sich.

»Jungs, habt ihr noch Geld?«

»Klar, du nicht?«, fragte Pablo.

»Nein.«

Ich erzählte ihnen, was im Bus vorgefallen war. Als ich fertig war, sahen sie ernst aus und hatten einen Blick, der irgendwo zwischen Verachtung und Mitleid lag.

Wieder bekamen wir keine Tickets nach Window Rock. Aber auch nicht nach Gallup, Albuquerque, Amarillo oder irgendeine andere Stadt westlich von Oklahoma. Wir hatten noch mehr als 1100 Kilometer vor uns, und es gab keine Möglichkeit, einen Bus zu nehmen. Wir gingen aus dem Busbahnhof und liefen ziellos herum, bevor wir in eine Cafeteria gingen. Wir bestellten uns Sandwiches und Limo, breiteten die Landkarte auf dem Tisch aus und sahen uns die Straßen an. Wir könnten die Interstate 40 nehmen, oder die alte Route 66, die parallel zur 40 verlief.

»Ich glaube, wenn wir die 66 nehmen, haben wir größere Chancen zum Hitchhiken«, behauptete Pablo.

»Zum was?«

»Autostopp, trampen.«

»Wir sollten die Interstate 40 nehmen«, sagte ich prononciert und sehr bestimmt, denn mir schien, Pablo ließ sich von seinen literarischen Interessen mitreißen.

»Das stimmt, um nach Amarillo zu kommen, muss man die 40 nehmen.«

Wir sahen alle drei auf. Sein Körper zeichnete sich im Gegenlicht ab und war nicht gut zu erkennen. Aber die Stimme war unverwechselbar. Der Cabo Polonio kam näher und legte seinen Finger auf die Karte. Dann zog er die Sonnenbrille aus und setzte sich auf den vierten Stuhl an unserem Tisch.

VI

»Sie dürfen nicht in unsere Nähe kommen. Es gibt eine Unterlassungsverfügung«, sagte Pablo.

»Jungs, die Justiz ist langsam. Hier wie dort. Außerdem, was wollt ihr machen? Der Kellnerin Bescheid geben, dass ich nicht bei euch am Tisch sitzen darf? Lasst nur, ich rufe sie selbst.«

Die Kellnerin kam und der Cabo Polonio bestellte »uan kofi«.

»Normaler Kaffee?«

»Was immer du willst, Schöne«, sagte er auf Spanisch.

»Wenn Sie glauben, dass wir unsere Anwältin nicht informieren werden ...«

»Wie ich sehe und höre, habt ihr es eilig, nach Amarillo zu kommen. Wollt ihr mich nicht fragen, was ich hier mache und woher ich weiß, wohin ihr fahrt?«

Wir sagten nichts.

»Na gut, ich erzähl's euch trotzdem. Ich mach einen kleinen Extra-Job. Ein paar Freunde, ihr wisst schon, haben mich beauftragt, inoffiziell natürlich, euch nicht aus den Augen zu verlieren. Für die ist das schwierig, weil sie sehr beschäftigt sind. Sie haben mir ein Auto besorgt und alles. Ist kein Mercedes, läuft aber gut. Als ich gesehen hab, dass ihr hier aus dem Bus raus seid, dachte ich, ihr bleibt in Oklahoma. Aber dann hab ich gesehen, dass ihr ein neues Ticket kaufen wolltet, und bin hinter euch an den Schalter und hab die Verkäuferin gefragt. Kaum zu glauben, ich hab ihr meine Polizeimarke von der Bonarense gezeigt, und das hat gereicht, damit sie mir alle Fragen beantwortet. Die Polizeimarke ist eine Sprache, die jeder versteht.«

Er trank seinen Kaffee mit der Seelenruhe eines Freundes, der eine lustige Anekdote erzählt.

»Wenn ihr wollt, kann ich euch bis Amarillo mitnehmen.«

»Nein, danke.«

»Gut, auch egal. Ich werd ganz in eurer Nähe sein. Nehmt das nicht als Drohung, mich interessiert wirklich herzlich wenig, was ihr dort vorhabt. Ich möchte nichts weiter, als mal mit euch allein zu sein. Ihr und ich. Nochmal: Nehmt das nicht als Drohung. Das ist eher eine Prophezeiung: Ich bin mir sicher, zumindest einer von euch landet auf einem Friedhof in den USA.«

Er stand auf und ging langsam weg. Zu allem Überfluss bezahlte er nicht mal seinen Kaffee.

VII

Wir brauchten ein paar Minuten, bis wir zu einer Reaktion fähig waren.

»Wir müssen so schnell wie möglich nach Window Rock kommen. Wir können nicht warten.«

Pablo hatte recht.

»Das Gute ist, dass der Typ glaubt, wir fahren nach Amarillo.«

»Die Verkäuferin am Schalter hat sicher nicht mal verstanden, was er sie gefragt hat.«

»Oder sie hat ihn verstanden und absichtlich gelogen.«

»Wenn es ums Lügen gegangen wäre, hätte sie ihm gesagt, wir fahren nach Miami.«

Wir mussten dort raus, ohne dass der Cabo Polonio uns sah. Wir fragten die Kellnerin, ob es noch einen anderen Weg raus gab als den Eingang zur Cafeteria. Da sie uns seltsam anschaute, mussten wir ihr eine Erklärung geben, und in diesem Fall war nichts besser als die

Wahrheit: Der Typ, der sich zu uns an den Tisch gesetzt hatte, war ein Bulle und wartete draußen auf uns.

Die Kellnerin führte uns hinter die Bar. Es gab einen Hof mit Getränkekisten und einer nicht sehr hohen Mauer, hinter der ein Durchgang zu einer Avenue war. Während wir überlegten, wie wir über die Mauer kämen, tauchte die Kellnerin wieder auf und warnte uns:

»Beeilt euch, der Cop ist wieder in die Bar rein.«

In einer Sekunde hingen wir an der Mauer und in der nächsten fielen wir schwer auf der anderen Seite hinunter. Wir rannten die hundert Meter durch den Gang mit Geschwindigkeitsrekord. Wir kamen zur Avenue, überquerten sie und rannten ein paar Blocks weiter, bis wir eine ruhige Straße fanden, wo wir wieder Luft holen konnten. Die Lungen quollen mir förmlich aus den Augen.

Schon entspannter kamen wir an einen riesigen Park und mischten uns unter die Passanten. Die Sonne brannte noch immer heiß. Wir liefen zwischen den Leuten herum, bis wir zu einer Art Triumphbogen kamen, durch den man einen kleinen, von Rasen umgebenen See sah. Über dem Bauwerk stand eine Zahl: »9.03«. Ein Schild erklärte die Bedeutung. Es war ein Denkmal zu Ehren der Opfer des Attentats von 1995, als ein Typ in einem Bundesgebäude eine Bombe gezündet hatte und viele Menschen gestorben waren. 9.03 war die Zeit, zu der die Bombe explodiert war. Die Fotos der Opfer erinnerten mich an die verborgen in Fiorito liegende Hütte, wo die Leute aus dem Viertel die Fotos der von der Polizei ermordeten jungen Leute hinbringen.

»Sieht aus wie die Hütte von Fiorito«, sagte ich. Pablo schüttelte den Kopf.

»Ja, aber mit ein paar feinen Unterschieden. Das hier hat der Staat errichtet, alle Welt kommt es besuchen, der Typ, der die Bombe gelegt hat, wurde vor Gericht gestellt und verurteilt …«

Wir entfernten uns von dem Denkmal und überlegten, wie wir es anstellen sollten, nicht wieder dem Cabo Polonio über den Weg zu laufen.

»Der Typ glaubt, wir nehmen die Interstate 40 bis Amarillo.«

»Ein Grund mehr für die Route 66.«

Wir sahen uns den Ort noch eine Weile an, insbesondere die Sonnenstrahlen, die auf den See fielen, als wären es goldene Mikadostäbchen. Wir hatten keine große Lust, raus an die Straße zu gehen, aber es wurde allmählich spät. Wir liefen bis zur Route 39, die unserem Reiseführer zufolge schon die Route 66 war. Wir waren noch in der Stadt, daher beschlossen wir, noch ein Stück weiter zu laufen, bevor wir den Daumen raushielten. Nach und nach änderte sich das Panorama, die Gebäude und Geschäfte machten großen Zementklötzen Platz, wahrscheinlich Lagerhallen. Die Geschäfte hier verkauften landwirtschaftliche Maschinen oder Autoersatzteile. Nach einer halben Stunde Fußmarsch lag die Bebauung hinter uns, und auf beiden Seiten der Route 66 war nur noch Wiese.

»Halten wir den Daumen raus?«, fragte Equi.

»Das machen wir.«

VIII

Den Daumen nach vorn, nach Westen gerichtet, auf den Lippen das verführerischste Lächeln, das gleichzeitig harmlos wirken sollte. So standen wir über eine halbe Stunde lang da, aber irgendwas machten wir wohl falsch, denn keins der tausenden von Autos, die vorbeifuhren, ließ sich dazu herab, zu bremsen und uns mitzunehmen.

»Mein Arm wird müde.«

»Mein Kiefer auch.«

In diesem Moment kam er. In Wahrheit hörten wir ihn, bevor wir ihn sahen: das dröhnende Hupen eines Schiffes oder eines Flugzeugs. Dann sahen wir ihn von weitem, wie er um die Kurve bog, die wir hinter uns gelassen hatten: ein riesiger Truck mit Hänger, der ziemlich schnell angefahren kam. Wir hätten nie gedacht, dass er halten würde, hielten aber mechanisch den Daumen raus. Der Truck sauste an uns vorbei wie ein Blitz und kam dreißig Meter später zum Stehen. Wir rannten.

»Wohin seid ihr unterwegs, Jungs?«

»Nach Window Rock, Arizona.«

»Ich fahre nach Kalifornien, kann euch unterwegs rauslassen. Steigt ein.«

Ich war noch nie in einen Laster gestiegen, und dieser war spektakulär: Der Hänger war so lang wie ein halber Häuserblock, und das Fahrerhäuschen hätte problemlos eine Zweizimmerwohnung sein können. Zum Hinaufklettern gab es eine silberne Leiter, die sich vom Rot und Weiß des ganzen Trucks absetzte. Wir machten es uns in der großen Kabine gemütlich: Pablo am Fenster, Ezequiel Ellbogen an Ellbogen mit dem Fahrer und ich in der Mitte. Der Lasterfahrer war ein beleibter älterer Typ, dessen Muscle-Shirt nicht den ganzen Bauch abdeckte. Er sah aus wie seit mehreren Wochen unrasiert, hatte braunes Haar an den Seiten und in der Mitte eine beginnende Glatze. Der Sauberkeit schien er nicht besonders zugetan: Unter unseren Füßen lagen Zigarettenkippen herum, Sandwichpackungen, leere Bierdosen und die eine oder andere Flasche.

»Ich heiße Billie Joe McKay«, sagte er. »Ihr könnt mich B. J. nennen.«

Wir stellten uns vor. Ich machte es mir schon bequem, um die Landschaft des Staates Oklahoma zu genießen, als sich aus dem hinteren Teil der Kabine eine Hand auf meine Schulter legte. Eine behaarte, klobige Hand, die meine rechte Schulter fest drückte. Zum Glück drückte sie mich, denn sonst wäre ich vor Schreck in die Windschutzscheibe geflogen.

Es war keine Hand. Es war die Pfote eines Affen.

Ich warf mich zu Pablos Seite, und Ezequiel zögerte, ob er sich auf den Lasterfahrer werfen oder die Liebkosung hinnehmen sollte, die ihm der Schimpanse zugedacht hatte.

»Und das ist Bear«, sagte B. J., »mein bester Freund.«

Der Schimpanse trug einen Hut wie ein englischer Aristokrat und ein T-Shirt, auf dem stand: »Bush: Ich hab ihn nicht gewählt.« Der Affe sah uns überrascht an. Er schien so alt zu sein wie sein Herrchen. Ich versuchte mich zu erinnern, ob Affen beißen. Sicherlich taten sie das.

»Wie originell«, sagte Ezequiel und balancierte zwischen dem Körper des Truckers und dem ausgestreckten Arm des Schimpansen, »einen Affen ›Bär‹ zu nennen.«

B. J. sah ihn ernst an:

»Bear ist mein bester Freund.«

»Wir haben ein Team, das The Monkeys heißt.«

B. J. sah uns an, als hätte Pablo etwas Schlimmes gesagt. Er streckte sich bis zum Handschuhfach, holte eine Packung Kekse heraus und gab sie Bear. Der Affe nahm die Packung, richtete sich hinten ein und vergaß uns. Langsam nahmen wir die Rückbank des Sitzes wieder mit unseren Wirbelsäulen in Beschlag. B. J. holte auf seiner Seite eine in Packpapier gewickelte Flasche hervor. Er zog das Papier ab, das er aus dem Fenster warf, und machte sie auf. Es sah aus wie Whiskey. Er nahm einen langen Schluck aus der Flasche und bot sie uns an.

»Bourbon Jim Beam«, sagte er, »das Getränk der Cowboys.«

Wir lehnten, so nett wir konnten, ab. Er fühlte sich von der Abweisung nicht verletzt, ganz im Gegenteil, er nahm uns zu Ehren noch drei Schluck. Er steckte die Flasche wieder dorthin, wo er sie hergeholt hatte, und wischte sich mit der Hand den Mund ab.

»Ach, Jungs, es gibt nichts Schöneres, als mit dem Truck über die Straßen Amerikas zu fahren. Das schwör ich euch. Seit dreißig Jahren fahr ich von Kanada nach Mexiko, von Las Vegas nach Miami. Seht mal da«, und er zeigte nach vorn, »und dort hinten«, wir sahen in den Rückspiegel. »Hier und da ist das Abenteuer, das schwör ich euch. Und das Wichtigste: schöne Frauen. Die schönsten von Amerika.«

Als er schwieg, um die Bourbon-Flasche wieder rauszuholen, nutzte ich die Gelegenheit und fragte ihn:

»Und transportieren Sie immer dieselbe Ware?«

»Im Allgemeinen ja. Besser gesagt, die Ware wechselt, auch wenn ich seit fast zehn Jahren dasselbe mache.«

Er nahm noch einen Schluck, stellte die Flasche weg, kratzte sich mit der linken Hand die rechte Achselhöhle und fügte hinzu:

»Ich transportiere Schmuggelware. Ich schwör euch, das macht so richtig Spaß.«

Christine

I

Was konnten wir tun? Ihm sagen, er solle anhalten und uns rauslassen? Letztlich war er ein Schmuggler, der sich auf sein Geschäft verstand. Wenn er in Freiheit war, dann deshalb, weil man ihn nicht geschnappt hatte. Oder zumindest nicht in letzter Zeit. Der Griff des Affen an meiner Schulter war angesichts der neuen Gefahren, die sich am Horizont abzeichneten, zu einer Liebkosung geworden.

B. J.s Laster fraß Kilometer um Kilometer und brachte uns unserem Bestimmungsort näher. Vermutlich wurde die Route 66 viel weniger überwacht als die Interstate 40 und deshalb fuhr B. J. hier entlang.

Jedes Mal, bevor er ein anderes Fahrzeug überholte, drückte B. J. auf die Hupe, die wie das Tuten eines Ozeandampfers klang. Oben aus dem Laster heraus war das lustig, wenn ich auch vermute, dass es für die Autofahrer bedrohlich klingen musste.

Der Schimpanse saß hinten, aber er steckte den Kopf zwischen Ezequiel und mir durch. Mit der rechten Pfote stützte er sich auf meine Schulter. Nicht dass wir völlig gelassen gewesen wären, aber wir hatten auch keine große Angst.

Bear sah sie zuerst. Er ließ meine Schulter los und begann zu kreischen und mit seinen langen Armen zu schlagen. B. J. lächelte und zeigte seine wenigen noch verbliebenen Zähne.

»Da sind sie wieder. Sehr gut, Bear, man muss auf der Hut sein.«

Wir blickten nach vorne und sahen nur einen Fleck am Ende der Straße. In dem Maße, wie wir näher kamen, konnten wir eine Gruppe von Fahrzeugen erkennen, die den Verkehr auf der Straße sperrte. Als wir noch ein wenig näher dran waren, blieb uns das Herz stehen: die Polizei.

»Sind wir noch in Oklahoma, oder ist das schon Texas?«, fragte Pablo mich. Ich guckte auf die Landkarte.

»Ich glaube, wir sind noch in Oklahoma.«

»Das ist gut. Texas ist das Heimatland der Todesstrafe, da wären wir nicht noch mal davongekommen.«

B. J. trällerte einen alten Song, und als wir auf fünfhundert Meter an die Streifenwagen herangekommen waren, die auf uns zu warten schienen, trat er aufs Gas. Pablo klammerte sich an mich und ich mich an Ezequiel. Ich weiß nicht, ob Equi sich an B. J. oder an den Affen klammerte. Wenn wir bei einem Crash des Trucks oder von den Kugeln der Polizei durchsiebt sterben sollten, dann besser eng beisammen.

B. J. drückte auf seine höllische Hupe. Die Polizisten zogen ihre Waffen und machten uns Zeichen, damit wir anhielten. Ich vertraute darauf, dass sie unsere panischen Gesichter sehen und unser Leben schonen würden. Dass sie nicht allzu viel auf uns schießen würden. In weniger als 30 Meter Entfernung, als der Zusammenprall unausweichlich schien, riss B. J. mit einem lockeren Schwung aus dem Handgelenk das Lenkrad herum und brauste mit einem Schlenker, der Kun Agüero alt aussehen ließ, an der Polizei vorbei. Während wir also seitlich an den Streifenwagen vorbeirasten, bot sich mir ein äußerst merkwürdiges Bild: Ein Polizist im Rollstuhl rollerte hektisch hinter uns her – dabei hätte er uns nicht mal einholen können, wenn auch er in einem Truck mit Hänger unterwegs gewesen wäre. Im Rückspiegel sah ich den Polizisten, wie er mit erhobener Faust gegen uns wetterte. B. J. lachte, als sei das alles nichts als ein großer Witz.

»Habt ihr Sheriff Lobo gesehen? Der Alte verpasst es nie, wenn ich hier vorbeikomme.«

Die Reise ging friedlich weiter, wenn wir auch nie das Gefühl loswurden, die Polizei könne in jedem Moment auftauchen. Und höchstwahrscheinlich in Begleitung vom Cabo Polonio.

Es war bereits Nacht geworden. Eine klare Nacht, trotz einiger dunkler Wolken, die im Süden zu sehen waren, erleuchtet von einem großen Mond. Im Radio sang Jewel »Love me just leave me alone«, ein Song, den ich mochte und der sehr gut zu dieser verlassenen Straße passte.

Nicht völlig verlassen. Vor uns standen zwei Figuren und hielten den Daumen raus. Zwei Frauen. B. J. hielt genau vor ihnen.

»Wohin wollt ihr, Schönheiten?«

»Nach Texas, Cowboy«, sagte die eine. Damit es schnell heraus ist: Beide zusammen waren über hundert Jahre alt. Sie waren genauso stark geschminkt wie Krusty der Clown. Man könnte sagen, dass sie provokative Kleidung trugen, aber es gibt solche und solche Provokationen.

»Jungs«, sagte B. J., »bis hierher sind wir gekommen. Tut mir leid. Ich kann diese beiden Damen nicht mitten in der Nacht hier auf der Straße stehen lassen. Ihr seid klasse Mitfahrer gewesen, und ich hoffe, wir treffen uns irgendwo zwischen Kalifornien und Chicago wieder. Jetzt ... ihr wisst schon ...«, er zwinkerte uns zu.

Nach diesen Worten stiegen wir aus, und Equi – ganz Gentleman – half den Damen, die versilberte Leiter hinaufzusteigen. B. J. drückte zum Gruß auf die Hupe und mir schien, dass Bear uns mit seiner pelzigen Pfote winkte. Ich holte meine Kamera raus und fotografierte den Truck von der Seite. Die Frauen waren zu sehen, Bear, und leicht verschwommen B. J. Der Truck fuhr an und ließ uns allein zurück, umgeben von den weiten Feldern von Oklahoma.

II

»Sogar der Affe war schöner als die beiden«, sagte Ezequiel, womit er nicht ganz unrecht hatte.

»Jetzt fehlt nur noch, dass die Polizei vorbeikommt, uns wiedererkennt und mitnimmt.«

Pablo war zu pessimistisch. Die Polizei kam nicht vorbei, und auch sonst niemand, der bereit gewesen wäre, drei Jungs mitzunehmen. Wir liefen los und stießen nach wenigen Minuten auf ein Schild mit der Aufschrift: »Foss: 1 Meile.«

Wir überquerten die Kreuzung mit der Route 40 und bogen nach rechts ab, auf eine Art Bach zu, über den ein Weg vermutlich ins Zentrum von Foss führte. Hinter dem Bach kamen die Eisenbahnschienen und dahinter der Ort.

»Entweder ist gerade der Strom ausgefallen oder die

Leute hier sind sehr sparsam«, sagte Ezequiel, als wir näher kamen. Es brannten gerade mal ein paar Straßenlaternen, und die Häuser waren dunkel. Wir liefen durch Foss: kaum drei Straßen der Länge und der Breite nach. Es gab Geschäfte, Bars, Behörden: alles geschlossen. Aus den wenigen Häusern, an denen wir vorbeikamen, drang kein Geräusch.

In der Ferne hörten wir, wie ein Fenster geschlossen wurde.

»Mann, wenn hinter der nächsten Ecke lebende Tote oder Casper, der freundliche Geist, auftauchen, überrascht mich das nicht«, sagte Ezequiel.

Wäre doch nur ein Geist aufgetaucht. Aber nein, stattdessen stand da ein Auto, das die Scheinwerfer einschaltete. Jemand stieg aus dem Auto.

»Ich glaube nicht an Gespenster, aber es scheint sie doch zu geben. Ich hab auf euch gewartet.«

Es war die Stimme vom Cabo Polonio.

Wir standen uns mitten auf der verlassenen Straße gegenüber. Es hätte ein Duell zwischen Cowboys sein können in dem Moment, bevor die Waffen gezogen werden, wenn da nicht zwei Kleinigkeiten gewesen wären: Wir trugen keine Waffen, und der Cabo Polonio hatte seinen Revolver schon auf uns gerichtet.

»Meine Kollegen werden es bedauern, nicht zu erfahren, wonach ihr in Amarillo suchen wolltet. Ihr wisst ja: Ist der Angeklagte tot, ist die Untersuchung zu Ende.«

Wir wichen einen Schritt zurück. Der Cabo Polonio kam auf uns zu. Hinter ihm sahen wir eine dieser Kugeln aus trockenen Zweigen anrollen, die der Wind durch die staubigen Straßen jedes Westerns, der etwas auf sich hält, zu blasen pflegt. Die Kugel war nicht so groß, dass sie ihn hätte zu Boden werfen können, jedoch beunruhigend genug, um ihn zu erschrecken. Das Zweiggewirr traf ihn an den Beinen, und der Cabo Polonio sprang so unglücklich in die Höhe, dass er zu Fall kam. Ein Schuss löste sich aus der Waffe, und auf das Knallen folgten Schreie und Flüche. Der Cabo Polonio hatte sich selbst getroffen.

III

»Nichts wie weg!«, schrie Pablo, und wir rannten Richtung Straße. Als wir an die Gleise kamen, stoppte uns ein herannahender Zug. Auf der Lok stand »Farmrail« und sie zog Lastwaggons. Der Zug fuhr langsam, wie alle Lastzüge.

»Sind das Flugzeugflügel?«, fragte Ezequiel. Sie sahen wirklich so aus. Jeder Waggon transportierte einen, der in weißes Plastik eingewickelt war.

»Oder Segel für Segelboote.« Das glaubte ich wegen der Maße und der Menge.

»Steigen wir auf«, schlug Ezequiel vor.

Wir stellten uns alle drei nebeneinander, und auf Ezequiels Kommando sprangen wir auf den Waggon, wobei wir versuchten, nicht von den Metallseilen getroffen zu werden, mit denen die Flügel oder Segel festgebunden waren. Oben angekommen, sahen wir uns an und blickten dann auf das Örtchen Foss zurück. Würde der Cabo Polonio es bis zu seinem Auto schaffen und uns folgen? Oder würde er verbluten und zu einem weiteren Geist in diesem Ort werden?

Wir lehnten uns mit dem Rücken gegen den vermeintlichen Flugzeugflügel und betrachteten die dunkle Landschaft: einsame Felder und ein Himmel voller Sterne, die auf uns hinabzufallen schienen. So reiste es sich gut. Ich legte die Kamera auf eine Seitenfläche des Segels und programmierte den Selbstauslöser im Modus »Nachtlandschaft«. Anschließend machte ich mit Blitz ein Foto von jedem von uns.

»Weckt mich, wenn wir beim Indianerreservat angekommen sind.«

Equi legte sich hin – und musste sich vierzig Minuten später wieder aufrappeln. Der Zug hatte angehalten. An einem Bahnhof mit ausgeschalteten Lichtern. Ein Schild verkündete »Elk City«.

»Was machen wir?«

Ich brauchte keine Antwort. Ein Typ mit einer Taschenlampe schrie »Hey, ihr da« zu uns rüber. Ein Pfiff ertönte und weiter entfernt ging in einem Häuschen ein Licht an und wir hörten das Bellen eines ganzen Rudels Hunde. Wir sprangen vom Waggon, und bevor wir anfangen mussten, an den Haaren herbeigezogene Erklärungen zu geben, rannten wir weg. Wir liefen über die Gleise, ohne hinter uns zu blicken. In der Ferne waren die Lichter einer größeren Straße zu sehen. Wir erreichten sie durchgeschwitzt und außer Atem. Erst dann blickten wir zurück: Niemand war uns gefolgt.

On the road again. Wir suchten nach einem Schild und erspähten eins, auf dem stand »Route 34 – Elk City«. Wir folgten dieser Straße und sahen mit Freude, dass es Lichter gab, Menschen, Autos. Die Menschheit kam mir wunderbar vor. Ein kleines Schild an einer Straßenecke verriet, dass an dieser Straße die alte Route 66 verlief. Das Gefühl, in Sicherheit zu sein, machte uns Appetit.

IV

Es war halb zehn abends. Wir gingen in die Pizzeria Mazzio's und bestellten eine Lucky 7, mit allem: Salami, grüne Chilischoten, Zwiebeln, frische Pilze, Tomaten, Oliven und vier Sorten Käse. Wir verschlangen sie. Ezequiel aß auch die Pilze, die Pablo und ich beiseitegelegt hatten.

In weniger als einer Stunde waren wir wieder auf der Straße. Wir kamen an ein paar Hochhäusern vorbei und kreuzten die Interstate 40. Wir duckten uns ein Weilchen, warteten, ob irgendwo der Cabo Polonio auftauchte. Als wir sahen, dass die Luft rein war, gingen wir auf die andere Seite und zu unserer Straße, der Route 66.

»Wir müssen nur noch einen Serienkiller treffen, dann haben wir das volle Programm«, sagte Ezequiel.

»Oder eine Killerin. Habt ihr *Monster* nicht gesehen?«

»Mike Glotzkowski und Sullivan, zwei klasse Typen.«

»Nein, du Blödmann, das ist *Monster AG*. Ich meine *Monster*. Mit einer Frau, die Kerle umbringt, die sie am Highway aufgabelt.«

»Mir ist eine Serienkillerin lieber als der Cabo Polonio.«

Wir waren schon ein ganzes Stück gelaufen, als ein Cabrio vor uns hielt. Am Steuer saß ein junger Typ und daneben eine blonde Frau. Sie zielte auf uns. Nicht mit einem Revolver, sondern mit einer Videokamera.

»Wohin wollt ihr, Jungs?«

»Nach Westen. Wir müssen bis nach Window Rock.«

Die Frau sagte uns, wir sollten hinten einsteigen. Dabei sah sie uns die ganze Zeit weiter durch die Kamera an, sie filmte unentwegt.

»Ich heiße Christine und das ist mein Freund Bruno.«

Bruno lächelte, mehr für die Kamera als für uns. Er war gut gebaut, hatte sehr kurzes Haar und sah aus wie ein Surfer. Sie war spitze, und ihr Gesicht kam mir bekannt vor. Sogar ihre Stimme: Ihre Aussprache im Englischen klang, als sei sie Ausländerin, nicht so sehr wie wir, aber sie hatte einen merkwürdigen Akzent.

»Wir fahren bis Shamrock. Woher seid ihr?«

Wir erzählten ihr von unserer südlichen Herkunft und unserer Studienreise. Christine lobte unser Englisch und sagte, wir sähen sehr gut aus. Wie alt wir seien? Wir logen und sagten siebzehn. Anscheinend war es die falsche Antwort, denn überraschend schaltete sie die Kamera aus.

»Sie sind minderjährig«, sagte sie mit einem Blick zu Bruno.

»Hab ich dir doch gesagt.«

»Der Blonde sieht älter aus«, und zu Ezequiel: »Dauert es noch lange, bis du 18 wirst?«

»Na ja ... schon noch ein bisschen ... ich muss erst noch 17 werden.«

Ezequiel lachte, aber sie blieb ernst. Sie drehte sich um und redete nun schon nicht mehr mit uns.

»Das ist ein Problem.«

»Denk an das ›glückliche Mitglied‹, das gesagt hat, er sei 18.«

Als ich auf Englisch »lucky member« hörte, machte es klick bei mir. Jetzt wusste ich, wer sie war.

»Christine Young«, ich schrie fast.

Sie drehte sich um und widmete mir ein umwerfendes Lächeln.

V

»Ich finde dich total klasse«, fügte ich hinzu.

Pablo und Ezequiel wussten auch gleich, wer sie war. Wenn wir so lange gebraucht hatten, um sie zu erkennen, dann weil die Nacht so dunkel war und wegen der Kamera vor ihrem Gesicht.

»Wir haben schon öfter in Europa gedreht, aber in Südamerika waren wir noch nie. Meint ihr, da sollte ich mal hinfahren?«

»Ja«, schrien wir diesmal alle zusammen.

Sie erzählte uns, dass sie einen neuen Film mit dem Titel *Christine auf der Route 66* machten. Bruno begleitete sie und filmte manchmal.

Ich fragte sie, ob ich ein Foto von ihr machen dürfte, und sie lachte.

»So viele du willst.«

Der Fahrtwind ließ Christines Haar fliegen, und ihr geblümtes Kleid flatterte wie eine Fahne. Sie setzte verschiedene Gesichter auf für meine Fotos. Ich machte in zehn Minuten ungefähr 50 Bilder von ihr.

»Wir fahren in eine Bar hier in der Gegend, kommt ihr mit?«, fragte Christine.

Es stimmte: Wir hatten es eilig, wir mussten so schnell wie möglich nach Window Rock kommen, aber es war schon spät, wir mussten uns ausruhen, und warum nicht etwas Kaltes in Christines Gesellschaft trinken?

Bruno parkte das Auto vor einer fensterlosen Bar. Da war nur ein Leuchtschild, auf dem neben einer mit Neonröhren dargestellten liegenden Frau »Bada Bing!« stand. Christine machte die Kamera an und sagte:

»Hier sind wir mit unseren argentinischen Fans, wir zeigen sie aber nicht, weil sie minderjährig sind.«

Trotzdem machte sie einen Schwenk mit der Kamera über uns, und ich machte weiter Fotos von ihr.

»Gib mir die Kamera«, sagte Bruno zu mir. »Stellt euch neben Christine.«

Pablo stellte sich auf eine Seite von ihr, ich auf die andere und Ezequiel neben mir machte den Arm lang, um Christines Schulter zu berühren. Sie schlang den Arm um meine Hüfte. Welch wunderbare Entdeckung: Sie war ein reales dreidimensionales Wesen. Kein Bild auf dem Monitor.

Wir betraten die Bar. Überall nur schummriges Licht, vor allem bei den Tischen. So würde es schwierig sein zu erkennen, was sie uns servierten. Das Gute war, dass sie uns nicht gut erkannten, also würden sie uns auch nicht rauswerfen. Wir setzten uns auf ein paar bequeme Sessel in der Nähe der leeren Bühne.

Bruno und Christine bestellten stilles Wasser von Evian und ein Sandwich mit Putenbrust, Speck und Schinken. Wir Schweppes. Wir konnten schlecht süße Limonaden bestellen.

Nach einer Weile kam eine Frau auf die Bühne, die großen Applaus bei der – hauptsächlich männlichen – Kundschaft im Bada Bing! erntete. Ein Ansager sagte, das sei »Margarita, das Schmuckstück von Texacola«. Die Frau war wie eine Mariachi gekleidet. Sich mit dem Kostüm herauszuputzen, war eine Anstrengung, die sich nicht sonderlich gelohnt hatte, denn in weniger als fünf Minuten stand sie nur noch in einem Bikini in den Farben der mexikanischen Flagge da.

Sie beendete ihren Auftritt unter tosendem Applaus. Christine sagte zu Bruno:

»Das ist sie sicher.«

Bruno rief die Bedienung, bestellte etwas und kurz darauf wurde noch eine Runde Getränke und ein weiteres Sandwich gebracht.

»Margarita sagt, Sie können kommen«, sagte die Kellnerin.

Als sie fertig gegessen und getrunken hatten, standen Bruno und Christine auf. Wir standen auch auf.

»Ihr bleibt besser hier, Jungs.«

Wir warteten eine Stunde, in der wir ein weiteres sehr lehrreiches Schauspiel über die Zwillinge Bom und Bum sahen. Christine und Bruno kamen nicht zurück.

Die Kellnerin trat zu uns und sagte:

»Das macht 116 Dollar.«

Wir schauten uns an. Ich griff nach der Rechnung. Zehn Dollar für eine Flasche Evian? Zwanzig Dollar für ein Sandwich? Leider würden Bruno und Christine ihren Teil selbst zahlen müssen.

»Wir warten auf ein paar Freunde.«

»Die Filmleute? Die sind mit Margarita weggefahren und haben gesagt, ihr würdet zahlen.«

Pablo zog sein Geld heraus. Er zählte die Scheine dreimal und gab ihr 127 Dollar. Kein Trinkgeld zu geben konnte in einer Bar in den Vereinigten Staaten tödlich sein. Der Kellnerin kam es wohl ziemlich mager vor, denn sie sah uns verächtlich an und sagte in perfektem Spanisch:

»Geizige Rotznasen.«

Wir kamen um Mitternacht aus dem Bada Bing! heraus. Das Auto von Christine und Bruno stand nicht mehr vor der Tür.

»Wir suchen uns besser ein Hotel für die Nacht«, sagte Ezequiel.

»Ich hoffe, du hast noch Geld, denn ich bin schon fast pleite und den da haben sie im Bus abgezockt.«

»Ich habe noch acht Dollar«, verteidigte ich mich.

Wir gingen die Straße entlang und sahen zweihundert Meter vom Bada Bing! entfernt ein Schild mit der Aufschrift »Motel Wichita«, darunter stand »Hier nächtigte Elvis Presley«. Wir gingen hinein und fragten nach einem Dreibettzimmer. Der Rezeptionist las eine Zeitschrift und kaute Kaugummi. Er sagte uns, es gebe keine Dreibettzimmer, sie könnten uns aber eine dritte Matratze auf den Boden legen. Das war billiger als zwei Zimmer. Wir füllten die Formulare aus, und der Rezeptionist sah sie nicht einmal an. Er sah auch uns nicht an. Eine schwarze Frau kam, führte uns in das Zimmer und brachte uns die Matratze. Sie bedankte sich nicht für den Dollar Trinkgeld, den wir ihr gaben. Jetzt hatte ich noch sieben.

Wir duschten nacheinander, und mit dem Wasser kam die ganze Müdigkeit eines langen Tages auf uns herab. Wir baten darum, um acht Uhr geweckt zu werden.

»Ich möchte ja kein Pessimist sein«, Ezequiel warf sich auf die Matratze, und ich legte mich in eins der Betten, »aber was ist, wenn das alles nutzlos ist und in Springfield inzwischen noch jemand ermordet worden ist?«

»Jetzt gibt es kein Zurück mehr.«

»Nein, das meine ich nicht. Ich frage mich nur, ob wir die Dinge wirklich richtig anpacken. Ob wir nicht umsonst in das Indianerreservat fahren. Und wenn Lou sich getäuscht hat?«

»Wenn Lou das gesagt hat, dann weil sie Beweise hat.«

»Genau.«

»Jungs, ich möchte in dieser Geschichte wirklich nicht der Pessimist sein, aber ihr beide vertraut Lou zu sehr.«

Weder Pablo noch ich hatten noch Energie für lange Diskussionen. Wir machten den Fernseher an. Es lief ein Basketballspiel, bei dem die San Antonio Spurs einen leichten Sieg gegen die Miami Heat davontrugen. Ich bejubelte einen 3-Punkte-Wurf von Ginóbili und schlief ein. Ich träumte die ganze Nacht von Christine. Der Traum spielte in einer Dimension, die ebenso fern von der Wirklichkeit wie vom Internet war. Ich weiß nicht, ob ich in Farbe träume und mit Gerüchen, aber ich weiß ganz sicher, dass Christine in diesem Traum weiche Haut hatte.

Das Telefon weckte mich. Die Hitze und der lange Traum von Christine hatten mich zum Schwitzen gebracht. Es war acht Uhr morgens, uns blieben wenige Dollars, viele Fragen und 873 Kilometer Weg.

Im Wind

I

»Was machen wohl Vincenzo, Ji-Sung, Viggo und Alexandros gerade?«

Pablo sah auf die Uhr:

»Sie sollten in Philosophie und Denken sein.«

Wir frühstückten gerade in einer Cafeteria wenige Meter entfernt vom Hotel Wichita und vom Bada Bing!, das seinen ganzen nächtlichen Zauber verloren hatte und wie ein verlassener Schuppen aussah. Es hatte in der Nacht geregnet, und alles war feuchter und drückender als am Tag zuvor. Wir verzehrten hastig die Spiegeleier mit Butter und den Orangensaft. Es war Mittwoch: So oder so, wir mussten bis Window Rock kommen.

»Die werden nicht die geringste Ahnung davon haben, wo wir gerade sind.«

»Ich habe Ji-Sung eine Mail geschickt, bevor wir abgefahren sind, und ihm geschrieben, dass wir nach Missouri fahren. Wegen dieser Reise verpassen wir das Lacrosse-Training«, beklagte sich Ezequiel.

Pablo rief die Bedienung und wir zahlten. Wenigstens waren wir diesmal billig weggekommen: zwölf Dollar. Wir standen auf und gingen raus. Gleich dort wartete die Route 66 auf uns.

»Che, ob Lous Vater wohl in Missouri angekommen ist?«

»Ob der Cabo Polonio überlebt hat?«

»Wenn ja, dann wartet er sicher an der Interstate 40 auf uns.«

Wir liefen unter der Sonne, die schon jetzt heftig brannte, obwohl es noch nicht einmal neun Uhr morgens war. Es würde ein schwieriger Tag werden. Zum Glück trugen wir die Schirmkappen, die wir in einer *Mall* in Springfield gekauft hatten: Ezequiel eine von den Chicago Bulls wegen Jordan, ich die von San Antonio Spurs wegen Ginóbili und Pablo eine von den New York Knicks wegen Woody Allen. Equi und ich waren uns einig, dass bei Pablo im Kopf ein paar Kabel durchgebrannt waren, mit oder ohne Kappe.

Wir hatten vor, an der Straße entlang bis nach Lela zu laufen und dort Pause zu machen oder mit dem Geld, das uns noch blieb, irgendeinen Bus zu nehmen. Wir versuchten weiterhin zu trampen, wenn wir uns auch schon daran gewöhnt hatten, nichts zu erreichen, wenn wir beim Laufen den Daumen raushielten. So setzten wir unseren Weg fort und betrachteten zwischendrin die Felder mit Windrädern und die Lagerhallen groß wie Flugzeughangars.

Ein paar Kilometer außerhalb von Shamrock verlief die Straße durch ein unbebautes Gelände, das vom Regen am Morgen ganz schlammig war. Etwa dreißig Meter neben der Straße, mitten im Matsch, sahen wir einen großen alten Kombi stehen. Es war ein braun-weißer Rambler Cross Country, einem ähnlich, den mein Vater gehabt hatte, bevor ich geboren worden war. Ich kannte ihn von den Fotos von meinen Eltern in Carlos Paz, während ihrer Hochzeitsreise, die sie mit diesem ebenso robusten wie pompösen Auto gemacht hatten.

Aber das war nicht das Erstaunlichste: Auf dem Dach des Rambler, die Füße auf die Motorhaube gestützt, saß eine junge Frau. In der Hand hielt sie eine Papiertüte, aus der sie etwas zog und sich in den Mund steckte. Sie winkte uns heran. Es war sehr matschig, weshalb wir versuchten, die sumpfigsten Stellen zu meiden.

»Ich bin mit dem Auto steckengeblieben. Helft ihr mir, es rauszuziehen?«

Dafür waren wir da. Mit besonderer Anstrengung, uns nicht mehr als nötig einzusauen, arbeiteten wir uns bis zum Auto vor. Sie stieg runter, strich sich die Hand an ihrer Jeans sauber und streckte sie uns entgegen:

»Katrina Holmes.« Wir nannten ihr unsere Namen, während sie uns kräftig die Hand schüttelte, kein typischer Mädchenhändedruck, und sie fügte hinzu: »Der da drinnen ist Thelonius. Er ist ein bisschen ungezogen, ich glaube nicht, dass er euch zurückgrüßen wird« – sie blickte ins Innere des Wagens – »ah, nein, der Arme ist eingeschlafen.«

Thelonius war ein Baby und saß auf der Rückbank in seinem Kindersitz. Er hatte den Kopf an die eine Seite gelehnt und schlief friedlich. Katrina hatte tiefschwarzes Haar, sie war zierlich und trug ein kariertes Hemd und abgetragene Jeans, die sie wie ein Mädchen aus einem texanischen Dorf aussehen ließen. Sie stieg ins Auto, machte den Motor an und wir schoben. Es kostete uns große Mühe, den alten Rambler aus dem Matsch auf die Straße zu befördern. Katrina ließ den Motor aufheulen. Sie streckte den Arm aus dem Fenster. Ich ging zu ihr, und sie gab mir die Tüte mit Kirschen, von denen sie gegessen hatte. Es waren noch ziemlich viele drin. Sie legte den ersten Gang ein, und das Auto setzte sich im Tempo eines Lastzuges in Bewegung. Wir schauten zu, wie der Wagen sich entfernte. Sie bezahlte uns unsere Hilfe mit einer Tüte Kirschen. Gar nichts wäre schlimmer gewesen.

Sie war noch keine fünfzig Meter gefahren, als sie anhielt. Wir rannten zum Auto.

»Wohin seid ihr unterwegs?«

»Wir wollen nach Westen. Wir müssen nach Window Rock.«

»Ich fahre nach Amarillo. Steigt ein.«

II

Ich stieg vorne ein. Ezequiel und Pablo setzten sich nach hinten, rechts und links von Thelonius. Sie fragte uns, woher wir kamen und wohin wir wollten. Wir erzählten ihr die gleiche Geschichte wie immer, und Ezequiel fügte hinzu:

»Wir müssen einer Freundin helfen, die in Nöten ist.«

Katrina wandte den Blick nicht von der Straße. Sie umklammerte beim Fahren das Lenkrad mit beiden Händen und hatte den Körper leicht nach vorne gebeugt. Sie war zu klein für ein so großes Auto. Dieser Wagen passte nicht zu ihr. Wir fragten sie, woher sie kam. Sie lächelte bitter:

»Ich komme aus New York und fahre zurück nach Hause nach Amarillo.«

Sie hatte ihre Heimat vor vier Jahren verlassen, um im Big Apple ihr Glück als Sängerin zu versuchen. Es war ihr nicht besonders gut ergangen. Sie war in verschiedenen elenden Schuppen ohne sonderlichen Erfolg aufgetreten.

»Ich habe immer um drei Uhr morgens gespielt. Die

haben mich benutzt, um die letzten Stammgäste rauszuwerfen. Wenn ich gesungen habe, sind sogar die Besoffenen gegangen.«

Aus Amarillo war sie allein und mit dem Bus weggefahren. Jetzt kam sie mit ihrem Sohn in einem alten Rambler zurück.

»Ich bin es satt, es immer wieder zu versuchen. Ich gehe zu meinen Eltern zurück. Zuhause ist der Ort, wohin du zurückkommen kannst, ohne Miete zahlen zu müssen.«

III

Die Route 66 verlor sich, als wir nach Alanreed kamen. Unserer Karte nach mussten wir die Interstate 40 nehmen und in Jericho zurück auf die Route 66, oder gleich bis Amarillo auf der 40 bleiben.

»Wenn es dir nichts ausmacht, würden wir lieber über die 66 fahren.«

»Habt ihr gefrühstückt?«, fragte Katrina plötzlich.

»Ein bisschen, bevor wir aus Shamrock weggegangen sind.«

»Kommt, ich lade euch an einem ruhigen Ort zum Frühstück ein.«

Wir fuhren auf ein von Mauern umgebenes Gelände, das neben der Straße lag und verlassen aussah.

»Das ist der Friedhof von Alanreed. Keine Angst. Mitten auf dem Friedhof gibt es einen tollen Park.«

Wir fuhren zwischen den Gräbern entlang, einige waren beschädigt, alle grau. Wir kamen zu dem Park im Zentrum des Friedhofs, und sie hielt in der Nähe einiger

Bäume an. Wir stiegen aus. Katrina öffnete den Kofferraum und suchte eine bunte Decke hervor. Sie legte sie in den Schatten. Dann holte sie einen Mini-Kühlschrank heraus und bat Pablo, Thelonius aus dem Auto zu heben.

Wir setzten uns alle fünf auf den Rand der Decke. Thelonius krabbelte von einer Seite zur anderen, versuchte alles in die Hand zu nehmen und landete immer wieder auf dem Arm von einem von uns. Aus dem kleinen Kühlschrank holte Katrina Hühnchen- und Putenbrust-Sandwiches. Sie hatte auch kalten Kaffee und Mineralwasser. Ein Landfrühstück inmitten von Cowboy-Geistern.

Als wir fertig gegessen hatten, stand Katrina auf, ging zur hinteren Tür des Autos und fragte uns:

»Wollt ihr, dass ich was für euch singe?«

Sie holte eine Gitarre hervor und kam wieder zu uns. Sie stimmte die Saiten.

»Ich singe einen Song von Bob Dylan für euch. Er heißt *Blowin' in the wind.*«

Und mit hoher, melodiöser Stimme setzte sie an:

»How many roads must a man walk down
Before you call him a man?
How many seas must a white dove sail
Before she sleeps in the sand?
Yes, and how many times must the cannonballs fly
Before they're forever banned?
The answer, my friend, is blowin' in the wind
The answer is blowin' in the wind.«

Nachdem sie die dritte Strophe beendet hatte, brachen wir in Applaus aus, Thelonius auch. Katrina strahlte. Ich machte ein paar Fotos (die Gräber waren der perfekte Hintergrund), und sie sang noch mehrere andere Lieder von Dylan, eins von den Beatles *(Across the universe)*, eine fantastische Version von *Light my fire* von den Doors und andere, die wir nicht kannten.

»Das heißt *Better together* und ist von Jack Johnson. Ihr seid das wunderbarste Publikum, das ich je hatte. Naja, viel Publikum hatte ich auch nie.«

Wir verließen den Friedhof von Alanreed mit dem Gefühl, dass sich in uns allen etwas verändert hatte.

IV

Wir erreichten Amarillo gegen zwei Uhr nachmittags. Wir stiegen alle aus dem Auto, und Katrina verabschiedete sich von uns mit einem Händedruck. Sie setzte sich wieder hinters Steuer und sagte durchs Fenster zu uns:

»Danke, dass ihr mir aus dem Sumpf geholfen habt, und das sage ich nicht nur, weil ihr das Auto angeschoben habt.«

Wir sahen zu, wie Katrinas Wagen in einer Staubwolke davonfuhr und hinter einer Kurve verschwand. Jetzt waren wir drei wieder allein.

»Wenn der Cabo Polonio überlebt hat, treibt er sich sicher hier rum und sucht nach uns.«

»Der Typ ist mir schnurzegal bei dem Hunger, den ich habe. Ich würde eine ganze Kuh essen«, sagte Ezequiel und blickte mit einer gewissen Wollust ein paar Kühe an, die auf dem Feld neben uns standen.

»Ich glaube, mit der Kohle, die wir noch haben, können wir gerade mal eine Maus essen«, sagte Pablo. Wir zählten unser Geld: Ich hatte sieben Dollar, Pablo achtzehn und Ezequiel kam auf zweiundsechzig. Zum Essen reichte es dicke, aber wir hatten noch 450 Meilen vor uns, das waren 720 Kilometer. Das Geld würde nicht für die Ausgaben des Tages und die Rückkehr nach Springfield reichen.

Wir nahmen eine Parallelstraße zur Interstate 40, was uns besseren Schutz bot und uns leichter kontrollieren ließ, ob der Cabo Polonio auftauchte. Auf der Suche nach einem Lokal, wo wir ein paar Hamburger essen konnten, stießen wir auf eine zehn Meter hohe Kuh. Wir hatten keine Wahnvorstellungen. Es war Werbung für ein Restaurant namens The Big Texan. Ein Schild, das nachts sicher leuchtete, verhieß: »The House of the free 72oz. Steak«. Das Wort »free« rief uns wie eine Glocke.

Das Restaurant war um einiges besser als die, die wir sonst in diesen Tagen besuchten. Es gehörte zu einem Komplex, der ein Hotel, eine Tankstelle und ein kleines Shopping Center für die Besucher des Orts umfasste. Die meisten, die dort rumliefen, sahen aus wie aus einem Western. Sie trugen Hüte wie Clint Eastwood und schlurften langsam, vielleicht wegen der Sonne, die um diese Zeit stark brannte. Wie Mäuse im Zeichentrickfilm, die die Katze nicht wecken wollen, huschten wir schnell und auf Zehenspitzen über die Route 40 und liefen in das Restaurant.

Die Attraktion im The Big Texan war das 72 Unzen schwere Steak, etwas mehr als zwei Kilo reinen texanischen Rindfleischs. Wenn jemand es schaffte, ein solches Steak in weniger als einer Stunde zu essen, war der Verzehr gratis.

»Das esse ich in zwanzig Minuten«, sagte Ezequiel, den ich mit wundersamer Hingabe das Grillfleisch meines Onkels hatte verschlingen sehen.

Da der Mann an der Rezeption wohl dachte, wir zögerten noch, bot er uns einen Deal an: Wenn einer von uns das Steak essen würde, wäre der ganze Verzehr an unserem Tisch frei. Das war, was wir hören mussten, um in dieser Parilla à la Texas einzukehren. Es gab einen riesigen, kühlen Saal mit Tischen in abgetrennten Abteilen, vielen Kellnern und zu vielen Touristen. Definitiv waren wir am falschen Ort, so wie wir aussahen, verdreckte, abgerissene Typen, die in weniger als zwei Tagen etwas mehr als tausend Kilometer hinter sich gebracht hatten. Wenigstens war der Cabo Polonio an keinem der Tische zu sehen.

Als Ezequiel das 72-Unzen-Steak bestellte, wurde das per Mikrofon verkündet und die Leute applaudierten. Das hatte uns gerade noch gefehlt: zu einer lebendigen Zirkusnummer zu werden. Eine Kellnerin erzählte uns, dass es seit 1960 mehr als 30 000 Personen versucht hatten. Nur etwa 6000 hatten es geschafft. Sie riet uns, langsam zu essen, da man eine Stunde lang Zeit habe.

»Um zu gewinnen, muss man mit den Rippenstücken aus der Metzgerei in meinem Viertel trainieren. Uns Argentiniern braucht keiner zu zeigen, wie man Grillfleisch isst«, sagte Ezequiel, der ebenso arrogant wie hungrig war. Pablo und ich bestellten uns normale Steaks von fünf Unzen mit Pommes und Limo. Man brachte uns kleine Brötchen und Butter. Ezequiel schmierte sich ein Brot mit reichlich Butter:

»Um den Magen vorzuwarnen.«

Eine halbe Stunde später kamen die drei Teller. Unsere

Steaks waren kleiner als die, die man in einem Grillrestaurant in Buenos Aires serviert bekommt. Aber das von Ezequiel jagte Angst ein: Es war ein in Form eines Schmetterlings aufgeschlagenes Filetstück. Ein vorsintflutliches Flugtier, riesig, monströs und appetitlich zugleich. Ein bisschen gekochtes Gemüse – ein wenig Brokkoli, Bohnen und Chilischoten – begleitete das gegrillte Viech.

Ich machte ein paar Fotos von dem Teller und auch von Ezequiel, der mit Messer und Gabel in der Hand lächelte.

Eine Leuchtuhr sprang an einer Seite des Restaurants an, und die Anwesenden applaudierten wieder. Ezequiel stürzte sich gierig auf das Steak. Er behielt das erste Stück im Mund, als kostete er Wein.

»Gutes Fleisch«, sagte er.

Nach zehn Minuten hatten wir unsere kleinen Steaks bereits verschlungen, und Ezequiel kam gut voran. Ab und zu spickte er ein Stück Fleisch mit etwas Gemüse.

»Ich hätte lieber einen gemischten Salat gehabt.«

Nach zwanzig Minuten schmierten Pablo und ich uns Brötchen mit Butter, weil wir noch Hunger hatten. Es war nicht erlaubt, dem Herausforderer zu helfen, ansonsten hätten wir uns nur zu gern etwas von Ezequiels Steak abgeschnitten, von dem nur noch die Hälfte übrig war. Der Flügel eines Pterodaktylus-Flugsauriers.

Nach vierzig Minuten war noch ein Drittel des Fleisches übrig. Ezequiel sah nicht mehr wie ein Fleischfresser aus und kaute nun mit Mühe. Immer wieder stützte er das Besteck auf den Tisch.

»Das wird hart«, sagte er und grub sein Besteck erneut in das blutige texanische Fleisch.

Equi aß in Zeitlupe. Es blieben noch zehn Minuten. Alle sahen uns zu: Das macht jeden Essenden nervös. Ezequiel arbeitete sich trotzdem Bissen um Bissen vor. Er kaute, schluckte, rülpste wohlerzogen und sagte nun nichts mehr. Pablo und ich waren nervös.

Als die letzten fünf Minuten anbrachen, war noch ein mehr oder weniger dicker Streifen Fleisch übrig. Jeder hätte ihn in einem Happen gegessen, aber Equi kam an die Grenze seiner Möglichkeiten. Er schnitt ein Stück ab, hob es zum Mund, ließ die Gabel wieder sinken, hob es wieder an. Er steckte es in den Mund und kaute nicht einmal. Wir sahen das Stück gleich durch seine Kehle gleiten. Equi hatte Augen wie ein rauchender Frosch kurz vor dem Platzen.

Zu allem Überfluss begann zwei Minuten vor Schluss auch noch ein Countdown.

»Wie sind die denn drauf?«, fragte Pablo entrüstet. »Sind wir bei der verdammten NASA, oder was?«

Die Leute sahen, dass Equi schwächelte und begannen ihn anzufeuern: »Go, go«, riefen sie immer wieder, kein Vergleich zu unserem langgedehnten »vamos, vamos« auf der Tribüne in Argentinien. Wir sagten nichts. Wir hatten nicht mal mehr Spucke in der Kehle, daher verstanden wir vollkommen, dass für Equi jedes Stück Steak ein Molotowcocktail war.

Es blieb noch eine Minute und ein Stückchen Fleisch. Ezequiel schnaubte, schnappte nach Luft, schwitzte trotz der Klimaanlage. Dreißig Sekunden und das Stückchen lag immer noch da, unberührt, letzte Rache einer nachtragenden Kuh. Fünfzehn Sekunden und Equi schnitt ein Stück ab, fast die Hälfte von dem, was noch blieb, führte es zum Mund, aber sein Kiefer öffnete sich nicht. Er öffnete sich einfach nicht.

Er sagte so was wie »Entschuldigung«, stand abrupt auf, und als das Signal schrillte und das enttäuschte »oh« der übrigen Speisegäste und ein »das kann ich nicht glauben« von Pablo und mir erklang, war Ezequiel schon auf Höhe der Bar und suchte verzweifelt und ohne ein Wort hervorzubringen nach der Toilette. Er wollte fragen, das war seine Absicht, doch es nützte nichts: Er kotzte gleich an Ort und Stelle. Erbrochenes aus Fleischstückchen mit etwas unverdautem Gemüse dazwischen. Mir ist das auch schon mal passiert, das mit dem Gemüse.

An den Tischen in der Nähe rückten die Gäste mit ihren Stühlen weg. Wir standen auf, Ezequiel blickte nicht hoch. Ein Kellner zeigte ihm, wo die Toilette war, und er rannte los. Eine Ranchera, die bis zu diesem Augenblick kaum hörbar gedudelt hatte, wurde laut aufgedreht. Hier, meine Damen und Herren, ist nichts passiert. Das ist nur einer von den 24 000 Dummköpfen, die glauben, unser 72-Unzen-Steak essen zu können, und bei dem Versuch draufgegangen ist.

Pablo und ich rannten hinter Ezequiel her. Die Toilette war größer als mein Haus in Lanús. Beim Hereinkommen sah ich mich im Spiegel, ich hatte keine Ahnung gehabt, dass ich aussah wie eine Eidechse in Lumpen. Ezequiel hatte sich in einer Toilette eingeschlossen und kotzte konzentriert.

Er kam aus der Kabine und ging zu den Waschbecken. Wusch sich das Gesicht und befeuchtete sein Haar. Schaute, ob sein T-Shirt etwas abbekommen hatte. Ein bisschen.

»Bist du okay?«

»So wenig hat mir gefehlt. Ich glaube, das Brot mit Butter lag mir schwer im Magen.«

V

Als wir zurückkamen, beseitigte ein Angestellter gerade die letzten Reste des Malheurs. Er blickte uns hasserfüllt an, zu Recht. Wir kamen zum Tisch. Die Kellnerin trat zu uns und fragte:

»Nachtisch?«

Wir sagten ihr, wir wollten nichts mehr essen. Sie schrieb uns gleich die Rechnung. Ezequiel, der noch am meisten Geld hatte, nahm sie. Als er die Summe sah, riss er die Augen auf, als wäre er drauf und dran, noch eine weitere ganze Kuh auszukotzen.

»120 Dollar?«

Schon allein das 72-Unzen-Steak kostete, völlig logisch, 72 Dollar. Jede Limo zwei Dollar, jeweils elf für unsere beiden Steaks, drei für die Pommes und 14 Dollar für die Reinigung! Einmal Kotzen 14 Dollar! Das war wirklich eine Abzocke.

Die Kellnerin kam wieder. Ezequiel setzte sein bestes Lächeln auf, das in seinem Zustand das Lächeln eines Sterbenskranken war.

»Unser Geld reicht nicht. Wir kommen nur auf 87 Dollar.«

Das Mädchen sah uns böse an. Ich glaube, sie dachte mehr an das Trinkgeld, das ihr entgehen würde, als an die Rechnung. Sie ging. Nach einer Weile kam sie zurück.

»Kommt mit.«

Wir folgten ihr. Die übrigen Gäste beachteten uns schon nicht mehr, die Kellner, Kassierer und alle anderen Angestellten hingegen hatten ihren Blick fest auf uns geheftet. Wir gingen in den hinteren Teil des Restaurants, durchquerten die Küche, in der die Köche angezogen waren wie Ärzte zur OP. Der Grill quoll über vor Steaks und Hamburgern, aber es gab keinen einzigen Chorizo, keine Blutwurst, nicht einen armseligen Rinderdarm. Die Innereien fehlten.

Man hieß uns in ein Büro treten, wo uns ein etwa 60-jähriger, schlanker, sonnengebräunter Mann erwartete. Auf einer Seite saß auf ein paar Kisten ein Typ mit Schnurrbart, der mexikanisch aussah. Wir erklärten, dass uns das Geld ausgegangen sei.

»Ganz schlecht«, sagte der Schlanke in aller Seelenruhe. »Man sollte nicht wetten, ohne seine Schulden am Ende bezahlen zu können.«

Wir gaben ihm recht.

»Mein Geschäft ist es, Geschäfte zu machen. Wie gedenkt ihr, die 60 Dollar zu bezahlen, die fehlen, Trinkgeld eingeschlossen?«

Wir boten ihm an, Teller zu waschen.

»Dafür habe ich schon Angestellte. Die Kamera da, ist das eine Nikon?«

Nicht mal unter Gewaltanwendung würde ich ihm den Fotoapparat geben. Er blieb hartnäckig, sagte, wir hätten keinen anderen Wertgegenstand, der ihn interessierte. Ich weigerte mich erneut. Er schnaubte genervt. Als wäre das ein Zugeständnis, sagte er:

»Ist gut. Lasst die Turnschuhe hier. Ah, und die Kappen. Ich mache ein sehr schlechtes Geschäft.«

Wir zogen unsere Turnschuhe aus. Pablo hatte ein Paar Diadora, aber Ezequiel und ich hatten Nike, die wir vor der Reise in Buenos Aires gekauft hatten. Wir steckten die Socken (die ihn anscheinend nicht interessierten, was auch besser für ihn war) in die Taschen und gaben ihm unsere Kappen.

»Und kommt nicht wieder ohne Geld hierher. Mit Geld seid ihr immer willkommen.«

VI

Die Situation war wie folgt: Wir hatten 720 Kilometer vor uns, nicht mal ein 10-Cent-Stück in der Tasche, und wir waren barfuß. An der Tankstelle stand ein rotes Auto. Im Auto war niemand und ein Angestellter betankte den Wagen. Ezequiel hielt uns zurück:

»Das Auto vom Cabo Polonio.«

»Bist du sicher?«

»Das ist ein Jaguar XJ8 rot metallic, wie der Wagen, den der Cabo Polonio gestern Abend hatte. Seht mal: Er hat eine leichte Delle neben dem rechten vorderen Scheinwerfer. Ich verstehe vielleicht nichts von Büchern, aber ich kann einen Ford Mustang 97 perfekt von einem Pontiac 98 unterscheiden.«

Für die Frage, wie er die Farbe des Autos und die Delle in so wenigen Sekunden und nur vom Mondlicht beleuchtet hatte erkennen können, war es nicht der richtige Moment. Es war auch nicht der Moment, sich zu fragen, ob der Cabo Polonio auf der Toilette war oder sich eine Tüte Pommes kaufte. Jetzt blieb uns nur eines: in die entgegengesetzte Richtung abzuhauen.

Wir rannten um das Restaurant und über die Interstate 40. Das schlecht verdaute Mittagessen und die wiedergekehrte Angst gaben mir das Gefühl, dass mir die

Luft fehlte, dass ich jeden Moment hinfallen würde. Zu allem Überfluss glühte der Asphalt. Die Situation besserte sich nicht, als wir auf der anderen Straßenseite ankamen. Um die Route 66 zu erreichen, mussten wir über etwa 500 Meter freies Feld. Der Boden brannte nicht mehr, piekste aber ganz schön. Ich fühlte die Augen des Cabo Polonio in meinem Nacken und dass sein Auto uns jeden Moment die Beine absäbeln würde.

Wir kamen zur Route 66 und setzten automatisch unsere Daumen in Bewegung. Die Fahrer beschleunigten bei unserem Anblick sofort. Wer würde schon drei Verrückte mitnehmen, die völlig abgerissen aussahen und denen die Panik im Gesicht stand? Wir senkten die Köpfe und liefen langsam, aber beständig noch weiter in den Wilden Westen.

»Au, au, verdammt nochmal!«

Pablo machte kleine Hüpfer. Er war auf eine dornige Pflanze getreten und hatte sich den Fuß verletzt. Er setzte sich auf den Boden, und Ezequiel und ich versuchten ihm die Dornen aus dem linken Fuß zu ziehen.

»Lasst uns eine Telefonzelle suchen und ein R-Gespräch nach Buenos Aires anmelden. Lasst uns zurück nach Hause fahren.«

Pablo hatte recht. Die Reise wurde zu kompliziert. Wir waren da in etwas hineingeraten, das wir nicht einschätzen konnten und das ungeahnte Dimensionen angenommen hatte. Wir hatten geglaubt, die Straße würde uns mit offenen Armen empfangen. Und doch wurden wir ständig zurückgewiesen. Bis hierhin waren wir gekommen. Wie viel mehr würden wir noch aushalten, ohne heulend nach unseren Eltern zu verlangen?

Ein Hupen riss uns aus unseren Gedanken. Es war

kein roter Jaguar. Neben uns hatte der braun-weiße Rambler von Katrina angehalten.

»Jungs, ich wusste, dass ich euch wiedertreffen würde. Wie schön. Steigt ein, ich fahre euch nach Window Rock. Wenn diese Schrottkiste nicht den Geist aufgibt, sind wir in sechs oder sieben Stunden da.«

Thelonius schnitt uns von der Rückbank Grimassen. Ich glaube, der Knirps machte sich über uns drei lustig.

Crazy Horse

I

Katrina zog Pablo die Dornen mit einer Epilierpinzette aus dem Fuß. Endlich war eine Epilierpinzette mal für was gut. Ich machte es mir auf dem Beifahrersitz bequem, und Pablo und Ezequiel setzten sich nach hinten zu Thelonius, der mit einem kleinen Gummitiger spielte. Der Rambler Cross Country fuhr wieder auf die Straße, und zum ersten Mal seit dem vorigen Morgen fühlte ich wieder annähernd so etwas wie Ruhe. In diesem ein wenig ramponierten Auto, das aber widerstandsfähig wie ein Panzer aus dem Zweiten Weltkrieg war, konnten wir uns sicher fühlen. Der Cabo Polonio konnte Amarillo bis auf den letzten Winkel weiter nach uns absuchen, er würde uns nicht finden.

»Ihr habt mich inspiriert«, sagte Katrina zu uns. »Warum nicht nochmal neu anfangen? Ich bin also nach Hause gefahren, habe meiner Schwester und meinen Eltern Hallo gesagt und ihnen erzählt, dass ich auf der Durchreise bin. Ich habe beschlossen, nach Kalifornien zu gehen. Wenn ich nicht mit der Musik groß rauskommen kann, werden wir wenigstens unseren Spaß haben. Nicht wahr, Thelonius?«

Als Antwort sagte der nur »da da da« und schlug mit seinem vollgesabberten Gummitiger nach Ezequiel, der ihn wie einen gefährlichen Hund anlächelte.

»Warum seid ihr barfuß? Und die Kappen, wo habt ihr die gelassen?«

Wir erzählten ihr unsere Geschichte, und sie war entrüstet. Sie wollte umkehren, aber wir wollten lieber barfuß weiter als zurück. Sie erzählte uns, dass ihr Vater das 2-Kilo-Steak 1975 gegessen hatte, kurz bevor sie geboren worden war.

Der Rambler hatte keine Klimaanlage, weshalb wir mit offenen Fenstern fuhren. Ein warmer Wind wehte uns ins Gesicht, und man musste nur die Augen zumachen, um sich vorzustellen, dass wir auf einer Harley Davidson säßen. Katrina hielt an einer Tankstelle mit einem Minimarkt. Nach dem Tanken nahm sie uns mit in den Laden.

»Sucht euch aus, was euch gefällt.«

Katrina zeigte uns die Schuhabteilung. Wir wählten schöne und billige Turnschuhe, die mir das Gefühl gaben, durchs Paradies zu wandeln, nachdem ich barfuß durch die Hölle gegangen war.

Wir waren schon im Bundesstaat New Mexico. Die Landschaft ähnelte nicht mehr den bestellten Feldern, die wir hinter uns gelassen hatten. Die Wüste in ihren Rot-, Gelb- und bleifarbenen Tönen wurde auf eindrucksvolle Weise gegenwärtig: Sie verschluckte einen, man fiel in sie hinein wie in einen Strudel mitten im Ozean. Von Zeit zu Zeit unterbrach ein Kaktus oder ein Stein das ewige Bild jener öden Gegend.

Die Schilder an der Straße kündigten die Orte an, die bald hinter uns zurückblieben: Montoya, Newkirk, Cuervo, Santa Rosa, Edgewood, Barton, Sedillo, Zuzax, Tijeras und Albuquerque. Dort hielten wir an und gingen in eine Bar namens 66 Diner. Es war ein Lokal im Stil der 1950er Jahre. Während Thelonius seine Nuckelflasche bekam, lud Katrina uns zu ein paar guten Milkshakes ein. Ich nahm einen mit Vanille- und Schokoeis und Chocolate-Chips und nutzte die Gelegenheit, um ein paar Fotos von dem Lokal und von uns mit unseren riesigen Gläsern an der Theke zu schießen.

Wir machten uns wieder auf den Weg und ließen weitere Orte und Schilder hinter uns: Pajarito, Los Pallidas, Isleta, Bosque Farms, Los Lunas, Sandia, Río Puerco, South Garcia, Suwanee, Correo, Mesita, Laguna, New Laguna, Paraje, Budville, Villa De Cubero (Pablo erzählte uns, in diesem Örtchen habe Hemingway einen Roman namens *Der alte Mann und das Meer* geschrieben), Cubero, San Fidel, McCartys, Grants, Milan, Anaconda, Bluewater, Prewitt, Thoreau, Continental Divide, Coolidge, Iyanbito, Zuni und Gallup. Der nächste Ort war Manuelito. Dorthin kamen wir nicht mehr, denn in Gallup fuhren wir von der Route 66 ab. Die Mutter aller Straßen blieb hinter uns zurück.

Vor uns versank langsam die Sonne. Auf unserer Reise von Osten nach Westen hatten wir nach den Zeitzonen eine Stunde gewonnen. Dennoch wurde es langsam Nacht. Die nächsten zwölf Kilometer fuhren wir auf der Route 491 und bogen dann nach links auf die Route 264. Wir fuhren weitere 27 Kilometer und erreichten die Einfallstraße nach Window Rock. Katrina ließ uns an der Kreuzung von zwei Indianerwegen raus, ein guter Punkt, um unsere Suche fortzusetzen.

Katrina schrieb etwas auf einen Zettel.

»Hier. Meine E-Mail-Adresse. Schickt mir die Fotos von unserer Reise.«

Thelonius war in seinem Sitz wieder eingeschlafen. Es wäre schön gewesen, weiter mit Katrina zu reisen, aber wir hatten etwas in Window Rock zu erledigen.

II

Aus der Ferne sah Window Rock wie eine Mischung aus einem Städtchen im Wilden Westen und einem mexikanischen Dorf aus, plus einem Ort aus der argentinischen Wüstenregion Puna mit Bauwerken, die irgendwo aus Patagonien zu stammen schienen. Alte Autos noch von vor 1980 koexistierten mit Geländewagen mit Allradantrieb und modernen Cabrios. Als wir auf die Navajo-Hauptstadt zuliefen, sahen wir, woher ihr Name kam: von einem nicht sehr hohen Berg mit einer spektakulären Öffnung in der Mitte, wie ein Eingang zu einem Tunnel ins Jenseits.

»Genau wie Sierra de la Ventana«, sagte Ezequiel, und dieser Vergleich mit einem Ausflugsziel in der Provinz Buenos Aires nahm ihm allen Zauber.

Was brachte uns eigentlich dazu, wie Touristen oder besser gesagt wie verirrte Reisende durch Window Rock zu schlendern? Wir suchten etwas, ohne genau zu wissen, was, eine Art göttliches Zeichen, das uns weiter vorwärtsbringen würde. Nach fast zwei Tagen Reise waren wir angekommen und hatten jetzt keinen blassen Schimmer, wie wir weiter vorgehen sollten.

»Und wenn wir uns nicht länger blöd anstellen, in einen Laden gehen und gleich nach Lous Großvater fragen? Irgendwer muss doch Mr. Kashpaw kennen.«

Pablo hatte recht. Schlimmstenfalls kannte ihn niemand und wir müssten die Nacht ausgehungert unter den Sternen verbringen.

Wir gingen in ein Geschäft, das Kunsthandwerk aus Stein und Metall verkaufte. Eine etwa 50-jährige Indianerin stand hinter der Theke. Ich ergriff das Wort.

»Guten Abend, also, wir suchen einen älteren Herrn, den Großvater einer Freundin. Er heißt Kashpaw mit Nachnamen, aber wir wissen nicht …«

»Nector Kashpaw?«

»Naja … ich glaube schon … er hat eine Enkelin, die Louise heißt.«

Die Frau kam um den Tresen herum, ging zur Tür und rief jemanden, der Kisten auf einen Lieferwagen lud.

»Gerry, komm mal her.«

Gerry war ein massiger Indianer, zwei Meter groß und mit einem grimmigen Gesicht.

»Die Jungs hier suchen Freds Vater. Bring sie mit dem Lieferwagen hin und komm dann zurück und mach deine Arbeit fertig.«

Die Frau machte eine Geste wie zum Abschied. Wir stammelten unseren Dank und konnten unser Glück kaum fassen. Wir stiegen in den Lieferwagen, Ezequiel vorne, Pablo und ich blickten von der Ladefläche in den Himmel. Irgendwas sagte mir, dass an diesem Abend alles ganz wunderbar enden würde.

III

Wir hatten tatsächlich Glück gehabt, denn die Fahrt dauerte gute zwanzig Minuten. Die Kashpaws lebten am anderen Ende der Stadt, außerhalb, und zu Fuß hätten wir für die Strecke über eine Stunde gebraucht.

Gerry ließ uns vor einem zweistöckigen Haus raus. Es war umgeben von einem Zaun, der sich in einem dichten Wald verlor. Die Dunkelheit der Nacht ließ uns nicht viel erkennen, gerade einmal einen schwachen Lichtschein hinter den Fenstern. Wir hörten Schritte, die nicht menschlichen Ursprungs waren, sich dem Eingang der Umzäunung nähern und ein wenig ermutigendes, böses Knurren. Hunde. Zwei, drei, vielleicht vier.

»Ich gehe nicht durch das Tor.«

»Irgendwas müssen wir machen. Wir können nicht die ganze Nacht hier stehenbleiben.«

Die Hunde schüchterten uns ein, und die Bäume mit dieser gespenstischen Melodie, die ihre raschelnden Zweige machten, erinnerten an schlimmste Alpträume. Vielleicht waren das die Geister von Lous Vorfahren, die uns willkommen hießen. Wir klatschten in die Hände, um im Haus auf uns aufmerksam zu machen. Unser Klatschen war nicht sehr wirkungsvoll, es ließ nur die Hunde noch wilder knurren. Nach zwei oder drei Minuten schien mir, ich sähe jemanden aus einem der Fenster im ersten Stock schauen.

»Da oben. Glaub ich das nur, oder ist da eine Frau?«

»Vielleicht ist das ein Gespenst«, sagte Ezequiel. Er hatte den Satz gerade fertig gesprochen, da gefror mir das Blut in den Adern: Von hinten hatten sich mir Hände um die Hüften gelegt. Und eine Stimme sagte:

»Buuuuu!«

Wenn man, sagen wir mal, fünf Sekunden zum Nachdenken hat, dann weiß man, dass Gespenster nur in Zeichentrickfilmen »buu« machen. Ich hatte keine fünf Sekunden, und Pablo und Ezequiel auch nicht. Ich schaffte es, meinen Körper nach vorne zu strecken, und liebend gern hätte ich mich rein zu den Hunden geworfen, hätte ich nicht vorher die Hände erkannt, die mich an der Hüfte festhielten: schwarze und sehr weibliche Hände.

»Ich hätte nie gedacht, dass ihr so leicht zu erschrecken seid.«

Edwidge ließ mich los. Pablo und Ezequiel waren genauso bleich, wie ich wohl sein musste: ein leuchtendes Weiß. Sie sah uns ein wenig enttäuscht und nicht im Geringsten überrascht an.

»Was machst du hier?«

»Was macht ihr hier?«

Edwidges Erklärung war kurz: Lou hatte sie ins Haus ihrer Großeltern geschickt, um sie vor dem, was ihr in Springfield drohen konnte, fernzuhalten. Jetzt kam sie gerade von einem Spaziergang durch die Umgebung von Window Rock zurück. Unsere Erklärung war, selbst in einer vereinfachten Fassung, sehr viel länger.

»Wir müssen diese Datei finden. Wir können nicht warten, bis Lou in Missouri befreit wird«, war unser Schlusssatz.

Edwidge sagte uns, wir sollten reinkommen. Die Hunde beschnüffelten nur unsere Füße. Bevor wir die Schwelle erreichten, öffnete sich die Tür. Eine alte Frau, sicher die, die uns vom Fenster im Obergeschoss beobachtet hatte, erwartete uns.

Edwidge stellte uns vor. Lous Großmutter schien es als völlig normal hinzunehmen, dass ihre Enkelin ihr das Haus mit ausländischen Schülern füllte, wie ein Kind, das ausgesetzte Tiere sammelt. Wir gingen in das Wohnzimmer, wo im Fernsehen ein American-Football-Spiel lief. Davor schlummerte in einem Sessel Nector Kashpaw. Großmutter Marie schüttelte ihn wach, und der alte Indianer machte den Fernseher mit der Fernbedienung aus, stand auf und kam auf uns zu. Ein Greis, der uns ein wenig geistesabwesend anlächelte.

»Die Freunde von der Tochter meines Sohns gehören zu unserer Familie.«

Als wir von den Vorfällen in Missouri erzählten, blickten sie besorgt. Wir versuchten sie zu beruhigen.

Edwidge erklärte ihnen, dass wir einen Computer suchten, den Lou hier im Haus gelassen hatte.

»In Maries Zimmer«, sagte uns Opa Kashpaw.

»In dem Zimmer, in dem du bist«, sagte Oma Kashpaw zu Edwidge gewandt.

IV

Edwidge schlief in dem Zimmer, das einer Tante von Lou gehört hatte und wo Lou selbst immer wohnte, wenn sie bei ihren Großeltern zu Besuch war. An den Wänden waren die Geschmäcker der verschiedenen Bewohner abzulesen: Robert de Niro als junger Mann, Marlon Brando, Iggy Pop, Axl Rose, Kurt Cobain, Tupac Shakur.

Es gab nur ein Bett, daneben einen Sessel, einen alten Kleiderschrank, einen Schreibtischstuhl mit Rollen, einen Schreibtisch und darauf einen Computer.

»Der gehört der Tante.«

Wir sahen im Kleiderschrank nach und fanden ohne Schwierigkeiten ganz hinten in einer Ecke den Tower. Wir stöpselten den anderen Computer aus und schlossen den von Lou an. Edwidge hatte sich aufs Bett gesetzt, den Rücken an die Wand gelehnt, und schaute uns zu. Wir schalteten den Computer an: Er verlangte ein Passwort.

Ich sah zu Edwidge: Sie zuckte mit den Schultern. Wir

versuchten es mit Lous Namen, mit Wörtern, die sie identifizieren konnten wie »chippewa«, »navajo« und eine Reihe von Schriftstellern, die Pablo mir buchstabierte. Wir versuchten es mit den Namen all ihrer Großeltern, ihrer Mutter, ihrem Geburtsdatum, der Postleitzahl von Springfield und allem anderen, was uns einfiel. Als wir schon drauf und dran waren, aufzugeben, erinnerte ich mich, dass sie uns erzählt hatte, ihr Großvater Leonard werde Verrücktes Pferd genannt, oder irgendwer hätte ein Buch über ihn geschrieben, das so hieß. Ich schrieb »Crazy horse« auf Englisch. Und nichts.

Meine Finger tippten ganz von allein »crazyhorse«, genau so, ohne Großbuchstaben und alles. in einem Wort. Der schwarze Bildschirm machte dem Logo von Windows 2000 Platz. Ein bewunderndes »Wow« füllte den Raum.

Nun waren wir schon in ihrem Computer. Jetzt mussten wir nur noch die verflixte Datei finden. Sofern sie nicht versteckt oder getarnt war, sollte sie nicht sehr schwierig aufzufinden sein. Ich suchte in »Eigene Dateien« und fand nichts. Ich schaute in »Programme«, um zu sehen, was sie installiert hatte. Es gab NetMeeting. Sicher hatte sie dieses Programm für den Videochat benutzt. Ich klickte auf den Ordner, wo die Konferenzen gespeichert waren. Es gab nur eine einzige gespeicherte Datei mit dem Namen »harry018«. Ich öffnete sie, und wenige Sekunden später tauchte der zweigeteilte Bildschirm von NetMeeting auf. Auf einer Seite stand »Lokales Video«, und man sah Lou vor dem Computer sitzen. Unten stand »Gespräch mit ...«, und es erschienen die Zeilen des getippten Dialogs. Darunter die Stelle, wo Lou tippen konnte. Auf der anderen Hälfte stand »Net-

Meeting-1 Verbindung«, und dort war der andere Videobildschirm. Darauf erschien Dirty Harry. Der verachtenswerte Dirty Harry. Unter der Kontrollleiste stand »Name/Lou Lou Lou/Dein Superman«.

Alle wanden sich, trotzdem sagte keiner ein Wort.

Nichts war langweiliger, als eine Session NetMeeting anzugucken. Es gab nicht viel Bewegung, doch die wenige, die es gab, sah aus wie in Zeitlupe oder wie aufeinanderfolgende Fotos. Der geschriebene Dialog veränderte sich schneller. Anfangs war es der nervige Dialog eines Pärchens. Der Dialog eines Pärchens, also zwischen Lou und dem widerlichen Dirty Harry! Wenn in meinem Magen schon die Wut entflammte, dann wollte ich gar nicht erst daran denken, was in Pablos Körper los war.

»Lou Lou Lou: Du bist der erste Dummkopf, mit dem ich gehe.

Dein Superman: Der erste Mann.

Lou Lou Lou: Da irrst du dich, du bist nicht der Erste.

Dein Superman: Der andere war ein Gestörter und nicht so stark wie ich.

Lou Lou Lou: Weder das eine noch das andere.

Dein Superman: Ein Gestörter. Ein Krüppel wie sein Vater.

Lou Lou Lou: Dylans Vater?

Dein Superman: Einmal hat er mir eine schlechte Note gegeben, und mein Vater hat ihn fast ins Krankenhaus geschickt.

Lou Lou Lou: Dylan hat mir ein Geheimnis von seinem Vater erzählt.

Dein Superman: Dass er sich als Frau verkleidet. Das wusste ich schon.

Lou Lou Lou: Dass er, Mr. Johnson und Mr. Brown sich auf der Preparation School kennengelernt haben.

Dein Superman: Tolles Geheimnis.

Lou Lou Lou: Und dass sie von klein auf nur auf eins aus waren: die Rezeptur für Coca-Cola. Deshalb haben sie alle drei Chemie studiert.

Dein Superman: Und?

Lou Lou Lou: Vor einem Jahr haben sie es geschafft.

Dein Superman: Er hat dich angelogen.

Lou Lou Lou: Ganz im Ernst. Ich hab selbst ihre hausgemachte Coca-Cola probiert. Ich schwör dir, sie schmeckt genau so.

Dein Superman: Dann werden die drei alten Knacker Millionäre.

Lou Lou Lou: Klar.

Dein Superman: Weißt du, was das Rezept für Coca-Cola wert ist?

Lou Lou Lou: Wenn du eine kleine Flasche machst, einen Dollar.

Dein Superman: Wer das Rezept hat, kann stinkreich werden, an der Börse spekulieren, die Welt beherrschen.

Lou Lou Lou: Ist das nicht ein bisschen übertrieben?

Dein Superman: Wir müssen diesem Idiot von Dylan das Rezept klauen.

Lou Lou Lou: Spinn nicht rum.

Dein Superman: Wenn wir ihn uns ein bisschen vornehmen, wird der Feigling sicher weich.

Lou Lou Lou: Dylan hat das Rezept nicht.

Dein Superman: Dann müssen wir die Lehrer bedrohen.

Lou Lou Lou: Ui, wie die sich erschrecken werden! Du und wer noch?

Dein Superman: Bob reicht. Sie bedrohen, und wenn sie sich stur stellen ...

Lou Lou Lou: Dann trinkst du nur noch Pepsi.

Dein Superman: Sie umbringen.

Lou Lou Lou: Red keinen Quatsch.

Dein Superman: Einen nach dem anderen umbringen, damit die anderen kapieren, dass wir nicht zum Spaßen aufgelegt sind.«

Sie ließen sich noch eine Weile zum selben Thema aus. Lou nahm die Angelegenheit nicht besonders ernst und sagte irgendwann:

»Lou Lou Lou: Du hast mein neues Sweatshirt gar nicht bemerkt.

Dein Superman: Es ist nicht dein Sweatshirt, was mich interessiert.

Lou Lou Lou: Ich hab es mir heute Morgen gekauft. Ich trag es zum ersten Mal, für dich.

Dein Superman: Wenn du es ausziehen würdest, könnte ich es besser sehen.

Lou Lou Lou: Hmm ...

Dein Superman: Und ich könnte auch gleich sehen, zu welchen anderen Kleidungsstücken von dir es passt.«

Die Bilder bewegten sich mit verzweifelnder Langsamkeit. Wir sahen Lous Gesicht, wie sie Dirty Harry anlächelte. Einen Blick, den ich bei ihr noch nie gesehen hatte. Lous Hände wanderten zu ihrer Hüfte, und sie begann das Sweatshirt hochzuheben.

»Das geht euch nichts an.«

Lou war ins Zimmer getreten und holte uns aus dem Zustand der Hypnotisierung, in den wir vier gefallen waren. Sie ging zum Computer, nahm die Mouse und schloss den Chat.

»Jetzt wisst ihr schon alles.«

Und jetzt, wo wir alles wussten, war ich mir nicht mehr so sicher, ob ich alles wissen wollte. Was wir in dem Videochat gesehen und gelesen hatten, war so seltsam, so unwahrscheinlich, dass sogar Lous Auftauchen hier in diesem Zimmer weniger überraschend war. Sie war nicht im Gefängnis. Sie war weder in Illinois noch in Missouri. Sie war mit uns im Haus ihrer Großeltern in Window Rock. Edwidge umarmte sie. Uns dreien gab sie einen Kuss auf die Wange und setzte sich auf den Sessel.

»Ich bin müde. Ich hatte eine sehr lange Reise.«

Liebeszauber

I

Die Geschichte war also ganz simpel: Dirty Harry wollte die Coca-Cola-Rezeptur. Was in den letzten Tagen in Springfield geschehen war, gab Grund zu der Annahme, dass Harry sie bisher nicht bekommen hatte und ihm nun jedes Mittel recht war – und dass Dylans Vater und vielleicht Dylan selbst die nächsten Opfer sein könnten.

Es gab zwei Möglichkeiten: Entweder agierte Dirty Harry mit seinen üblichen Kumpanen (Sideshow Bob, Cuautie, vielleicht sogar die Australier?), oder er hatte die Geschichte irgendwem erzählt, der beschlossen hatte, die Ideen von Lous Exfreund in die Tat umzusetzen. War Dirty Harry in der Lage, jemanden umzubringen? Einen kurzen Moment wollte ich das nicht glauben, aber dann musste ich nur an die zig Dinge denken, die er mit uns angestellt hatte, und vor allem an sein geiferndes Gesicht in dem Videochat, um ihn als Verdächtigen Nummer eins anzusehen.

»Ich hab kurz nach diesem Chat Schluss gemacht. Und hab mit Harry nie wieder über dieses Thema gesprochen und auch Dylan nichts erzählt, bis sie versucht haben, den zweiten Lehrer umzubringen. Da hab ich ihm angeboten, hierherzukommen. Er wollte nicht.«

»Wie bist du aus dem Gefängnis gekommen?«, fragte Ezequiel.

»Am Nachmittag haben sie uns alle freigelassen. Genau in dem Moment, als mein Vater gekommen ist. Ich bin zum Busbahnhof und hab ein Ticket für einen Bus um sieben Uhr abends nach Santa Fe gekauft. Ich war die ganze Nacht und den ganzen Vormittag unterwegs. Von Santa Fe aus hab ich bei euch angerufen. Mr. White hat mir gesagt, dass ihr nicht zurückgekommen seid. Dann hab ich noch einen Bus bis nach Window Rock genommen. Ich hab mir gedacht, dass ihr hierherkommen würdet.«

Lou erzählte alles von dem gemütlichen Sessel aus. Sie war erschöpft von der Reise und von der Geschichte, in die sie hineingezogen worden war. Wir vier schwiegen, sagten nichts zu dem Ganzen. Edwidge suchte zwischen den Papieren auf dem Schreibtisch eine CD heraus, schob mich von meinem Platz vor dem Computer weg und kopierte die Datei. Anschließend steckte sie die CD in die Hülle und packte sie in einen Rucksack.

Großmutter Kashpaw rief uns zum Abendessen. Sie hatte mit Hühnerfleisch gefüllte Pfannkuchen aus rotem Mehl zubereitet, ganz ähnlich den mexikanischen Tacos. Das Essen war für Lou, Ezequiel, Pablo und mich. Die anderen hatten schon vor ein paar Stunden gegessen. Edwidge setzte sich trotzdem mit an den Tisch. Es war nichts zu hören außer den Stimmen aus dem Fernseher, vor dem der Großvater saß.

II

Großmutter Kashpaw machte einen Anruf und sagte anschließend zu Lou:

»Ich habe mit Raoul gesprochen. Ihr könnt die Schlafsäcke abholen gehen.«

Edwidge würde weiter im selben Zimmer schlafen, Lou in dem Zimmer, das ihrem Vater gehört hatte, und wir im Stall. Großvater Kashpaw zufolge war das der beste Platz im Haus.

Raoul, der Nachbar, würde uns drei Schlafsäcke leihen. Nachbar war nicht gerade die passende Bezeichnung. Er lebte etwas über einen Kilometer weit weg. Um eine Abkürzung zu nehmen, müssten wir über die Wiese hinter dem Haus gehen und dann durch den Wald.

»So fangen alle Horrorfilme an«, sagte Ezequiel treffend.

»Und viele Liebesfilme«, sagte Edwidge. »Nichts ist so gruselig wie die Liebe.«

»Los, ihr Philosophen, lauft«, Lou trieb uns an und wir gingen alle fünf durch den Hinterausgang raus. Wir kamen am Stall und an der Scheune vorbei, gingen um den Gemüsegarten herum und liefen dann den Weg über das Feld. In der Ferne hörte man ein Jaulen.

»Typisch«, sagte Ezequiel, »Wölfe. Die werden uns einen nach dem anderen verschlingen.«

»Das sind Kojoten«, erklärte Lou, »und sie werden uns nicht angreifen.«

Es war eine Vollmondnacht. Der Himmel war so sternenübersät wie in den Bergen von Córdoba, wo ich einmal in Urlaub gewesen war. In der Stadt sieht man auch Sterne, aber auf dem Land sind es ganze Sternenschwärme, Myriaden sich fast überlagernder Lichter auf einem riesigen schwarzen Tuch.

»In Argentinien gibt es andere Sterne. Hier habt ihr weder die Drei Marias noch das Kreuz des Südens.« Ich gab mit den beiden einzigen Konstellationen an, die ich erkennen konnte. Astronomie war nie meine Stärke gewesen.

»Das stimmt. Wir beide und Taslima oder Cornelia blicken an verschiedenen Orten des Planeten in denselben Himmel«, sagte Edwidge.

»Der Mond ist derselbe.« Pablo sagte das in einem bitteren Tonfall. Seit wir den Videochat gesehen hatten, hatte er nicht aus diesem düsteren Zustand herausgefunden. Es traf ihn, dass Lou mit Dirty Harry gegangen war. Oder dass sie es ihm nicht erzählt hatte.

»Der Mond ist derselbe«, wiederholte Lou und sah dabei Pablo an. Dann zeigte sie auf den Himmel:

»Seht mal. Das sind die ›Muchachos del Pedernal‹. Nachdem die Erde vom Himmel getrennt worden war, hatte der Schwarze Gott eine Gruppe von sieben Sternen an seinem Knöchel. Jedes Mal, wenn er seinen Fuß bewegte, sprangen die ›Jungs vom Feuerstein‹, so der Mythos, an seinem Körper hoch bis zur Stirn, wo sie schließlich geblieben sind. Der Schwarze Gott ist für den Himmel zuständig. Im Winter sieht man die sieben Jungs besser als jetzt.«

Wir kamen zum Wald. Er war licht genug, um etwas Mondlicht hereindringen zu lassen. Man hörte das Geräusch der Äste und das »Krick-Krack« der Grillen. Es war nicht sonderlich angsteinflößend, trotzdem waren wir angespannt.

»Ratten gibt es hier nicht, oder?«, fragte Ezequiel, der krankhafte Angst vor allen Nagetieren hatte.

»Es gibt Frettchen. Die sind schön.«

»Wie, schön?«

»Wie große Ratten.«

Das Mondlicht schaffte es nicht bis zum Boden, daher mussten wir darauf vertrauen, auf kein seltsames Tier wie eine Viper oder einen ganzen Ameisenhaufen zu treten.

»Ich mag den Vollmond so sehr«, sagte Edwidge.

»Der Wolfsmensch auch.«

»Stell dir mal vor, einer von uns dreien wäre ein Wolfsmensch«, sagte Ezequiel.

»Das scheint mir unwahrscheinlich. Die sind doch eigentlich groß und stark ...«, schob die Haitianerin erklärend nach.

»Der Mond ist zu wechselhaft, als dass er mir gefallen könnte«, Pablo lief ganz hinten. Vorne gingen Lou und Edwidge, und ein bisschen weiter hinten Ezequiel und ich.

»Estsanatlehi«, Lous Stimme klang wie eine indianische Beschwörung.

»Was für ein Ding?«

»›Estsanatlehi‹ heißt auf Navajo ›wechselhafte Frau‹. Es ist der Name meiner Lieblingsgöttin. Estsanatlehi hat den ersten Mann und die erste Frau aus Stücken ihrer eigenen Haut gemacht. Sie ist die Frau des Sonnengottes Tsohanoai. Ihr Haus ist hier in der Gegend, im Westen. Estsanatlehi trifft jede Nacht den Sonnengott, nachdem er erschöpft in die Dämmerung gesunken ist. Estsanatlehi altert jeden Winter und wird jeden Frühling neu geboren.«

»Nicht schlecht. Lou, kommt mir das nur so vor, oder gibt es hier haufenweise Fledermäuse?«

»Fledermäuse ja, Vampire nein. Macht euch keine Sorgen.«

»Ich würde ja gern wissen, ob diese Fledermäuse nicht auf Menschenblut aus sind.«

»Was würden Typen wie Harry für die Rezeptur für Zombiepulver tun?«

»Was für ein Pulver?«

»Zombiepulver. Das wird in meinem Land benutzt, um lebende Tote zu erschaffen.«

»Ihr in Haiti amüsiert euch ja köstlich.«

»Wollt ihr wissen, wie man einen Zombie erschafft?«

»Ich weiß nicht, warum, Edwige, aber das ist nicht die Art von Information, die ich gern mitten in der Nacht mitten im Wald bekomme.«

»Ach, Ezequiel, du enttäuschst mich.«

»Und das, wo ihr nicht mal wisst, dass dieser Wald früher ein Indianerfriedhof war.«

»Soll ich's euch erzählen oder nicht?«

»Na los, erzähl schon.«

»Kennt ihr die Bokor? Das sind Hexer, die sagen, der Teufel höchstpersönlich sei ihr Diener. Der Bokor gibt dir einen Trunk, in den er vorher das Zombiepulver gemischt hat. Wenn du das trinkst, verlierst du alle Anzeichen von Lebendigkeit. Du bist nicht tot, auch wenn es für den Rest der Leute so scheint. In Haiti gibt es nicht viele Ärzte und es ist höllisch heiß, deshalb wird man, wenn einem das Herz stehenbleibt, in weniger als 24 Stunden begraben. Wenn du also Zombiepulver trinkst, wirst du lebendig begraben.«

»Ganz schön tückisch, diese Bokor!«

»Die Wirkung des Tranks hält etwa 48 Stunden. Das Schlimmste daran ist, dass du nicht einen Moment lang das Bewusstsein verlierst und immer mitbekommst, was um dich herum geschieht, du siehst, wie du bestattet wirst. Nach 48 Stunden Hölle gräbt der Bokor dich aus und gibt dir eine halluzinogene Paste zu essen, die deine Neuronen zerstört.«

»Und du bist völlig gaga.«

»Klar, dein Körper kehrt ins Leben zurück, aber dein

Hirn wird zu einem feuchten Schwamm. Dein Gesicht ist ganz ausdruckslos, der Blick starr, die Augäpfel werden weiß. Du verlierst ganz und gar die Entscheidungsfähigkeit und folgst nur noch den Befehlen des Bokor. Der Hexer macht dich zum Sklaven, und du endest auf einer Zuckerplantage oder bringst Leute um, wenn dein Herr dir das befiehlt.«

»Und du kannst Zombiepulver zubereiten?«

»Möchtest du es probieren?«

Der Wald lag hinter uns, und vor uns stand ein Drahtzaun, durch den wir kletterten. In wenigen Metern Entfernung erhob sich ein Haus, das dem von Lous Großeltern sehr ähnlich war. Man hatte uns wohl kommen sehen, denn ein Außenlicht ging an. Von drinnen kam ein etwa 30-jähriger Typ heraus, der Lou einen Kuss gab und uns andere mit einer Handbewegung begrüßte. Der Typ fragte nach Lous Eltern und brachte dann die Schlafsäcke. Wir Jungs nahmen jeder einen, verabschiedeten uns von dem Nachbarn und traten den Rückweg an.

»Che, Lou, stimmt es, dass das ein Indianerfriedhof war?«

»Ja, und nachts stehen die Toten auf, um Verstecken mit den Wolfsmenschen, den Zombies und den Vampiren zu spielen.«

»Und den brünstigen Kojoten.«

»Die sind wirklich gefährlich.«

III

Wir kamen zum Stall zurück, ohne auf irgendein paranormales Phänomen gestoßen zu sein. Lou zündete eine Petroleumlampe an und sagte uns, wir sollten die Schlafsäcke am besten auf die Alfalfaballen legen. Während wir die Schlafsäcke ausbreiteten, fragte Lou mich, ob ich die Fotos von ihrem Vater gesehen hätte.

»Möchtest du, dass ich sie dir zeige?«

»Ja, klar.«

Ich war todmüde, aber die Vorstellung, ein paar Minuten länger mit Lou zusammen zu sein, vertrieb alle Schläfrigkeit.

»Edwidge, wenn du mich mitten in der Nacht besuchen kommen möchtest, dann ist das kein Problem«, sagte Ezequiel.

»Ich will dich nicht erschrecken. Ihr seid so schreckhaft …«

Die Großeltern waren schon schlafen gegangen. Edwidge ging in ihr Zimmer, und Lou und ich in das andere. Es sah aus wie die Kammer eines Franziskanermönches: nur ein Bett, ein Nachttisch, eine Lampe, ein Bänkchen und ein Schrank. Im Inneren dieses Möbelstücks sah es anders aus; es quoll über von Mappen und Schachteln. Lou holte ein paar Alben heraus und legte sie auf das Bett. Sie durchwühlte weiter das Chaos im Schrank. Ich hatte mich auf das Bänkchen gesetzt und sah ihr zu. Sie streckte sich oder kauerte sich hin wie eine Katze. Ich hätte den Rest meiner Tage damit verbringen können, ihr zuzuschauen.

»Lou, darf ich dich was fragen?«

Sie gab mir keine Antwort.

»Warum bist du mit Harry gegangen?«

Sie drehte sich um und blickte mich ernst an.

»Weil er mir gefallen hat.«

»Aber der Typ passt nicht zu dir.«

»Und was weißt du von mir? Was weißt du von ihm?«

»Von ihm, dass er ein Arsch ist. Von dir, dass du ein empfindsamer Mensch bist, der sich um die Menschen, die er magt, sorgt.«

»Das ist, was ich dir von mir zeige. Ich bin nicht nur das. Sperr mich bloß nicht in dem Bild ein, das du dir von mir machst. Ich werde immer mehr sein als das, was ich zeige oder was der andere sich vorstellt.«

»Aber er ist ein totaler Fiesling.«

»Das stimmt, er ist ein übler Typ. Es hat ja auch seinen Grund, dass ich nicht mehr mit ihm zusammen bin. Aber idealisier mich nicht, denn wenn du das tust, dann wirst du mich früher oder später verurteilen, und das würde mir sehr weh tun. Komm, setz dich zu mir, dann zeig ich dir die Fotos.«

Ich setzte mich neben sie aufs Bett. Unsere Körper waren weniger als zehn Zentimeter voneinander entfernt. Die leichteste seismische Aktivität hätte gereicht, damit mein Körper ihren berührte.

Lou schlug ein Album mit Schwarz-Weiß-Fotos auf. Da waren Porträts von Indianern, ein Mädchen, das an einem Baum lehnte, ein kleiner Junge, der in einer Pfütze mit einem Papierbötchen spielte, ein älteres Ehepaar auf einer Bank mit Hühnern im Hintergrund, eine Gruppe von Männern, die Holz auf einen Lieferwagen luden.

»Weißt du, was ich glaube? Mein Vater konnte die

Erinnerung meines Volkes mit seinen Fotos einfangen. Schau dir diese Mappe an.«

Auf der Klappe stand geschrieben: »Liebeszauber«. Darin waren nur Fotos von Lous Mutter als einzigem Modell. Viele Aufnahmen von ihrem Gesicht, ihrem Körper, von ihr mitten in der Natur, sie unter einem Baum sitzend, in einem Haus, ihre kupferfarbene Haut glitzernd in allen Schattierungen von Schwarz und Weiß.

»Das ist mein Lieblingsfoto.«

Es war ein merkwürdiges Foto. Im Vordergrund sah man unter dem hochgehobenen Haar nur den Nacken von Lous Mama, einen Teil der rechten Schulter und des Rückens.

»Einmal hab ich meine Mutter gefragt, warum mein Vater diese Serie ›Liebeszauber‹ genannt hat, und sie hat mir erklärt, dass eigentlich dieses Bild so heißt. Mein Vater hat es von ihr gemacht, als sie noch nicht lange zusammen waren. Er sagte, der Winkel, den der entblößte Nacken und die Schulter meiner Mutter bilden, habe wie ein Zaubertrunk gewirkt, der seine Liebe geweckt habe. Ich mag die Idee, dass die Haut von einem ein Liebeszauber für den anderen sein kann.«

»Lou, ich bin unsterblich in dich verliebt.«

Sie sah mich an, wie eine erwachsene Frau schauen würde, wenn ein Kindergartenfreund ihres Sohns ihr sagte, er habe sich in sie verliebt. Ich fühlte mich klein.

»Unsterblich ...«, wiederholte sie.

Sie strich mir mit der Hand übers Gesicht. Rückte näher und küsste mich. Ihr Mund kam mir so vertraut vor wie diese Träume, die so oft wiederkehren, dass sie eine wirkliche Erinnerung zu hinterlassen scheinen. In diesen letzten Wochen hatte ich so oft davon geträumt, sie zu küssen, dass es nun, wo sich mein Mund und ihrer vereinten, wie die Begegnung von zwei alten Bekannten war, von zwei Wesen, die sich nach einer langen Wegstrecke wiedertrafen.

Ich umarmte sie, und ihr Körper wurde mit den Liebkosungen weicher, bis wir nach hinten fielen. Wir schlugen mit dem Kopf gegen die Wand, aber das war mir egal. Ich wollte sie nur umarmen. Nichts weiter.

IV

Ich kehrte in die Wirklichkeit zurück, als ich aus dem Haus kam und in Richtung Stall ging. Am nächsten Tag würde ich zuerst mit Pablo sprechen müssen. Ich musste ihm erklären, was ich für Lou gefühlt hatte, vom ersten Tag an bis zu diesem Abend.

Der Stall lag im Dunkeln. Ich tastete nach meinem Schlafsack. Ich zog mir die Bermudas aus und legte mich mit weit geöffneten Augen hin und sah die Decke an. Ich hörte Ezequiels schweren Atem, von Zeit zu Zeit schnaubte er wie ein Stier. Pablo hingegen hörte ich nicht. Ich konnte ihn in der Dunkelheit des Stalles auch nicht sehen.

»Pablo«, flüsterte ich, »bist du wach?«

»Ja«, seine Stimme klang lauter als meine.

»Ich muss dir was sagen.«

Pablo sagte nichts.

»Lou und ich haben uns geküsst.«

Er brauchte eine Weile für die Antwort:

»Erwarte nicht, dass ich dich beglückwünsche.«

»Ich glaube, ich schulde dir eine Erklärung.«

»Spar sie dir. Ich kann sie mir vorstellen.«

Wieder entstand eine Stille, die Pablo selbst brach.

»Wird sie mit mir Schluss machen?«

»Hat sie mir nicht gesagt.«

»Bist du in sie verliebt?«

»Unsterblich.«

»Und sie?«

»Hat sie mir auch nicht gesagt.«

Ich hörte, dass Pablo sich umdrehte und mir den Rücken zuwandte. Wie soll man einem Freund sagen, dass man ihn mag, dass er wie ein Bruder ist, dass das Letzte, was man möchte, ist, ihm Leid zuzufügen oder mit ihm zu streiten? Ich schwieg, wartete darauf, dass er noch etwas fragte, aber er blieb still. Ich nahm mir vor, nicht zu schlafen, um über Pablos Schlaflosigkeit zu wachen. Ich hielt die Augen eine ganze Weile offen. Als ich das nächste Mal etwas wahrnahm, dröhnte das Gezwitscher der Vögel in meinem Schädel. Ich war eingeschlafen. Die Sonne war schon aufgegangen und der Stall nahm wieder seine normalen Konturen an. Ich blickte zu dem schlafenden Ezequiel und zu Pablo, der weiter mit dem Rücken zu mir lag. Ich stand auf und ging zu einer behelfsmäßigen Toilette außen am Stall. Anschließend mochte ich nicht wieder reingehen. Ich betrachtete die Wiese, bis Edwidge kam, die uns wecken wollte. Pablo kam aus dem Stall. Er begrüßte mich mit einem beiläufigen »Hallo«. Wir gingen zusammen zum Haus. Schweigend.

Dream-Team reloaded

I

Im Haus der Kashpaws herrschte schon reges Treiben. Großmutter Marie bereitete mit Lous Hilfe das Frühstück vor, und Großvater Nector reparierte rauchend einen Fensterrahmen. Lou begrüßte uns, ohne eine besondere Gefühlsregung zu zeigen. Ich war nervös, fühlte mich unbehaglich.

Großvater Kashpaw ging aus dem Haus zu einem der Schuppen, aus dem er einen etwas abgewrackten Pick-up herausfuhr. Der Motor machte ein merkwürdiges Geräusch, und der Großvater legte sich unter das Fahrgestell.

Lou hatte die Vorbereitungen für die Reise getroffen. In Albuquerque würden wir einen Bus nehmen, der uns direkt bis nach Springfield fuhr. Wenn es keine Schwierigkeiten gab, sollten wir am nächsten Tag dort ankommen, Freitagmittag.

Ein kleines Problem gab es: Wir hatten nicht einen Cent. Ohne nähere Erklärungen abzuliefern, sagten wir den Mädchen, dass uns das Geld ausgegangen sei. Lou und Edwidge würden unsere Tickets bezahlen.

Wir frühstückten leckere Omelettes mit Kaffee. Großvater Kashpaw kam rein und sagte:

»Der Wagen ist bereit.«

Die Reise nach Albuquerque, circa zwei Stunden auf dem Highway, würden wir in diesem Gefährt antreten.

»Fährt uns dein Großvater?«, fragte ich Lou leise, damit der alte Mann uns nicht hörte.

»Mein Großvater hat Alzheimer, grauen Star auf einem Auge, er hört auf dem linken Ohr nicht mehr, hat Hustenanfälle, ist Asthmatiker, verliert allmählich das Empfindungsvermögen im linken Bein und hat keinen Führerschein. Außerdem ist er erkältet.«

»Hört sich nach dem idealen Fahrer an.«

»Meine Großmutter wird uns fahren, die hat nur grauen Star.«

»Sie hat auf einem Auge grauen Star?«

»Auf beiden.«

Dann bat Lou mich um einen Gefallen. Sie wollte, dass ich ein Foto von ihr mit ihren Großeltern machte. Ich stellte sie zusammen vor den Eingang des Hauses und machte ein paar Aufnahmen von ihnen. Ich fotografierte die Großeltern gleich auch noch allein. Auf Anregung der Mädchen machten wir außerdem Bilder von uns sieben zusammen mit ein paar Hunden. Pablo und ich blickten ernster drein als gewöhnlich.

Ich klickte auf der Kamera die Bilder durch und zeigte Lou die Fotos, die ich von ihrer Mutter gemacht hatte. Sie schaute sie sich eine Weile lang an, sinnierte über etwas, das ich nicht durchschaute.

»Meine Mutter und ich ähneln uns.« Ich glaube, sie meinte nicht das physische Aussehen, sondern etwas weniger Greifbares. Auf jeden Fall waren sie sich äußerlich ähnlich.

Um zehn Uhr morgens stiegen wir in den Wagen. Im Fahrerhäuschen fuhren Lou und Edwidge mit und hinten auf der Ladefläche wir drei.

Der Fahrstil von Großmutter Marie war, gelinde gesagt, ruppig. Sie beschleunigte, bremste, manövrierte nach rechts und nach links mit der Anmut eines besoffenen Matrosen. Und sie mochte es gern schnell. Die Oma raste. Wir saßen hinten auf dem Boden und klammerten uns an den Seitenwänden fest, um nicht von der einen Seite zur anderen geschleudert zu werden.

Wir kamen eine halbe Stunde früher als vorgesehen und zwei Stunden vor Abfahrt des Busses nach Albuquerque. Die Großmutter verabschiedete sich von uns allen, weinte ein wenig, als sie Lou umarmte, und fuhr davon, wie sie uns gebracht hatte: krampfartig schnell.

Ich lieh mir Geld von Edwidge zum Telefonieren. Im Haus der Whites ging der Anrufbeantworter an. Flanders war wohl bei der Arbeit, die Zwillinge in der Schule, und Jo machte vermutlich Einkäufe. Ich hinterließ ihnen eine Nachricht und sagte, dass es uns gut ging und wir am nächsten Tag nach Springfield kommen würden.

Gleich danach rief ich Alexandros an, der sich gerade auf den Weg in die Schule machen wollte.

»Hier heißt es, ihr seid abgehauen, weil ihr diese Verbrechen begangen habt. Es heißt auch, ihr und die Mädchen würdet zu einer Sekte gehören, weiß nicht genau, ob buddhistisch oder mit Voodoo. Wenn dem so ist, dann verzeih ich euch nie, dass ihr mich außen vor gehalten habt.«

»Hör mal zu. Ich habe den Videochat, von dem ich dir erzählt habe. Sag das keinem, aber Dirty Harry ist an allem schuld, seid also vorsichtig.«

»Im Ernst? Nur Harry oder auch seine Freunde?«

»Das wissen wir nicht.«

»Dylan ist verschwunden. Gehört der zu euch oder zu Harry?«

»Ich hoffe, er ist gut versteckt. Wir kommen morgen um zwölf am Busbahnhof von Springfield an. Komm die

CD holen, und mach dann die Änderungen, um die ich dich gebeten habe.«

Ich ging wieder zu den anderen auf den Bahnsteig. Ich erzählte ihnen von meinem Gespräch mit Alexandros. Pablo meinte, es sei ein Fehler gewesen, ihm das zu erzählen, die ganze Schule werde es erfahren, Harry inbegriffen. Eigentlich sagte er nicht »Harry«, sondern »dieser dreckige Mörder«. Ich antwortete ihm, das sei Blödsinn. Ezequiel sah uns an und kapierte nicht, was los war, wenn er auch merkte, dass da etwas zwischen mir und Pablo nicht stimmte. Zum Glück kam der Bus. Wir gaben den Computer als Gepäck auf und stiegen ein. Mehr als 20 Stunden Fahrt in diesem Bus lagen vor uns.

II

Wir hatten zwei Doppelsitze und einen Einzelplatz bekommen, alle schön weit auseinander: Rechts vorne setzten sich Lou und Edwidge hin; rechts hinten Pablo und Ezequiel. Ich saß allein, ziemlich in der Mitte und links. Die Sitze waren bequem und ließen sich wie Betten ausziehen. Der Bus nahm die Interstate 40, eben die, die parallel zur Route 66 verlief. Ich fühlte dasselbe, wie wenn man aus den Ferien zurückkommt und merkt, dass das, was vor kurzem noch vor einem lag, Vergangenheit geworden ist. Ich blickte auf die Straße und erinnerte mich an den Weg, den wir vor einigen Stunden zurückgelegt hatten.

Die Klimaanlage vereitelt alle Möglichkeiten, etwas Abenteuerliches zu erleben. In diesem Bus konnte nichts

Außergewöhnliches passieren, außer dass ich mich langweilte. Im Grunde bedauerte ich es, dass wir nicht länger über die Route 66 flüchten mussten. Die Langeweile kann einen dazu bringen, den größten Quatsch zu denken. Außerdem hatte ich Lust, in Lous Nähe zu sein, meine Zeit mit ihr zu verbringen, wenn die Umstände auch nicht die günstigsten schienen.

Auf der Höhe von Amarillo kam Ezequiel zu mir und setzte sich auf den freien Platz neben mich.

»Pablo hat es mir erzählt.«

»Was hat er dir erzählt?«

»Das mit dir und Lou.«

»Mit mir und Lou.«

»Ich verstehe euch beide.«

»Ich auch.«

»Es ist kompliziert.«

»Ich möchte keinen Streit mit Pablo. Und ich hätte keinen Schritt auf Lou zu gemacht, wenn ich nicht gewusst hätte, dass sie mich auch mag.«

»Sie hat also alles angefangen.«

»Nein, überhaupt nicht.«

»Aber wenn du einen Schritt auf sie zu gemacht hast, dann weil sie dir zu verstehen gegeben hat, dass du das tun könntest.«

»So ist das nicht.«

»Also, ich hab nachgedacht und bin zu folgendem Schluss gekommen: Die Bräute kommen und gehen, die Freunde bleiben.«

»Schokolade für die Nachricht.«

»Ich sehe ja, dass die kleine Indianerin sehr hübsch und attraktiv ist, aber die Schule ist voll mit hübschen Mädchen. Schau dir nur Edwidge an: Die Schwarze ist klasse. Ach ne, schau sie dir besser nicht an, denn die interessiert mich.«

»Und Almudena?«

»Die Spanierin gefällt mir, ist aber schwierig. Wir sprechen unterschiedliche Sprachen.«

»Sie ist doch die Einzige, die Spanisch spricht.«

»Eben drum, ich versteh nicht die Hälfte von dem, was sie sagt. Edwidge dagegen ... Was soll's, kommen wir zurück zum Thema. Schau dir Taslima an. Eine in Schweden aufgewachsene Bengalin. Du hast gesehen, wie die befreiten Musliminnen sind ...«

»Weiß ich nicht wirklich.«

»Viel *Tausendundeine Nacht*, viel Tanz der sieben Schleier. Füg dann noch den schwedischen Glamour hinzu.«

»Bist du jetzt der Werbefachmann für die Mädchen?«

»Ich hab nur keine Lust, den Rest der Reise eure miese Laune zu ertragen.«

»Denken wir lieber an das Lacrosse-Spiel am Sonntag.«

»Siehst du? Mit einer Freundin kannst du nie von irgendeinem Spiel am Sonntag reden. Denk auch daran.«

III

Es war eine lange Reise. Irgendwann ging ich zu Pablo und Ezequiel, um über belangloses Zeug zu quatschen. Wir wechselten untereinander unsere Plätze, ohne dass ich je allein neben Lou gesessen hätte, oder sie neben Pablo oder nur ich bei Pablo.

Kurz nach Mittag fuhren wir im Busbahnhof von Springfield, Illinois ein. Wieder in der Stadt von Abraham Lincoln. Wir holten unser einziges Gepäckstück ab und gingen zum Haupteingang. Dort stand das Empfangskomitee: Alexandros, Vincenzo, Ji-Sung, Viggo, Taslima, Banana, Almudena, Cornelia und Milena.

»Was hab ich dir gesagt«, brüstete Pablo sich, »Alexandros hat es allen erzählt.«

»Wir gehören alle zum selben Team«, sagte ich.

»Die wahre Traummannschaft«, sagte Ezequiel, »ein Team mit Frauen.«

»Das Team reloaded.« Ich musste an den zweiten Teil von *Matrix* denken.

Wir küssten und umarmten uns, und die Mädchen kreischten, als hätten wir uns jahrelang nicht gesehen.

»Hast du was für mich?«, Alexandros sprach in geheimnisvollem Ton, wie ein Geheimagent.

»Hier.« Ich gab ihm die CD. Alexandros steckte sie in seine Jeansjacke.

»Das Paket wurde übergeben. In weniger als zwei Stunden habe ich die Datei modifiziert. Sehen wir uns um tausendvierhundert in der Schule?«

»Tausendvierhundertdreißig.«

»Ok. Um Tausendfünfhundert haben wir Lacrosse-Training unter Kommando von Ji-Sung.«

Edwidge konnte nicht ins Haus ihrer Gasteltern zurück, deshalb nahm Lou sie mit zu sich nach Hause. Wir verabredeten uns für den Nachmittag, nach dem Training, in der Cafeteria Tom's. Wir drei gingen zum Haus der Flanders. An der Tür stand keine Polizei, aber es parkte ein Auto dort, das nicht von den Whites war.

»Gehen wir mit unserem Schlüssel rein oder klingeln wir?«

»Wir klingeln.«

Jo öffnete uns. Sie sah besorgt aus, oder als sei ihr unbehaglich zumute. Ich hielt mich nicht zu lange mit ihrer Miene auf, denn hinter ihr, neben Flanders, saß Reverend Robert auf dem Wohnzimmersofa.

»Da kommen die verlorenen Söhne.« Die Stimme des Pastors klang ironisch. Flanders sah völlig aufgelöst aus. Wir machten zweifellos seine physische und geistige Gesundheit zunichte.

»Jungs, der Spaß ist vorbei«, sagte Jo, und ihre Stimme klang wirklich wie ein biblischer Donner.

»Wir freuen uns, ausländische Jugendliche bei uns aufzunehmen und ihnen unser Land zu zeigen, aber wir können das nicht tun, wenn unsere Gäste sich von Gott entfernen und die Unbescholtenheit unserer Familie aufs Spiel setzen.«

Als Konsequenz unserer Reise in den Westen mussten wir auf den Speicher des Hauses umziehen, wo es nur ein paar Matratzen und Schlafzeug gab. Kein Computer mehr, auch kein Fernsehen. So oder so mussten wir um neun Uhr abends zurück sein und am Sonntag, nach dem Lacrosse-Spiel, müssten wir in die Sonntagsschule gehen.

Wir trugen unsere Rucksäcke auf den Speicher. Neben einigen Kisten mit altem Krimskrams lagen drei Matratzen. Wir warfen unsere Sachen auf den Boden. Ezequiel legte sich hin, und, den Blick auf die Holzdecke gerichtet, sagte er:

»Am meisten werde ich die Hot-Wheels-Bahn vermissen.«

»Das Schlimmste ist, in die Sonntagsschule gehen zu müssen«, Pablo durchwühlte seine ganzen Klamotten, als suchte er etwas.

»Eher sterbe ich«, fügte ich hinzu. »Was suchst du?«

»Hier ist es«, in seiner Hand flatterte triumphierend ein Geldschein. »Die 50 Dollar, die ich aufgehoben hatte, um mir Bücher zu kaufen.«

50 Dollar waren unser ganzes Vermögen, bis wir wieder nach Buenos Aires zurückkehren würden. Von 0 auf 50 zu kommen, ist, wie plötzlich Millionär zu sein. Wir gingen bei Pizza Hut essen, um das gefundene Geld zu feiern. Während er ein Stück von seiner Cheezy-Crust-Pizza abschnitt, brachte Pablo uns in die Wirklichkeit zurück:

»Am Montag müssen wir unbedingt wieder in den Unterricht gehen. Sonst wird es nix mit dem Zeugnis.«

»Und wozu wollen wir ein Zeugnis?«, war Ezequiels passende Rückfrage.

Um zwei Uhr nachmittags gingen wir in den Speisesaal der Schule. Nach einem Weilchen kam Alexandros.

»Alles okay. Keine Spur mehr von Lou in dem Videochat. Sie kann nicht mal von einem ausgebildeten Spürhund erschnüffelt werden. Ich hab es in eine AVI-Datei umgewandelt und sogar die Auflösung ein bisschen verbessert.«

Er gab uns die CD. Ich ging zur Toilette, und Alexandros kam hinter mir her.

»Ariel, das wollte ich noch loswerden. Dieser Videochat, den du mir gegeben hast, ist heiß. Lou ist wirklich klasse. Das sag ich dir und nicht Pablo, weil der mir womöglich die Fresse einschlägt.«

In diesem Moment hätte ich nur zu gern genau das getan.

IV

Um drei Uhr war Lacrosse-Training. Wir mussten auch die CD zur Polizei bringen. Alexandros erbot sich, uns zu begleiten.

»Wir können nicht alle vier gehen. Am besten gehe ich und noch einer.«

»Ich gehe mit dir, und Alexandros und Ezequiel gehen zum Training.«

Während Pablo und ich zur Polizeiwache von Springfield gingen, redeten wir nur über belangloses Zeug. Die Wache war in einem schönen, sauberen und freundlichen Gebäude untergebracht, wie eine als gutes Großmütterchen verkleidete Hexe. Wir gingen rein, und ich fragte nach den Detectives Briscoe und Malo. Ein Polizist bemerkte, Malo sei auf einer Sitzung mit denen von Interne Angelegenheiten. Man wolle wissen, warum er einem argentinischen Polizisten ein Auto und Geld gegeben habe. Wir machten nichtssagende Gesichter. Es war auch nicht der Moment, um herauszufinden, ob der Cabo Polonio verletzt oder tot war. Oder ob er das Auto verkauft und das Geld eingesackt hatte.

Eine Minute später kam Briscoe; er blickte uns nicht überrascht, aber auch nicht spöttisch an.

»Kommt rein.«

Alle nordamerikanischen Polizeiwachen ähneln sich. Naja, zumindest die zwei, die ich kennengelernt habe. Die in Illinois war genau wie die in Missouri. Wir traten in einen großen Saal voll mit Leuten vor ihren Computern. Auf den ersten Blick konnte man den Raum mit einer Zeitungsredaktion verwechseln. Briscoe setzte sich hinter einen der Schreibtische und forderte uns nicht auf, Platz zu nehmen. Malo war nirgends zu sehen.

»Ich nehme nicht an, dass du gekommen bist, um dich zu stellen.«

»Ich habe eine CD mit dem Beweis, wer der Schuldige an den Verbrechen ist. In einem Videochat. Es ist ein Schüler unserer Schule, er heißt Harry Cuzzamanno.«

Detective Briscoe legte die CD in seinen Computer, und der Windows Media Player öffnete sich automatisch. Alexandros hatte gute Arbeit geleistet. Es war nichts zu erkennen, was Lou hineinziehen könnte. Briscoe sah sich das ganze Video an und fragte:

»Warum habt ihr die andere Person gelöscht?«

»Weil sie Angst hat.«

»Seht mal, ich verstehe nichts von Computern, aber ich bin kein Idiot. Wenn ihr einen Teil der Information verändert habt, könnt ihr auch verändert haben, was dieser Harry sagt. Ihr wisst, dass dieses Video von der Spurensuche angeschaut werden wird?«

»Wenn Sie Zeit verlieren wollen, dann misstrauen Sie uns eben. Aber wenn Sie Harry und einen seiner Komplizen aufsuchen, werden Sie sicher andere Beweise für die Verbrechen finden.«

»Wer sind die Komplizen?«

»Das weiß ich nicht.«

Als wir aus dem Kommissariat kamen, sagte ich zu Pablo:

»Eins ist es, Informant für die Bullen zu sein, damit ein Mörder in den Knast kommt, aber ganz was anderes, dass sie dann auch noch wollen, dass wir ihnen alle Komplizen liefern.«

Pablo gab mir recht, und wir verfielen erneut in Schweigen.

V

Wir kamen gerade noch rechtzeitig, um beim Lacrosse-Training mitzumachen. Ji-Sung, Vincenzo, Alexandros, Equi, Viggo, die Schweden Joss und Matt, die sich normalerweise nicht mit uns trafen, aber gekommen waren, um uns auszuhelfen, und zwei Neuankömmlinge an der Schule, der Rumäne Mijail und der Philippine Mario, die noch nicht sonderlich gut verstanden, was los war oder warum sie ein Lacrosse-Match spielen sollten.

Der Einzige, der perfekt spielen konnte, war Ji-Sung, und er leitete das Training mit viel Sachverstand. Traditionelles Lacrosse wird mit Mannschaften aus zehn Spielern gespielt. Wir würden sieben gegen sieben spielen. Sie gaben mir einen Stock mit einem Netz daran, *stick* genannt, und ließen mich mit Vincenzo üben. Wir warfen uns den Ball zu und mussten ihn im Flug mit dem Netz auffangen. Wir machten vor allem Übungen zur Handhabung des Stick. Anschließend ordnete Ji-Sung uns so auf dem Spielfeld an, wie das Team aufgebaut sein würde: Alexandros im Tor, weil er der stämmigste war. Hinten Pablo und Viggo, die beide sehr schnell waren, vor allem der Rotschopf. In der Mitte Vincenzo und ich. Vincenzo war mehr zur Abwehr und ich zum Spielaufbau. Vorne Ji-Sung und Equi, wenn die beiden auch nicht nur vorn blieben, sondern bis in die Mitte runterkamen, um uns Mittelfeldspielern zu helfen. Wir waren kein großes Team, aber wir bemühten uns.

Wir trainierten, duschten und gingen zu Tom's Cafeteria. Dort warteten die Mädchen auf uns. Wir überbrachten ihnen die gute Nachricht, dass die Polizei die

Beweise schon hatte. Trotzdem ließen die Gesichter der Mädchen vermuten, dass etwas Schwerwiegendes passiert war.

»Sie haben sie rausgeworfen«, sagte Almudena und zeigte auf Lou, die mit verlorenem Gesicht in einer Ecke saß.

»Sie haben sie rausgeworfen, weil sie an Aktivitäten teilgenommen hat, die gegen die Sicherheit des Landes verstoßen«, fügte Edwidge hinzu.

»Sie kann nicht mehr auf die George Maharis gehen«, erklärte Banana.

»Sie haben mich rausgeschmissen, weil ich bei dem Sitzstreik vor dem Gefängnis mitgemacht hab. Wenn mein Großvater es aushält, als Unschuldiger im Gefängnis zu sitzen, dann überleb ich auch das.«

Wenn uns nicht dasselbe geblüht hatte, dann deshalb, weil unsere Anwältin gute Arbeit geleistet hatte. Wir waren überrascht und total empört. Jemand sagte, wir müssten Unterschriften sammeln, damit sie wieder zugelassen würde. Es gab andere Vorschläge, die nicht sehr überzeugend klangen. Bis Vincenzos neapolitanische Stimme ertönte:

»Wir müssen mit diesem blöden Rumgerede aufhören. Wenn in Italien ein Schulkamerad rausgeworfen wird, wisst ihr, was wir dann machen? Wir besetzen die Schule.«

Vermutlich weil der Italiener so selbstsicher wirkte, waren wir uns alle einig, dass das die beste Idee war, auch wenn es sicherlich nicht günstig war, das an einem Tag zu machen, an dem Schule war.

»Am Sonntag, nach dem Spiel. Wir verteilen Flyer, hängen Plakate auf und besetzen die Schule. Am Montag ganz früh unterschreibt der Schulleiter die Wiederaufnahme und fertig.«

An diesem Abend saßen wir bis spät zusammen, aßen mexikanische Tacos, gingen in einen Club, wo es Bowling, Pool und Darts gab. Wir waren 14 Jungs und Mädchen aus aller Herren Ländern, miteinander vereint. Wir waren viel mehr als eine Mannschaft, wir waren eine Bande. Ein Stamm. Als kleiner Junge stellte ich mir immer vor, wie ich mit den Menschen, die ich mochte (meinen Eltern, meinen Freunden, meinen Onkeln und Tanten, ein paar Nachbarn, dem Ladenbesitzer und seinen Töchtern, zwei Hunden aus dem Viertel), in einer Art Festung lebte und Angriffen von außen widerstand. Ich stellte mir nie vor, wer uns angriff, wusste aber ganz genau, wen ich bei mir haben wollte. Und jetzt war mir das klarer denn je: Ich wollte genau diese Mitschüler bei mir haben. Diese Jungs und diese Mädchen. Alle zusammen leben und den Angriffen der Feinde widerstehen. Es würde gut sein, die Schule zu besetzen.

Am nächsten Morgen weckte uns Vincenzo, der uns abholen kam. Der Italiener setzte selbst zum Überbringen von guten Nachrichten ein böses Gesicht auf.

»Habt ihr schon das Neueste gehört? Sie haben Harry und Bob festgenommen. Dank euch, *ragazzi.*«

Jo war schon nicht mehr sauer und behandelte uns wieder wie eine Mutter. Sie sah uns leicht befremdet an, das stimmte, als könne sie nicht ganz verstehen, was sie sich da für Leute ins Haus geholt hatte. Trotzdem bereitete sie für uns vier ein Frühstück vor, wie Gott es gebot. Zu diesem Zeitpunkt wussten wir schon, dass das Geheimnis eines leckeren Spiegeleis darin besteht, es in Butter und nicht in Öl zu braten. Wir aßen jeder zwei Stück.

Dann machten wir uns auf den Weg zur Schule zu einem weiteren Lacrosse-Training. Wir mussten die auf der Reise verlorenen Tage nachholen.

Es war Samstagmorgen. Die Sonne schien warm und machte Lust aufs Leben und aufs Glücklichsein. Wir verließen das Haus der Whites, ohne zu ahnen, dass das Schlimmste und das Schönste unserer Reise erst noch vor uns lag.

Lacrosse, Leidenschaft der Massen

I

Pablo ist wohl der einzige Typ, der, um trainieren zu können, zuerst in die Bibliothek muss. Während wir zum Campus und zu den anderen Jungs gingen, zog er sich in das Gebäude gegenüber zurück. Eine Stunde später tauchte er wieder auf, gerade als wir anfingen, den *bodycheck* zu üben, eine Spielbewegung, bei der man den Gegner mit einem Stoß des ganzen Körpers aus dem Gleichgewicht bringt. Wenn man nicht auf diesen Stoß vorbereitet ist, lässt er einen die Sterne sehen und man hört das Geräusch seiner brechenden Knochen in Stereo. Anschließend ließ Ji-Sung uns den Ball wiegen, wir bewegten ihn beim Laufen mit dem Stick in der Luft. Kurz vor elf machten wir eine Pause.

»Kommt, ich möchte euch was vorlesen. Ich habe in der Bibliothek Material über Lacrosse gesucht und bei Wikipedia und anderswo ein paar interessante Sachen gefunden.«

Wir setzten uns in einem Halbkreis auf den Rasen, Pablo vor uns. Als wir in der ersten Klasse waren, war Pablo der Einzige, der fließend lesen konnte. Er versammelte alle seine Freunde und las uns Comics vor: *Calvin & Hobbes, Mafalda,* die Gaucho-Geschichten von *Inodoro Pereyra*. Ihm gefiel seine Rolle als Vorleser sehr, und wir hatten Spaß an den Geschichten, die er erzählte. Zehn Jahre später setzte Pablo sich wieder auf diesen Platz und genoss es:

»Die Ursprünge des Lacrosse sind ungewiss, man weiß nur, dass es, schon lange bevor die Europäer auf diesen Kontinent kamen, gespielt wurde. Viele Ureinwohnerstämme in Nordamerika spielten ein dem Lacrosse ähnelndes Spiel, bei den Irokesen war es als Ghu-Chee-Gwuh bekannt, wobei ein Stock benutzt wurde, der an einem Ende ein Netz hatte und mit dem man einen Lederball warf und fing.

Der Name des Spiels variierte von Stamm zu Stamm: *dehuntshigwa'es* hieß es auf Onondaga, was so viel bedeutet wie »mit einem runden Gegenstand geschlagener Mensch«; *tewaarathon* oder »kleiner Kriegersohn« in der Mohawk-Sprache; *da-nah-wah'uwsdi* oder »kleiner Krieg« auf Ost-Cherokee; und *baggataway* oder »das Spiel des Schöpfers« bei anderen Stämmen. Im Allgemeinen spielte man es über eine Ausdehnung von drei bis zehn Meilen. Weil es nur einen Ball gab, waren die Spieler hauptsächlich damit beschäftigt, die Gegner mit dem Stock zu verletzen.«

»Das sollten wir auch machen«, war Vincenzos Kommentar.

»Dieses Spiel war von grundlegender Bedeutung für das Alltagsleben der Indianer, da es Teil ihrer Glaubensüberzeugungen war. Es wurde als ein Geschenk des Schöpfers angesehen und hatte ein spezielles Ziel: Es wurde immer für das Wohlergehen der Spieler und der anderen Einzelpersonen oder Stämme gespielt. In schlechten Zeiten spielte man es, um die Stimmung zu heben oder um Krankheiten zu heilen oder ihnen vorzubeugen, und für die Irokesen war es eine Methode, mit der Welt der Geister zu kommunizieren. Es wurde oft eingesetzt, um Streitereien zwischen Gruppen, Familien, Clans und

Stämmen beizulegen, wenn der Dialog nicht fruchtete. Es wurde auch praktiziert, um starke und tapfere Soldaten auszubilden. Wenn ein Stammesmitglied krank war, ordneten die Heilkundigen zudem eine Partie an, und ebenso, um die Geister um eine gute Ernte zu bitten.«

»Soll heißen, morgen ist der perfekte Tag, um Lacrosse zu spielen.«

»Es geht noch weiter. In der Ureinwohnervariante bestand jedes Team aus hundert bis tausend Personen. Die Spieler trugen keinerlei Schutz. Als Tor benutzten viele Stämme einen großen Felsen oder einen Baum. Sie mussten den aus Hirschleder angefertigten Ball gegen das zuvor genannte Tor schlagen, damit es als Treffer gewertet wurde. Diese Begegnungen dauerten vom Sonnenaufgang bis zum Sonnenuntergang und konnten zwei oder drei Tage hintereinander gespielt werden.

Die ersten französischen Jesuiten, die nach Amerika kamen, stießen auf diesen Sport. Anscheinend gaben diese Missionare ihm den Namen Lacrosse. Der Stock, mit dem die Indianer spielten, soll sie an den Baculus erinnert haben, den Bischofsstab, auf Französisch *crosse*. Die Franzosen nennen auch den Hockeyschläger *crosse*, weshalb der Name vielleicht von dem Ausdruck *le jeu de la crosse* kommt.«

II

Auf dem gegenüberliegenden Platz, den man vom Baseballfeld aus sehen konnte, trainierten gerade die Jaguars. Ich konnte Dylan erkennen, der ebenfalls wieder aus seinem Versteck aufgetaucht war. Die Nachricht von Dirty

Harrys und Sideshow Bobs Festnahme hatte sich schnell verbreitet.

Ich sah auch Bobs und Harrys übliche Konsorten, die Australier Mark und Mike sowie Cuautie, die weiter auf freiem Fuß waren. Vielleicht hatten sie nichts mit der Sache zu tun, oder die Polizei hatte noch keine Beweise gefunden, die sie belasteten.

In der Umkleide traf ich nach dem Duschen Dylan und Markus. Sie grüßten mich, und Dylan ging mit mir bis zur Tür.

»Ich wollte mich dafür bedanken, was du und deine Freunde gemacht haben.«

Es war nicht schlecht, gut mit Dylan auszukommen, und vor allem mit dem Riesen Markus.

»Ich hab auch gehört, dass sie Louise von der Schule verwiesen haben. Das ist nicht fair. Man müsste da was machen.«

Ich erzählte ihm von unseren Plänen, und zunächst schien er nicht sehr überzeugt. Der Gedanke, die Schule zu besetzen, gefiel ihm nicht. Trotzdem stimmte er zu, mit Markus und mit Sylvia und Lorrie zu kommen, die ihm zufolge Freundinnen von Lou waren. Ich hatte sie nie zusammen gesehen oder mehr als einen Satz im Vorübergehen miteinander sprechen sehen. Dylan musste die Mädchen besser kennen als ich. Und Lou auch.

Er erklärte mir, dass er, auch wenn wir ihm geholfen hatten, Pablos Anblick nicht ertragen konnte.

»Jetzt geht Lou mit ihm. Ich ertrage keinen Typ, der mit Lou zusammen ist.«

Wir verabschiedeten uns an der Tür zur Umkleide, und ich ging in den Lesesaal, wo es Computer mit Internetanschluss gab. Ich checkte meine Mails. Neben einer

Mail von meiner Mutter, einer von Patricia, einer weiteren von Sharon, die darum bat, ich weiß nicht was für meinen Onkel zu übersetzen, war da eine kurze Mail von Lou. In meinem Eingangsordner »Louise Kashpaw« zu lesen, überschwemmte mich gleichzeitig mit einer Welle des Glücks und der Nervosität. In ihrer Mail stand: »Ariel, ruf mich an, wenn du kannst, Lou.« Ich suchte ein öffentliches Telefon im Gang, der zur Bibliothek führte, und rief sie an. Es war kein langes Gespräch, eher ein langes, mit zwei oder drei Sätzen gespicktes Schweigen. Wir verabredeten uns für sechs Uhr am Eingang des Botanischen Gartens vom Washington Park.

III

Ich hatte nicht vor, Pablo von meinem Treffen mit Lou zu erzählen, aber ich würde auch keine Ausrede für ihn erfinden. Als könnte ich sie anlügen, ihn oder Ezequiel. Wir mussten nichts sagen, um zu wissen, was der andere gerade dachte. Sie würden mit den anderen Jungs und Mädchen ins Kino gehen. Alle würden merken, dass Lou und ich fehlten.

Ich ging die Clear Lake Avenue bis zum MacArthur Boulevard entlang. Ich durchquerte die eine oder andere Straße, ohne auf die Schilder zu schauen, mit einer Sicherheit, die ich nach und nach gewonnen hatte und die jetzt Teil von mir war. Springfield war auch schon meine Stadt. Ich kannte die Geschäfte hier, die Bars, die Menschen, die Skate-Bahnen, die Plätze, die Polizisten. Ich konnte herumlaufen, ohne mich zu verirren, und konnte sogar jemandem weiterhelfen, der aus einer anderen nordamerikanischen Stadt kam. Die Städte, die man wirklich kennt, bilden nach und nach eine Landkarte in unserem Körper. Auf meiner waren Lanús, die Straßen vom Zentrum von Buenos Aires, Mar de Ajó und Springfield. Aber nur in Lanús und in Springfield hatte ich mich verliebt und hatte auch das Bedürfnis gehabt, meine Freunde ganz nah bei mir zu haben. Auf der Landkarte meines Körpers grenzte Lanús an Springfield.

Ich kam um zehn vor sechs am Eingang des Botanischen Gartens an. Er hatte schon geschlossen, weshalb wir nicht drinnen herumlaufen könnten, sondern nur durch den Park drum herum. Ich kannte den Garten, wir waren mit den Flanders dort gewesen. Jo liebte Rosen und hatte uns jede der Sorten, die es dort gab, erklärt.

Lou kam um fünf vor sechs. Es war unser erstes Date, und sie lächelte mich schüchtern an, als wären all die Male, die wir uns gesehen hatten, und all das, was wir gemeinsam erlebt hatten, wie ausgelöscht, nur weil wir eine romantische Verabredung hatten. Sie küsste mich auf die Wange.

»Gehen wir im Park spazieren? Gehen wir zum Glockenspielturm?«

Lou wollte dieses seltsame Denkmal voller Glocken sehen, die beim abendlichen Läuten wie ein Symphonieorchester klangen.

»Seit gestern Morgen mache ich nichts anderes, als dich zu vermissen.«

Ich hatte nicht vorgehabt, ihr das zu sagen, aber es war das Erste, was mir einfiel, als ich sie sah. Dass ich sie vermisst hatte.

Es waren viele Leute im Park unterwegs. Die Sonne

begann langsam zu sinken, und alle Welt schien herausgekommen zu sein, um das weiche Licht zu genießen.

»Ich hab dich auch vermisst. Ich hatte große Lust, dich zu sehen, bei dir zu sein.«

Ich sah sie weiter an, ohne ein Wort herausbringen zu können. Ich musste etwas sagen, oder ich würde zu einer Statue werden.

»Möchtest du einen Hotdog?«

Wir kauften an einem Straßenstand zwei Hotdogs und zwei Coca-Cola. Wir kamen zum Glockenturm und setzten uns unter einen Baum in der Nähe. Zum Glück gab es an diesem Abend kein Glockenkonzert.

»Pablo und Ezequiel sind meine besten Freunde.«

»Das weiß ich schon. Pablo redet immer von euch beiden.«

»Meine Freunde und ich denken, man sollte nie die Freundin eines Freundes angucken.«

»Als ich euch kennengelernt hab, habt ihr mir beide gefallen. Ich hab mir gesagt: ›Wenn mich einer von beiden zum Ausgehen einlädt, werde ich Ja sagen und mich endgültig in den verlieben, der mich eingeladen hat.‹ Aber als Pablo mich dann gefragt hat, hab ich gespürt, dass ich dich nicht verlieren wollte. Und ich glaube, wenn du mich zuerst gefragt hättest, hätte mich die Vorstellung traurig gemacht, Pablo zu verlieren. Ihr gefallt mir beide, ihr seid beide toll.«

»Ich finde, du übertreibst, naja, was Pablo angeht, übertreibst du.«

»Weißt du, was ich gut fände? Ich wäre gern Ezequiel, dann könnte ich immer mit euch beiden zusammen sein.«

»Wenn du Ezequiel wärst, dann würdest du weder

mir noch Pablo gefallen. Da kannst du Gift drauf nehmen.«

»Ariel, Pablo und du, seid ihr euch bewusst, dass euch zehn Tage oder noch weniger bleiben und ihr dann nach Buenos Aires zurückfahrt und wir uns wahrscheinlich nicht wiedersehen werden?«

»Wir schreiben uns, chatten. NetMeeting, hast du ja installiert.«

»Ich mein es ernst. In ein bisschen mehr als einer Woche werde ich Teil eurer Geschichte sein und ihr beide Teil meiner Geschichte. Darüber will ich nicht jammern. Aber wenn ihr mir beide gefallt, warum muss ich dann auf einen verzichten, wenn uns nur so wenig Zeit bleibt, um zusammen zu sein?«

»So gesehen ...«

»Ich hab lange darüber nachgedacht. Nimm mal an, wir haben noch sechzig oder siebzig Jahre, um zusammen zu sein, bestenfalls, aber nach siebzig Jahren ist es vorbei. Warum soll man sich also damit begnügen, mit nur einer Person zusammen zu sein, wenn man zwei liebt? Ich glaube, wenn Pablo und du in Springfield leben würdet, ich würde auch mit euch beiden zusammen sein wollen.«

»Bis einer von beiden den anderen umbringt, dann wärst du nur noch mit einem allein.«

»Klar, das würden die Normalos tun. Aber Pablo und du, ihr seid nicht wie alle.«

»Wir sind besonders.«

»Megabesonders.«

»Supermegabesonders.«

»Erzsupermega.«

Und wir küssten uns. In meinem Inneren hörte ich die 67 Glocken des Glockenspiels auf einmal läuten.

IV

Ich kam gegen neun Uhr abends zum Haus der Flanders'. Ich war müde und glücklich, wollte nichts als ins Bett und bis zum Beginn des Lacrosse-Spiels schlafen. Doch wer da auf mich wartete – an ihr eigenes Auto gelehnt –, waren Detective Briscoe und Detective Malo. Sie rührten sich nicht mal, winkten mich zu sich.

»Wie seltsam. Du hier, und deine Freunde woanders.« Briscoe hatte eine ausgedrückte Zigarette in der Hand. Man merkte, dass er mit dem Rauchen aufhören wollte.

»Wir sind keine siamesischen Zwillinge.«

»Wir brauchen das Video.«

»Haben Sie die Kopie verloren, die ich Ihnen gegeben habe?«

»Wir wollen das komplette Video, wir wollen wissen, wer das Mädchen ist, das da chattet. Sagt man chatten, Eric? Gut, wer da mit Harry chattet.«

»Mit dem, was Sie haben, ist es genug, um Harry und seine ganze Bande einzusperren. Und überhaupt: Ein paar sind immer noch frei.«

»Hör mal gut zu, mein Junge, mir steht's bis hier mit deinen Frechheiten. Mit dem Video, das du uns ausgehändigt hast, können wir diesem Typ nicht mal eine Verkehrssünde anlasten.«

»Das Video reicht vielleicht nicht, aber gehen Sie doch zu ihm nach Hause, finden Sie raus, was er zum Zeitpunkt der Verbrechen gemacht hat, durchleuchten Sie die Kleiderschränke von Harry und seinen Gefolgsleuten ...«

»Wir wissen, was wir zu tun haben. Deshalb sind wir

hier. Bei zwei von den Jungs, die ihr angezeigt habt, gab es zu Hause nicht mal ein Schweizer Taschenmesser. Die sind sauberer als ihr. Wir brauchen den Namen des Mädchens und das komplette Video.«

»Tut mir leid, ich habe nur, was ich Ihnen gebracht habe.«

»Okay, bring dich weiter in Schwierigkeiten. Gehen wir, Eric. Ich glaube nicht, dass wir Harry und den anderen sehr viel länger festhalten können. Und sie wissen, dass ihr sie angezeigt habt.«

V

»Wenn es regnet, spiele ich nicht«, sagte Vincenzo, kaum dass wir um 13.30 Uhr den Speisesaal der Schule betreten hatten.

Ji-Sung, Alexandros, Viggo und er aßen gerade zu Mittag. Wir hatten auf dem Weg zur Schule mexikanische Tacos gegessen. Die anderen beiden Nordlichter, Joss und Matt, der Rumäne Mijail und der Philippine Mario würden direkt zum Aufwärmtraining um 14 Uhr kommen.

»Du spielst, ob es regnet oder nicht.«

Es würde regnen. Der Nieselregen hatte aufgehört, aber die schwarzen Regenwolken waren eine konstante Drohung über unseren Köpfen. Ich mag keinen Regen. Er kommt mir immer wie ein schlechtes Omen vor. Und ich hasse Blitze, von klein an. Ich glaube, vor nichts habe ich mehr Angst, als vom Blitz erschlagen zu werden.

Alexandros und Vincenzo waren gemeinsam mit Almudena und Cornelia dafür zuständig gewesen, die friedliche Besetzung der Schule nach dem Spiel zu planen. Alexandros malte uns auf einem Zettel auf, wie wir uns aufteilen würden.

Am Tisch gegenüber tranken drei Mädchen von den Jaguars ihre Colas: Sylvia, Lorrie und Joyce.

»Bereit zum Verlieren?«, sagte Lorrie zur Begrüßung.

»Mit dir verliere ich mich bis ans Ende der Welt«, gab Viggo zurück.

Sylvia stand auf und kam zu uns. Ich dachte, sie würde uns weiter aufziehen. Stattdessen sagte sie in vertraulichem Ton:

»Dylan hat uns das mit Lou erzählt. Wir bleiben zur Besetzung der Schule.«

»Herzlich willkommen im Club.«

»Lou hat es nicht verdient, von der Schule geworfen zu werden, weil sie ihren Großvater verteidigt«, sagte Lorrie, und ich war ganz schön überrascht. Seit wir nach Springfield gekommen waren, hatte ich gedacht, die nordamerikanischen Mädchen seien alles dumme Gänse, die sich über nichts anderes Gedanken machten, als sich schick anzuziehen und aufs Klo kotzen zu gehen. Und nun, eine Woche vor der Abfahrt, wurde mir klar, dass es genauso geniale Mädchen waren wie Almudena oder Banana. Unsere Vorurteile waren stärker gewesen als die Abfuhren, die sie uns erteilten. Sylvia hob ihr Glas mit Coca-Cola, als prostete sie uns zu.

Joss, Matt, Mijail und Mario kamen, und wir gingen in die Kabine, um uns umzuziehen. Von dort liefen wir zum Aufwärmen in die Turnhalle, wo schon die Jaguars waren. Dylan kam auf uns zu.

»Nach dem Spiel müssen wir die Aufgaben verteilen«, sagte er.

»Kein Problem«, Alexandros referierte: »Ein Drittel geht zum Haupteingang, ein weiteres zum hinteren Eingang und der Rest teilt sich zwischen dem Sekretariat und der Direktion auf. Heute sind beide Büros nicht besetzt, da gibt es also nicht viel zu tun.«

Nach dem Training gingen wir zurück in die Umkleide, um unsere Lacrosse-Ausrüstung anzulegen. Zum ersten Mal zogen wir die Sportanzüge an, die uns die Schule selbst zur Verfügung stellte. Zur Lacrosse-Uniform gehörten ein Helm wie beim American Football, Schutzhandschuhe, der Stick und ein schönes gelb-schwarzgestreiftes Sweatshirt, wie das Trikot von Peñarol aus Montevideo.

»Che, Jungs«, sagte ich, »wir sehen aus wie Harry Potter beim Quidditch.«

Ji-Sung gab uns die letzten technischen Anweisungen und Ezequiel, der große Equi, baute uns auf:

»Jungs, heute gehen wir auf den Platz, um zu siegen, nicht nur für uns, für die Mädchen und für das Publikum, das uns zugucken kommt. Heute gehen wir auf den Platz, um zu siegen, denn bei diesem Wettkampf geht es um Nordamerika gegen uns, die Ausgegrenzten aus der Dritten Welt. Wir müssen siegen, damit dies der erste Triumph unserer Völker wird.«

Zur Aufklärung: Den Text hatte Pablo für ihn vorbereitet. Ich wunderte mich, dass er Che Guevara nicht erwähnte; sicher hatte Equi das vergessen. Und in unserer Mannschaft aus der Dritten Welt hatten wir einen Griechen, einen Norweger, zwei Schweden, einen Italiener und sogar einen Koreaner, der wohl kaum gern mit in diese Kategorie eingeschlossen werden würde.

Wir nahmen unsere Sticks und schlugen sie in der Luft

zusammen. Dann liefen wir auf den Platz, in unserer speziellen Lacrosse-Ausrüstung. Es regnete, unglückseligerweise regnete es. Und das hatte das Publikum abgeschreckt: Es waren wohl kaum mehr als 30 Zuschauer da, darunter die Mädchen beider Mannschaften, in der Mitte saß Lou.

Und die Detectives Briscoe und Malo waren da, geschützt von identischen schwarzen Regenschirmen.

Und zehn Meter neben ihnen, in Regenjacken mit Kapuzen, saßen ganz gemütlich Dirty Harry und Sideshow Bob. Mein Blick und der von Harry trafen sich. Er grinste mich an und hielt den Daumen nach oben. Ich sagte nichts. Ich wandte nur den Blick von ihm ab und begann fest auf der Stelle zu stampfen. Wie hatten sie diese Mörder freilassen können? Warum kümmerten die Polizisten sich mehr darum, uns zu kontrollieren, als diese beiden Kriminellen unter die Lupe zu nehmen? Keiner der Jungs hatte Harry und Bob bislang gesehen. Das war auch besser so. Nicht erschrecken, ruhig bleiben, was auch immer geschehen würde. Als Ezequiel mich so ernst und auf meine Übungen konzentriert sah, kam er zu mir und fragte mich, was mit mir los sei.

»Nichts. Ich mag nur den Regen nicht.«

In dem Blut fließt

I

Der Schiedsrichter – der Sportlehrer, der Lacrosse unterrichtete – legte den kleinen Ball auf den Boden. Ezequiel und Dylan stützten ihre Sticks auf beiden Seiten des Balles auf den Boden. Das erste Viertel begann.

Die ersten Minuten zeichneten sich durch große Unkoordiniertheit aus: Zwei Mannschaften, die sich ihrer Fähigkeiten nicht allzu sicher waren, versuchten ohne großartige Spielzüge den Ball unter Kontrolle zu halten. Zu allem Überfluss ermutigte der Regen nicht gerade zu einer risikofreudigen Einstellung. Die Jaguars waren genauso aufgestellt wie wir: Das typische 2-2-2, das zu 3-2-1 wurde, wenn wir sie angriffen. Markus war der Torhüter, er verdeckte mit seinem riesigen Körper fast das ganze Tor. Hinten standen sehr offen die Australier Mark und Mike; in der Mitte Wes und Ruppert; und vorne Cuautie und Dylan. Bei einem Konter warf Wes einen langen Ball zu Cuautie, der ihn an Dylan weitergab, der allein vor Alexandros zu stehen kam. Eins zu null.

Wir beendeten das erste Viertel ohne Chance auf einen Ausgleichstreffer.

»Habt ihr gesehen, wer auf der Tribüne sitzt?« Alexandros hatte sie erspäht.

Ins zweite Viertel gingen wir noch unkonzentrierter. Ich merkte, dass von Zeit zu Zeit einer von uns zu Dirty Harry und Sideshow Bob hinübersah. Die Jaguars gingen zwei zu null in Führung, aber mit zwei glücklichen

Spielzügen glich Ji-Sung die Partie aus. In einem weiteren kleinen Triumphzug gelang Ji-Sung ein dritter Treffer und Ezequiel der vierte. Zehn Sekunden vor Ende des zweiten Viertels traf Cuautie zum dritten Mal für die Jaguars. Nach der ersten Hälfte des Spiels führten wir vier zu drei.

Wir gingen in die Umkleide, durchnässt von dem unaufhörlichen Regen und vom Schweiß. Wir trockneten uns ab und wechselten die T-Shirts. Ji-Sung bat mich, hinten mehr bei der Verteidigung auszuhelfen.

»Dürfen wir rein?«

Natürlich durfte niemand in die Umkleidekabine kommen. Und erst recht keine Mädchen. Da standen Edwidge, Almudena und Taslima.

»Wir haben schon ein paar große Schilder und 200 Kopien von den Flugblättern, auf denen wir Lous Wiederaufnahme fordern.«

»Das werden 180 zu viel sein.«

»Macht nichts. Wir verteilen sie morgen früh weiter. Denkt dran, wir müssen die ganze Nacht zusammen verbringen.«

»Mädchen, bringt uns nicht durcheinander. Könnt ihr bitte gehen?«

Der Spielverderber war kein anderer als Ezequiel. Es gab nur eine Sache, die er noch ernster nahm als den Versuch, ein Mädchen aufzureißen – und das war, ein Match zu bestreiten. Sei es Fußball, Lacrosse oder Quidditch.

Wir gingen ins dritte Viertel, höchst gewillt, schnell fertig zu werden. Das wandte sich gegen uns, denn wir kassierten umgehend den Ausgleich. Ein Spielzug brachte mich in die Nähe der Tribüne, wo die Mädchen saßen.

Ich hatte nur Augen für Lou. Sie sah so wunderschön aus im Regen.

»Deck enger!«, schrie Pablo mir von hinten zu und machte einen Bodycheck bei Cuautie, der den fast auf die Leichtathletikbahn warf. Die Jaguars erzielten zwei weitere Treffer, beide von Cuautie: Der Arsch schien beflügelt. Gleich anschließend glichen wir durch zwei Tore von Ji-Sung und Viggo aus. Der Ball flog zu Dylan, der hinter mir stand. Ich rannte los mit der vollen Absicht, mich auf ihn zu werfen und ihn aus dem Gleichgewicht zu bringen. Was im Fußball Behinderung und im Basketball Foul wäre, war hier ein absolut zulässiger Bodycheck. Was ich nicht bemerkte, war, dass aus der Gegenrichtung Pablo kam, und wir stießen alle drei so unglücklich zusammen, dass Dylan sich zuerst aufrappeln konnte und den Ball zu Wes spielte. Sechs zu sieben.

»Du bist ein Trottel, deck, wie es sich gehört«, schrie Pablo mich an. Ich hielt mich nicht zurück und schubste ihn. Als Nächstes wäre eine Ohrfeige fällig gewesen, aber der Schiedsrichter sah uns. Der Lehrer war verwirrt, weil der Streit nicht zwischen Angehörigen der gegnerischen Mannschaften war. Foul konnte er nicht geben, wohl aber konnte er uns beide des Feldes verweisen. Zum Glück ist beim Lacrosse ein vorübergehender Platzverweis erlaubt. Wir gingen beide für drei Minuten raus, unter den hasserfüllten Blicken unserer eigenen Mitspieler.

»Du bist ein Wichser«, sagte Pablo zu mir.

»Und du ein Genie in Dämlichkeit.«

Zum Glück gingen Mijail und Mario zwischen uns, damit wir nicht weiter Beleidigungen und Schläge austeilten.

Die Monkeys hielten ganz gut stand, obwohl sie zwei Mann weniger waren. Wir kassierten gerade mal ein Tor. Der immer stärker werdende Regen machte das Spiel sehr schwierig. Wir gingen wieder aufs Feld, und gleich darauf erzielte Ezequiel einen Treffer. Ich hatte mich ziemlich gut ausgeruht, daher nahm ich den Ball in der Mitte des Spielfeldes, gab ihn zu Ji-Sung und rannte ins Herz des gegnerischen Strafraums, um ihn wieder entgegenzunehmen. Ji-Sung warf ihn zu mir zurück und ich machte das Tor. Ach was, mehr als ein Tor, ein Traumtor und den Ausgleich. Acht zu acht.

»Damit ist es aus.«

Der Schiedsrichter brach das Spiel ab, obwohl nur noch eine Minute bis zum Ende des dritten Viertels fehlte.

»So kann man nicht mehr spielen. Wir beenden das Spiel nächsten Sonntag«, sagte er und lief schnell in die Umkleidekabine. Es stimmte, man sah fast nichts mehr, und die wenigen Zuschauer suchten ebenfalls unter den Vordächern des Hauptgebäudes der Schule Schutz.

»In die Umkleide!«, schrie Ji-Sung.

Almudena und Cornelia kamen näher.

»Jetzt gleich?«

»Wir ziehen uns erst um«, sagte Alexandros.

»Die anderen sind die Schilder holen gegangen, eins für jeden Eingang«, erklärte Cornelia.

Wir rannten los in die Umkleide, und ein sechster Sinn, so es ihn denn gibt, brachte mich dazu, mich noch einmal umdrehen. Ich glaube, ich suchte nach Dirty Harry und Sideshow Bob, aber die waren schon verschwunden, genau wie die Polizisten und das wenige noch verbliebene Publikum. Wer da zurückgeblieben war und genauso starr und einsam wie ein Kaktus aus Arizona inmitten eines tropischen Regengusses stand, war Cuautie. Auch Vincenzo musste etwas gespürt haben, denn er sah sich suchend nach mir um. Ich lief zu Cuautie und Vincenzo hinter mir her.

»Was machst du noch hier?«, sagte ich zu Cuautie. Er zitterte, vielleicht weinte er, auch wenn man das bei dem Regen unmöglich ausmachen konnte. Cuautie sagte etwas, was ich nicht verstand, und wiederholte es mir auf Spanisch, naja, eher auf Mexikanisch:

»Die Schufte wollen alle umbringen.«

»Harry und Bob?«

»Ja.«

»Die haben doch keine Waffen. Die Polizei hat nichts bei ihnen gefunden.«

»Weil sie die im Club für die Geschichte von Springfield verstecken. Sie sind jetzt gerade dorthin losgegangen, um sie zu holen. Die haben ein ganzes Arsenal.«

II

Wo ist die Polizei, wenn man sie braucht? Ich suchte mit meinem Blick alle vier Himmelsrichtungen ab: keine Spur von den Detectives Briscoe und Malo. Vincenzo bat mich, ihm zu übersetzen, was Cuautie gesagt hatte.

»Wir müssen den Jungs Bescheid sagen«, fügte ich hinzu.

»Wir müssen diese beiden *maledetti* stoppen.«

Ohne eine Sekunde darüber nachzudenken, rannten wir zum Geschichtsclub, der im Bibliotheksgebäude lag.

Dort war schon niemand mehr, denn das Publikum war zum Ausgang gegangen, oder die, die im Auto gekommen waren, zum Parkplatz. Ezequiel und der Rest der Jungs mussten in der Umkleide sein, die Mädchen am Haupteingang oder gegenüber, im Speisesaal.

Wir betraten die Bibliothek leiser denn je. Mir schien, das Wasser, das von unseren Körpern rann, machte mehr Lärm als der Regen dort draußen.

Der Club für Geschichte war im ersten Stock. Wir mieden den Aufzug, und von den drei Treppenaufgängen nahmen wir den, der am weitesten abseits lag, um nicht unverhofft Harry und Bob gegenüberzustehen.

Auf dem Gang war niemand. Wir liefen noch schneller und auf Zehenspitzen und blieben ein paar Meter vor der Tür zum Club stehen. Sie war geschlossen, aber die Stimmen von Harry und Bob waren zu hören. Der Lärm des Regens, der auf das Dach prasselte, ließ uns nicht verstehen, was sie sagten. Wir blieben etwa fünf Minuten stehen und versuchten mitzubekommen, was dort drinnen geschah. Man hörte metallische Geräusche, als würden sie ohne Kugeln den Abzug drücken oder die Sicherung einer Waffe lösen. Sie erprobten wohl gerade ihre Ausrüstung.

»Lass uns reingehen«, flüsterte Vincenzo mir zu und machte einen Schritt Richtung Tür. Ich packte ihn kräftig an der Schulter. Wenn diese beiden Typen einen Lehrer ermordet hatten, würden sie ohne zu zögern auf uns schießen. Das Beste war es, sich zurückzuziehen und die anderen zu warnen.

Die Stimmen näherten sich der Tür. Wir hatten den Rückzug angetreten. Wenn sie die Tür aufmachten und herauskamen, hätten wir keine Zeit, uns zu verstecken.

Wir konnten darauf vertrauen, dass sie sie nicht aufmachten, und weiter leise rückwärtsschleichen oder wegrennen und dabei Lärm machen.

»Los, renn«, sagte ich genau in dem Moment, als einer der beiden die Türklinke herunterdrückte. Ich glaube, sie rechneten nicht damit, jemanden zu sehen, denn sie bekamen nichts mit. Eine Sekunde später erreichten wir die Treppe, und ich sah sie aus den Augenwinkeln: in Armeegrün gekleidet und mit Waffen vollgepackt, sie sahen aus wie zwei dünne Rambos.

Derart schwer beladen konnten sie uns nicht einholen, selbst wenn sie rannten, doch sie konnten auf uns schießen. Wir kamen zum Ausgang der Bibliothek, voller Panik, womöglich von einem Schuss getroffen zu werden. Draußen flog ein Hubschrauber über der Schule. Vor der Tür waren Schreie und sogar ein paar Schüsse zu hören. Einen Moment lang glaubte ich, diese ganze Aufregung sei wegen Bob und Harry, aber das konnte nicht sein, denn die waren hinter uns, und das Geschrei kam von vorne.

Wir rannten zum Hinterausgang, der am nächsten lag. An der Tür standen einige unserer Mitschüler und draußen eine Polizeikette, die sich auf uns zubewegte.

»Wo wart ihr?«, schrie Alexandros.

»Die Polizei hat uns aufgefordert, die Schule zu verlassen.« Sylvia und Lorrie sahen sehr aufgeregt aus.

»Das waren die Polizisten, die das Spiel angeguckt haben«, fügte Ji-Sung hinzu. »Sie haben Verstärkung angefordert.«

»Hört mal«, sagte ich, »Bob und Harry sind bewaffnet und auf dem Weg hierher.«

Ich täuschte mich: Sie waren nicht auf dem Weg hierher. Ich blickte zum Campus und sah sie in Richtung Hauptgebäude vorbeimarschieren. Alexandros, Ji-Sung, Vincenzo und ich rannten hinter ihnen her.

III

Jetzt hatte ich sie besser sehen können: Harry und Bob trugen Armeehosen, kugelsichere Westen, Schnürstiefel, über Kreuz zwei Munitionsketten, an den Seiten Revolver und im Arm ein Gewehr, das für den Abschuss von Raketen geeignet schien. Wie hatten sie diese ganze Ausrüstung verstecken können, ohne dass irgendeine Aufsichtsperson in der Schule es bemerkt hatte? Wie konnte es sein, dass die Polizei nicht die Orte durchsucht hatte, wo diese beiden sich immer aufhielten?

Wir erreichten das Hauptgebäude. Das Geschrei war noch lauter, und es gab Tumulte vor der Eingangstür, neben dem Sekretariat. »Lasst sie nicht rein«, schrie jemand. Hier hatte die Polizei die Drohgebärden schon aufgegeben und rückte gegen die Schüler vor. Die meisten der Mädchen waren hier: Edwidge, Taslima, Almudena, Cornelia und Milena, und einige der Jungs, Viggo, Markus und Wes. Sie achteten nicht auf uns, weil sie auf die Polizisten schauten, die Wes und Almudena gepackt hatten und sie festnehmen wollten. Es kam zu einem Gerangel, und eine Sekunde lang vergaß ich Bob und Harry und warf mich auf die Polizisten, die Almudena festhielten. Einen wollte ich schlagen, doch das ging daneben. Der Tritt, den ich ihm gegen das Knie gab, war wirkungsvoller. Hinter den Polizisten standen die Detectives

Briscoe und Malo, die beiden Bullenspitzel beobachteten alles und deuteten auf mich, als zwei Polizisten näher kamen. Vincenzo und Alexandros packten mich an den Schultern und zogen mich zurück, während Viggo meinen Platz einnahm, um Almudena zu befreien.

»Wir müssen Harry suchen.«

»Wo sind die anderen?«

»Pablo und Lou sind die Direktion besetzen gegangen«, sagte Edwidge zu mir. »Ezequiel und Dylan sind als Wachen in der Turnhalle geblieben.«

Alles war außer Kontrolle geraten. Wenn Ezequiel und Dylan in der Kabine geblieben waren, dann weil sie dachten, Bob und Harry könnten dorthin kommen, um uns anzupöbeln. Sie konnten nicht ahnen, was an den Eingangstüren los war, und auch nicht, dass Bob und Harry bis an die Karies bewaffnet waren. Wir liefen zuerst zur Schuldirektion im ersten Stock. Ich schwöre, ich dachte, wenn ich Lou dort mit Pablo rumknutschen sähe, würde ich die beiden eigenhändig umbringen.

Sie knutschten nicht rum. Sie waren gar nicht da. Keine Spur von ihnen. Auch nicht von Bob und Harry.

»Pablo«, sagte ich leise, für den Fall, dass Bob und Harry in der Nähe waren. Unter dem Schreibtisch krabbelte Pablo hervor. Lou kam aus einem Schrank weiter hinten.

»Ich dachte, Bob und Harry wären wieder zurückgekommen«, sagte Pablo.

Sie erzählten, dass Lou zur Toilette gegangen sei und die beiden auf dem Rückweg die Treppe habe hinaufsteigen sehen, ohne dass sie sie bemerkt hätten. Sie hatten Zeit, sich zu verstecken. Bob und Harry liefen vorbei, ohne zu ahnen, dass sie ganz in der Nähe waren.

Wir liefen die Treppen wieder runter. Die Polizei war schon im Schulgebäude, packte die Schüler bei den Haaren und nahm sie mit. Ein paar Bullen griffen sich Ji-Sung, Alexandros versuchte ihm zu helfen. Es nützte nichts, sie fassten auch ihn. Wir rannten zur Umkleide. Auf dem Weg trafen wir Dylan, Ezequiel und Markus, der die beiden holen gegangen war.

»Bob und Harry sind bewaffnet.«

Dylan und Markus gingen zur hinteren Tür, und Ezequiel kam mit uns.

In der Umkleide bot sich uns ein erbärmliches Bild: Sie hatten alle unsere Sachen zerstört. In eine Ecke geworfen lag, kaputt, zusammengetreten wie eine leere Coca-Cola-Dose, meine Kamera.

Sie hatten alle Erinnerungen meiner Reise getötet, alle Bilder meiner Geschichte in Springfield. Jetzt waren meine Eltern, die mich verabschiedeten, nicht länger bei mir, und auch nicht die Glorreichen Sieben, die durch die Stadt zogen, nicht Lou, die mich durch die Kamera ansah, oder die lachenden Mädchen, oder die Jungs, die böse Fratzen schnitten, weder B. J. noch Christine oder Katrina, nicht die Großeltern Kashpaw, nicht Window Rock, nicht die Route 66, nicht Springfield. Sie hatten einen Teil meiner Geschichte zerstört.

IV

Vincenzo blieb in der Umkleide. Er fluchte auf Italienisch und suchte etwas. Wir fragten nicht, was. Pablo, Ezequiel und ich liefen zum einzigen Ort, wo wir noch nicht gewesen waren: dem Speisesaal. Wir wussten nicht, ob einige dorthin gegangen waren, vielleicht auf der Flucht vor der Polizei, die zum Lärm der Sirenen und der Schüsse weiter Verhaftete abführte.

Wir gingen von hinten in den Trakt des Speisesaals, durch den Eingang für die Küchenangestellten. Im Grunde gab es drei Eingänge zu verschiedenen Räumen, die zum großen Speisesaal führten. Jeder von uns wählte einen.

In dem Raum, den ich betrat, herrschte absolute Stille. Selbst die Außengeräusche drangen kaum durch. Ich nahm meinen Atem wahr, die Müdigkeit nach all dem Gerenne, meinen von der Angst angespannten Körper, das Gehirn, das schon nicht mehr arbeitete. Noch einmal Energie aufbringen, noch ein einziges Mal.

Nur ein Bruchteil einer Sekunde, und vor meinen Augen tauchten Dirty Harry und Sideshow Bob auf.

»Hier hast du gesteckt, du Ratte.« Bob rückte mit auf mich gerichteter Waffe vor, und Harry grinste.

Eine Stimme hinter mir, die vom Hof kam, schrie auf Spanisch:

»Hey, Ariel, du Scheißkerl, ergib dich und du bekommst ein faires Verfahren.«

Es war die Stimme von Eric Malo. Aus den Augenwinkeln sah ich, dass ein Haufen Polizisten durch die Fenster die Waffen auf mich richtete. Ich konnte mir aussuchen, von wem ich erschossen werden wollte. Wie schön, wenn das Leben einem die Wahl lässt!

»Ciao, du Sklave«, sagte Harry, hob die Waffe und zielte auf mich.

In dem Moment, als er abdrücken wollte, tauchten hinter ihnen wie zwei Gespenstergestalten Dylan und

Markus auf. Sie hatten Baseballschläger in der Hand. Dylan schlug Harry auf den Kopf und Markus Bob. Zwei perfekt synchronisierte Schläge, die zusammen wie das Glockenspiel im Washington Park klangen. Ein wässriger Klang, wie wenn eine Wasserbombe am Rücken von jemandem zerplatzt. Bob und Harry gingen zu Boden. Beide bluteten am Kopf.

Hinter Dylan und Markus lugten Vincenzo, Pablo und Ezequiel hervor.

»›Ergib dich und du bekommst ein faires Verfahren‹, hat das nicht Quickdraw McGraw gesagt?«, fragte Ezequiel. Dylan zuckte mit den Schultern. Ich erinnerte mich an die Polizisten, die weiter auf mich zielten. Ich ging auf die Jungs zu und hatte noch keine zwei Schritte getan, als das Geräusch von Schüssen zu hören war. Zuerst fühlte ich ein mehrfaches Kribbeln, als zwickte mich irgendwer an verschiedenen Körperstellen. Dann ein sehr schmerzhaftes Brennen, und schließlich sah ich, dass aus meinem Kopf, meiner Hüfte und dem rechten Bein Blut floss. Viel Blut. Ich hätte zu weinen angefangen, aber mir wurde schwindlig und ich brach zusammen. Die Jungs kamen zu mir gelaufen.

»Es tut sehr weh«, meine Stimme kam teigig heraus.

Vincenzo sagte etwas zu mir, die Worte waren aus weiter Ferne zu hören. Ich wollte weinen, schlief aber einfach ein.

Adiós USA mit einem Kuss

I

Die einzige Erinnerung, die ich zwischen meinem Sturz und dem Wiederaufwachen auf einer Liege in der Notaufnahme des Saint John's Krankenhauses in Springfield habe, ist, dass ich in einem Kombi liege, wohl ein Krankenwagen, und spüre, wie mir etwas am Mund drückt. Sie gaben mir Sauerstoff. Das Bild dauerte kaum länger als eine Sekunde. Ich erinnere mich nicht mal an Pablo, der mit mir fuhr.

In meinem Kopf tönte ein auf Englisch gesungenes brasilianisches Lied, aber ich weiß nicht mehr, welches.

Als ich klein war, vier oder fünf Jahre alt, kam mein Vater jeden Tag mit der Zeitung *Crónica* von der Arbeit zurück. Ich sah mir gern den Comicstrip an, er hieß »Lolita«. Es war ein Streifen ohne Worte und mit Witzen, die ich nie ganz verstand. Deshalb setzte sich mein Vater immer gleich mit mir hin und erklärte mir den Comic. Er fing immer so an: »Folgendes ist passiert«.

Folgendes ist passiert:

Während Vincenzo und ich Dirty Harry und Sideshow Bob suchen gegangen waren, hatten die anderen schnell die Eingänge zur Schule besetzt. Ihr Ziel war es, dass das wenige Publikum, das zu der Lacrosse-Partie gekommen war, nicht ging, ohne den Flyer zu Lous Wiederaufnahme mitzunehmen. Anscheinend standen am Haupteingang schon ein paar Polizeiautos, die die Detectives Briscoe und Malo angefordert hatten. Sie sagten später, sie hätten sie wegen Bob und Harry angefordert. Ich bin sicher, es war wegen uns.

Sehr schnell kamen weitere Polizeieinsatzkräfte hinzu. Ganz offensichtlich ist die alte europäische und südamerikanische Tradition, Schulen zu besetzen, von den US-amerikanischen Behörden nicht gern gesehen. Vor allem, wenn die Anführer der Besetzung größtenteils Europäer, Südamerikaner und eine Chippewa-Indianerin sind. Es gab nicht einen Verhandlungsversuch. Der Befehl war, uns wie auch immer dort rauszubekommen. Und da wir uns dem Vorrücken der Polizei widersetzten, geschah dies mit Gewalt: Sie fingen an, Leute an den Haaren mitzuzerren, und brachten Gummigeschosse zum Einsatz.

Das Ergebnis waren elf von der Polizei verletzte Schüler und fünfundzwanzig Verhaftete. Unter den Festgenommenen waren Lou, Edwidge, Taslima, Cornelia, Milena, Lorrie, Joyce, Wes, Vincenzo und Ji-Sung. Verletzt wurden Almudena (Schnitt an der linken Schulter), Sylvia (rechter Knöchel verrenkt), Viggo (Prellungen an Nase und Lippen) und Alexandros (Schnitte an den Schultern, Muskelzerrungen an beiden Armen und Schlag aufs rechte Auge ohne Sichtverlust oder Netzhautablösung).

Als Markus und Dylan sich von uns auf dem Weg zur Umkleide trennten, gingen sie zum hinteren Eingang, wo sie auf Höhe des Parkplatzes Bob und Harry erblickten. Sie versteckten sich hinter einem Auto, bevor sie gesehen wurden. Dort blieben sie, bis sie merkten, dass Bob und Harry in Richtung Speisesaal gingen, wo wir waren. Sie liefen über den Parkplatz, und in diesem Augenblick kam Vincenzo mit ein paar Baseballschlägern aus der

Umkleide. Die drei rannten gemeinsam zum Speisesaal und kamen ganz außer Puste an, um Bob und Harry niederzuknüppeln, bevor sie auf mich schossen.

Der zweite und der dritte Krankenwagen, die die Schule verließen, waren für Dirty Harry und Sideshow Bob. Der erste war für mich. Dem Polizeibericht von Springfield zufolge wurde ich von Harry und Bob angeschossen. Sie hatten echte Kugeln und ich wurde offensichtlich von Gummigeschossen verletzt, aber wer will schon auf jede Kleinigkeit achten.

II

Ich wachte auf, als irgendwer sagte: »Auf drei: eins, zwei, drei.« Ärzte, Sanitäter und Krankenpfleger hoben mich hoch und legten mich von der Trage auf die Liege in der Notaufnahme. Als Erstes sah ich eine Ärztin, die mich von ganz Nahem anblickte. Sie trug einen Mundschutz, Brille und Handschuhe, daher weiß ich nicht, woher ich wusste, dass es eine Frau war.

Im Krankenwagen war ich schon verarztet worden. Die Wunde am Kopf schien nicht mehr zu bluten, aber ich fühlte, dass sie wummerte wie Charlie Watts' Schlagzeug. Ein Arzt ohne Mundschutz kam herein und trat an die Liege. Die Ärztin oder Krankenschwester sagte zu ihm:

»Er hat drei Wunden von Gummigeschossen. Am rechten Scheitelbein, auf dem Rücken knapp oberhalb der Hüfte und am rechten Oberschenkel. Aus allen drei Wunden Blutverlust.«

Der Arzt sah mich an und lächelte. Es war ein junger Typ, er sah eher wie ein Medizinstudent aus als wie ein Notfallarzt.

»Wir geben dir drei Einheiten Gacinamol. Die Wunden an Bein und Rücken müssen wir nähen. Die über der Schläfe nicht. Da reicht die Versorgung im Krankenwagen.«

Eine Krankenschwester trat zu dem Arzt und band ihm einen weiteren Kittel vor den, den er bereits trug, und gab ihm einen Mundschutz und eine Schutzbrille.

»Das wird dir mehr weh tun als mir«, sagte er zu mir, während er sich auf dem Hocker zurechtsetzte und an meinem Bein zu arbeiten begann. Das entsprach der Wahrheit: Es tat weh, und wie. Trotzdem hielt ich es ganz gut aus. Vielleicht stand ich unter der Wirkung irgendeines Mittels zur Muskelentspannung.

»Das Fest ist vorbei. Fertig, mein Freund.«

»Bin ich in Ordnung, Doktor?«

»Wie man's nimmt ... Hast du als *pitcher* beim Baseball gespielt, Leichtathletik gemacht oder gesteppt?«

»Nein.«

»Dann bist du völlig in Ordnung.«

Als sie gesehen hatten, dass mein Fall nicht schwerwiegend war, waren fast alle gegangen. Es waren nur noch eine Krankenschwester und der Arzt da.

»Ich bin Doktor John Carter, aus Chicago.« Er gab mir die Hand. Ich drückte sie nicht sehr kräftig. Ich fühlte mich schwach.

»Ich bin Ariel, aus Buenos Aires, Argentinien.«

Er sah mich fest an und sagte lächelnd zu mir:

»Willkommen in Amerika.«

III

Ich wurde in ein Einzelzimmer verlegt. Ezequiel, Pablo und Mr. White waren da. Sie sahen mich an, wie man wohl jemanden ansieht, der im Sterben liegt.

»Der Arzt hat gesagt, mit Gottes Beistand wirst du dich schnell erholen.« Flanders sah so mitgenommen aus, als wäre er kurz davor, Atheist zu werden.

»Eigentlich«, fügte Ezequiel hinzu, »hat er gesagt, sie wüssten nicht, was du hast, sie würden es aber bei der Autopsie herausfinden.«

»Eine ordnungsgemäße Autopsie ist garantiert«, Pablo erinnerte an die Worte unserer Anwältin, Claire Kincaid.

Ich schlief unruhig. Tiefe, kurze Träume. Das Schlimmste war, dass ich nicht aufstehen konnte, um zur Toilette zu gehen. Ich musste eine Krankenschwester bitten, dass sie mir zum Pinkeln die Ente unterschob. Ich hätte mich lieber noch einmal ohne Betäubung nähen lassen, als diesen beschämenden Moment zu erleben.

Der Morgen im Krankenhaus fängt sehr früh an. Um fünf Uhr kam Doktor Carter. Er sah mich an und kontrollierte die Infusion.

»Es geht dir besser. Fünf Zentimeter weiter in der Mitte, und sie hätten dir ein Auge ausgeschossen. Zwei Zentimeter weiter links am Bein, und sie hätten dich an der Oberschenkelschlagader getroffen und du wärst verblutet, bevor du ins Krankenhaus gekommen wärst.«

»Da hab ich noch mal Schwein gehabt. Wann kann ich raus?«

»In Anbetracht dessen, dass du nichts Ernstes hast,

behalte ich dich noch ein paar Stunden zur Beobachtung hier und nach dem Mittag kannst du dich bewegen. Lauf nicht zu viel und trete niemanden mit dem rechten Bein.«

Das Frühstück in einem nordamerikanischen Krankenhaus ist wie das Frühstück in jedem anderen Krankenhaus: Tee mit Milch, ein paar Cräcker ohne Salz und eine geschmacklose Marmelade. Es musste mir wohl besser gehen, denn ich vermisste die Spiegeleier.

Flanders war die ganze Nacht lang dageblieben. Er schlief in einem Sessel neben dem Bett. Zeitweise hörte ich ihn eine Litanei murmeln. Er betete wohl. Um sieben Uhr morgens kamen Pablo, Equi und Jo. Sie sahen auch besser aus. Trotzdem hielt sie die Krankenhausatmosphäre nicht davon ab, mir zu erzählen, dass, seit man mich in das Zimmer gebracht hatte, ein Polizist vor der Tür stand, der aufpasste, dass ich nicht floh.

Eine Krankenschwester schickte alle raus. Sie bat mich aufzustehen. Sie hängte die Infusion an einen Stab mit Rädern und führte mich mit einiger Hilfestellung ins Bad. Ich betrachtete mich im Spiegel: Ich war gute zwanzig Jahre gealtert. Mein Gesicht war ausgezehrt und der Blick trübe. Ich blieb ein Weilchen auf der Toilette. Dann erklärte sie mir, wie ich mich waschen konnte, ohne die Wunden zu berühren. Sie richtete das Bett, und ich legte mich wieder hin. Sie ging und ich blieb allein.

»Darf ich?«

Noch einer, der nicht verhaftet worden war, steckte den Kopf durch die Tür: Dylan.

IV

Er wollte sich bei mir bedanken, weil ich die beiden Schuldigen an den Angriffen entdeckt hatte. Ich wollte mich bei ihm bedanken, weil er mich vor den echten Kugeln bewahrt hatte. Die Situation war ein wenig ungemütlich. Ich glaube, wir fühlten uns beide ein bisschen schuldig, weil wir nicht früher versucht hatten, uns anzufreunden. Dylan zögerte, doch schließlich traute er sich zu sagen, was er sich in den letzten Stunden überlegt hatte.

»Wenn man bedenkt, dass das alles wegen einer blöden Idee geschehen ist. Mein Vater und seine Freunde haben ihr Leben lang geglaubt, es würde ihnen Geld und Ruhm bringen, wenn sie die Rezeptur für Coca-Cola entdecken. Als sie das Geheimnis nach 30 Jahren vergeblicher Versuche entdeckt hatten, trauten sie sich aus Angst vor Repressalien nicht, es kommerziell zu nutzen. Und jetzt das: Einer ist tot, der andere wurde fast umgebracht, und wir sind nur knapp davongekommen.«

»Solange sie nicht herausgefunden haben, dass die geheime Zutat der Coca-Cola Hustensaft ist, wie Homer Simpson meint ...«

»Ah, ja, das Getränk, dass Moe ihm gestohlen hat. Nein, es ist kein Hustensaft. Hast du schon mal von der Komponente 7X gehört?«

»Zucker, Blüten und viele Farben?«

»Nein, das ist die Substanz X.«

»Dann weiß ich nicht, was das ist.«

»Jahrelang stießen die Versuche, die Rezeptur für Coca-Cola zu finden, auf diese geheime Zutat. Es heißt, nur zwei Personen im Unternehmen Coca-Cola kennen die wahre Komponente. Alle haben geglaubt, es sei ein Pulver, ein Öl, ein Gewürz, etwas in der Art.«

»Und das war es nicht.«

»Nein. Wann schmeckt eine Cola nicht länger gut?«

»Hm ... wenn die Kohlensäure weg ist.«

»Genau. Niemand hat daran gedacht, dass nicht 7X das größte Geheimnis sein könnte. Es gab noch eins: die Art, das Getränk mit Kohlensäure zu versetzen. Das Geheimnis liegt in den Sprudelbläschen.«

»Unglaublich!«

»Ich hab diese Geschichte mit der geheimen Rezeptur schon lange satt. Mein Vater auch. Das Beste ist, wenn die Personen, die unseren Respekt oder unseren Dank verdienen, sie erfahren.«

Er griff nach seiner Jacke und holte einen Briefumschlag heraus. Er gab ihn mir.

»Ich hab dir die Rezeptur für Coca-Cola mitgebracht. Du kannst sie weitergeben, an wen du willst. Je mehr Leute sie kennen, desto weniger Typen wie Bob und Harry werden sich in unser Leben mischen.«

Ich nahm den Umschlag fast zitternd. Die Rezeptur für Coca-Cola gehörte auch mir.

Wir umarmten uns, wobei meine Verletzung am Rücken schmerzte. Dann ging Dylan, und ich sah ihn nicht mehr wieder. Als ich allein war, öffnete ich den Briefumschlag und las:

V

Zusammensetzung der Coca-Cola pro Gallone (4,546 Liter):

Zucker: 2400 g in Wasser aufgelöst
Karamell: 37 g
Koffein: 3,1 g
Phosphorsäure: 11 g
Entkokainisierte Kokablätter: 1,1 g
Kolanüsse: 0,37 g

Die Kokablätter und die Kolanüsse in 22 ml 20%igem Alkohol einweichen, dann filtern und die Flüssigkeit dem Sirup zufügen. Anschließend hinzufügen:

Limettensaft: 30 ml
Glyzerin: 19 ml
Vanilleextrakt: 1,5 ml
Zutat 7X (Geschmack):
Orangenöl: 0,47 ml
Zitronenöl: 0,88 ml
Muskatnussöl: 0,07 ml
Kassiaöl (chinesischer Zimt): 0,20 ml
Korianderöl: eine Spur
Nerolieöl: eine Spur
Limettenöl: 0,27 ml

Mit 4,9 ml 95%igen Alkohol mischen, 2,7 ml Wasser hinzufügen, 24 Stunden bei 60 Grad Fahrenheit ziehen lassen, damit sich das aufgewühlte Substrat trennt. Den klaren Teil der Flüssigkeit abtrennen und zum Sirup hinzufügen. Ausreichend Wasser für eine Gallone Sirup hinzufügen. Eine Unze des erhaltenen Sirups mit kohlensäurehaltigem Wasser mischen, dann eine Woche lang in mit Pferdeleder ausgeschlagenen Gefäßen aufbewahren, um 6,5 Unzen des Getränks zu erhalten.

VI

Kurz vor elf Uhr kam wieder Doktor Carter mit seinem Lächeln eines netten Jungen von nebenan. Es weckte Lust, sein kleiner Bruder zu sein. Er sah sich die Wunden an, ließ mich den Fuß aufstellen und sogar einige Schritte ohne Hilfe gehen. Er rief eine Krankenschwester und bat darum, die Infusion abzumachen. Er füllte einige Formulare aus und sagte zu mir:

»Iss noch hier zu Mittag, und dann kannst du gehen. Dir werden ein paar Narben bleiben, nichts besonders Auffälliges.«

Er klopfte mir auf die Schulter und ging. Die Jungs kamen wieder rein, und bald darauf erhielten wir unerwarteten Besuch: Claire Kincaid. Mein Onkel hatte sie noch einmal bestellt, damit sie über unsere Leben wachte.

»Gute und schlechte Nachrichten«, sagte die Anwältin auf Spanisch. »Die gute: Obwohl du mehrere Bundesvergehen begangen hast, wird der nordamerikanische Staat nicht fordern, dass du in Haft bleibst. Es ist auch eine gute Nachricht, dass dein Onkel nicht vorhat, dich umzubringen, wenn er dich in Buenos Aires sieht.«

»Die schlechte?«

»Sie haben dein Schülervisum zurückgezogen.«

»Was heißt das?«

»Dass du in deine Stadt zurückmusst.«

»Ich muss das Land verlassen?«

»Im ersten Flugzeug, das nach Buenos Aires fliegt.«

»Aber warum?«

»Es gibt Fotos von dir, wie du einen Polizisten schlägst. Außerdem haben die örtlichen Detectives ein paar sehr phantasievolle Verschwörungstheorien bezüglich deiner Freundschaft zu den beiden des Mordes Beschuldigten. Ich glaube, die haben sich völlig auf dich eingeschossen.«

»Und wann muss ich abreisen?«

»Um 15 Uhr fliegt ein Flugzeug von Springfield nach Chicago, von dort kannst du um 18 Uhr den Flug nach Buenos Aires nehmen. Ich habe schon mit dem Ehepaar White gesprochen, um sie zu informieren.«

»Und sie?« Ich zeigte auf Pablo und Ezequiel, die ebenso verwirrt waren wie ich.

»Sie reisen mit dir. Rechtlich gesehen könnten sie hierbleiben, aber ich glaube nicht, dass sie Lust dazu haben.«

Die beiden setzten nichtssagende Mienen auf.

»Ich kann nicht gehen, ohne mich von den anderen Jungs zu verabschieden, von meinen Freunden.«

Von Lou, von Lou, von Lou. Wie sollte ich gehen, ohne sie noch einmal wiederzusehen? Claire Kincaid sagte abschließend:

»Es tut mir leid, Ariel. Das ist eine gerichtliche Anordnung. Dagegen ist nichts zu machen.«

VII

Die Whites brachten mir meine Habseligkeiten im Krankenhaus vorbei. Alles bis auf den Fotoapparat, der kaputt in der Umkleidekabine der Schule liegengeblieben war. Die Wunden taten mir nicht mehr weh, aber ich fühlte mich grottenschlecht. Als ich Doktor Carter sah, der von einem Zimmer in ein anderes ging, humpelte ich zu ihm, um mich zu verabschieden.

»Nimm die Antibiotika weiter, die ich dir gegeben habe.«

»Danke, Doktor.«

»Dieser Polizist da an der Tür, heißt das, dass du von hier direkt ins Gefängnis wanderst?«

»Nein. Ich gehe zurück nach Buenos Aires.«

»Das muss eine schöne Stadt sein.«

Sie luden die Rucksäcke und andere Pakete in Flanders' Auto. Ich behielt nur den Umschlag, den Dylan mir gegeben hatte. Ezequiel und Pablo fuhren mit Flanders und Jo. Ich mit Claire Kincaid auf dem Rücksitz eines Streifenwagens.

Der Regen hatte aufgehört, und dieser frühlingshafte Montag in Springfield hatte eine aggressive Schönheit. Ich sang leise *Maldición, va a ser un día hermoso* von den Redonditos. Verdammt, es würde tatsächlich ein schöner Tag werden. Mir gefiel diese Stadt, die ich nicht wiedersehen würde und die mich schon nicht mehr hielt. Die Leute gingen aus der Mittagspause zurück zur Arbeit, die Jugendlichen kamen aus der Schule, manche gingen noch was trinken oder fuhren ganz einfach mit dem Auto rum in einer Seelenruhe, die mich ärgerte.

Warum musste ich auf diese Art und Weise gehen? Warum musste ich mich von Lou und meinen Freunden trennen?

Am Flughafen angekommen, mussten wir uns noch ein bisschen die Zeit totschlagen. Erst in mehr als einer Stunde würden wir in den Flieger steigen. Ein Polizist würde mit uns reisen. Auch Claire Kincaid würde uns bis Chicago begleiten. Sie wollte uns nicht allein lassen, aus Furcht, man könne mir im letzten Augenblick noch irgendwas Schwerwiegendes zur Last legen.

»Ich glaube, man sucht dich«, sagte die Anwältin und zeigte hinter mich.

Ich drehte mich um, und zu meiner großen Überraschung sah ich in einer kompakten Formation und entschlossenen Schritts unsere Mitschüler auf uns zukommen: meine Freunde von der George Maharis School.

VIII

Da waren Alexandros, Viggo, Vincenzo, Ji-Sung. Und auch die Mädchen: Edwidge, Taslima, Almudena, Milena, Cornelia, Banana und Annemarie. Und vor allem war da Lou. Einige humpelten wie ich. Sie waren von der Prügelei mit der Polizei gezeichnet. Es wirkte wie die Rückkehr der lebenden Toten, aber alle sahen glücklich aus. So glücklich wie Ezequiel, Pablo und ich, als wir sie wiedersahen.

»Wie habt ihr erfahren, dass wir hier sind?«

»Als die Polizei uns laufenlassen hat, sind wir ins Krankenhaus gegangen und ein Arzt hat uns gesagt, dass du zurück nach Buenos Aires fliegst.«

»So eine Sauerei! Wo wir gerade so viel Spaß hatten«, war Edwidges Kommentar.

Küsse, Umarmungen von allen. Ich wollte über all diese Arme schwimmen, um zu Lou zu gelangen, die weit weg war, sehr weit weg. Dann packte mich auch noch Vincenzo und schob mich in die entgegengesetzte Richtung.

»Komm mal mit, ich hab ein Geschenk für dich.«

Er nahm mich zur Seite. Bedauerlicherweise begleitete uns der Polizist. Er entfernte sich keinen Meter von mir. Vincenzo und ich ignorierten ihn. Er sagte zu mir:

»Als ihr hinter Harry und Bob hergelaufen seid, bin ich in der Umkleide geblieben. Ich wusste noch, dass da irgendwo Baseballschläger rumlagen.«

»Verrückter Einfall.«

»Aber sie haben ihren Zweck erfüllt. Na ja, und außer den Schlägern hab ich deine kaputte Kamera gesehen.«

»Ich habe sie auch von weitem gesehen.«

»Die war völlig zerdeppert. Mit einer Wut kaputt gehauen, wie sie zu Bob und Harry passt. Ich bin hin zu diesem Schrotthaufen ... und schau mal, was ich gefunden hab.«

Er zog aus der Hosentasche ein klitzekleines Plastikschächtelchen. Darin lag eine 1-Giga-Speicherkarte von Kingston.

»Das ist die Speicherkarte aus deiner Kamera. Und sie ist heil, ich hab sie gerade in einer anderen Kamera ausprobiert. Es ist keins der Fotos verlorengegangen, die du von mir gemacht hast, und das ist doch das Wichtigste.«

Ich konnte es nicht glauben. Vincenzo gab mir alle meine Erinnerungen zurück. Da waren sie, in diesem kleinen Rechteck. Wenn ich nicht zu weinen anfing, dann nur, weil ich wusste, dass ich nicht mehr aufhören würde. Ich umarmte Vincenzo, nahm ihn bei den Schultern und schüttelte ihn wie einen Salzstreuer.

»Du bist ein Freund«, sagte ich zu ihm.

»Das und nichts anderes.«

IX

Als wir zur Gruppe zurückkamen, sah ich weder Pablo noch Lou. Ein paar Minuten später tauchten sie auf, und Ji-Sung nahm Pablo beiseite und sagte ihm, er habe ein Geschenk für ihn. Nach dem, was ich ein paar Sekunden vorher gesehen hatte, war es die englische Originalausgabe eines Buchs von einem gewissen Kerouac. Jetzt verstand ich, was los war. Unsere Freunde hatten alle Spielzüge eiskalt geplant.

Lou kam zu mir, lächelte mich an, umarmte mich. Eine warme Umarmung, mit dem ganzen Körper. Ich roch den Duft ihrer Haut, ihres Haares, das mir ins Gesicht fiel.

»Lass uns ein Stück gehen«, sagte sie zu mir, und ich hatte sofort den Bullen an mir drankleben. So ging das nicht.

»Keine Sorge, ich begleite sie und übernehme die Verantwortung«, sagte Claire Kincaid. Sie kam mit uns, blieb aber in einiger Entfernung und schaute zerstreut woandershin.

Wir gingen zu den großen Fenstern, durch die man die Piste sah. Ein Flugzeug wurde für den nächsten Start vorbereitet.

»Danke für all das, was du für mich getan hast.«

»Du bist trotzdem von der Schule geflogen.«

»Das ist nicht so schlimm. Es gibt noch mehr Schulen in Springfield. Ich glaub sogar, es ist besser.«

»Lou, ich liebe dich.«

»Und ich liebe dich auch.«

»Für dich bin ich bereit, zu fliehen und hierzubleiben. Ich will nicht zurück, wenn mich das von dir entfernt. Nichts ist mir mehr wichtig, nicht mal mit Pablo befreundet zu bleiben, gar nichts.«

Sie sah mich mit der Miene einer Frau an, mit der Miene ihrer Mutter, ihrer Großmutter. Sie war noch keine 15.

»Du wirst in diesem Flugzeug wegfliegen.«

»Und du?«

»Ich werde mit den anderen hierbleiben, bis das Flugzeug abgehoben hat.«

»Nein, Lou, ich muss bei dir bleiben. Letztens, nachmittags ...«

»Letztens ... das Beste ist, du versöhnst dich wieder mit Pablo. Er ist nicht nur dein Freund, er ist dein Bruder.«

»Und wir werden nie wieder zusammen sein?«

»Wenn ich mit der Schule fertig bin, würde ich gern Literatur in Frankreich studieren. Wenn du nach Europa gehst, um Fotografie zu studieren, wer sagt dir, dass wir uns nicht in Paris wiedertreffen.«

»Ich möchte nach Springfield zurückkommen, um bei dir zu sein.«

»Ariel, hör mir zu: Hast du eine Vorstellung davon, was du hier aushalten müsstest? Wahrscheinlich würden wir beide in einem Bundesgefängnis landen, wie mein

Großvater. Nicht wahr, Mrs. Kincaid?« Bei den letzten Worten hatte sie die Stimme gehoben.

Die Anwältin tat so, als tauchte sie aus ihren Gedanken auf, und sagte:

»Ich fürchte, die Polizei von Springfield würde darauf bestehen, euch einzusperren.«

»Zuallererst vertrag dich wieder mit Pablo. Und schreib mir. Und lass uns von einer Begegnung in der Zukunft träumen. Paris wird uns immer bleiben, etwas, das wir bisher nicht hatten, wie wir einander nicht hatten, bevor du nach Springfield gekommen bist. Jetzt gehört uns das alles.«

»Dann komm nach Buenos Aires.«

»Nein. Das kann ich nicht. Außerdem weißt du sehr gut, dass ich eine Mission habe: meinen Großvater Leonard.«

Sie nahm mein Gesicht in die Hände und gab mir einen langen Kuss auf den Mund: einmalig, traurig, abschließend. Es war der Kuss des Lebewohls. Sie ließ mich los und stellte sich schnell neben Claire Kincaid, als hätte sie Angst davor, ihre Worte zu bereuen. Als würde es ihr, bliebe sie noch eine Sekunde länger in meiner Nähe, unmöglich, sich zu entfernen. Die Anwältin legte ihr die Hand auf die Schulter und sagte zu ihr:

»Lou, ich habe das Gefühl, das ist der Beginn einer wunderbaren Freundschaft.«

Und wir gingen zurück zu unseren Freunden.

X

Das Flugzeug rollte immer schneller und erhob sich über die Stadt Springfield. Sie wurde immer kleiner unter uns. Mit jeder Sekunde wurde Springfield mehr zur Erinnerung.

Doktor Kincaid saß neben dem Polizisten. Wir saßen auf den drei Plätzen in der Mitte. Ich ging zur Toilette. Beim Pinkeln dachte ich, dass mein Onkel ein Vermögen für die Anwältin ausgeben musste. Er verdiente es, dass ich ihm den Umschlag mit der Rezeptur für Coca-Cola schenkte. Trotz allem würde er sich über die neue Geschäftsidee freuen, die sich auftun würde.

Ich ging zurück zu den Jungs. Pablo las das Buch, das Ji-Sung ihm geschenkt hatte. Ich schlug es ihm unter der Nase zu.

»Blöd wie eh und je«, beschwerte er sich.

»Was hat Lou dir gesagt?«, fragte ich ihn.

»Dass ich mich mit dir vertragen soll.«

»Hat sie dir nicht gesagt, dass sie mich hübscher findet als dich?«

»Das kann nicht mal eine psychotische Blinde behaupten.«

»Wirst du ihr schreiben?«

»Vielleicht. Du?«

»Mal sehen. Wenn ich Zeit habe. Habt ihr vereinbart, euch zu sehen?«

»Mmm ... sie ... sie wird Philosophie in Frankfurt studieren.«

»Mir hat sie gesagt, Literatur in Paris.«

»Und mir, Kochen in Madrid«, mischte Ezequiel sich

in das Gespräch. »Meint ihr nicht, wir haben zu viel zusammen durchgemacht, als dass ihr weiterhin die Idioten spielt? Und vergeht ihr nicht vor Lust, wieder in Lanús zu sein und ein bisschen zu kicken?«

»Lasst uns einen Choripán essen gehen, wenn wir da sind.«

»Aber anschließend essen wir Churros mit Karamellcreme.«

»Mein Leben für eins der Schnitzel, wie meine Mutter sie macht.«

Ich machte es mir zwischen den beiden bequem. Pablo boxte mich gegen die Schulter und ich boxte zurück. Der Polizist sah uns drohend an, also hörten wir auf, uns gegenseitig zu ärgern. Ich flog mit Pablo und Ezequiel in meine Stadt zurück. Wir waren nicht dieselben, die vor fast zwei Monaten mit dem Vorhaben nach Springfield gekommen waren, Englisch zu lernen, und mit der Vorstellung, nordamerikanische Mädchen kennenzulernen. Trotzdem war etwas noch intakt: Dieses blödsinnige Gefühl der Ruhe, denn ich wusste, dass ich auf meine Freunde zählen konnte, dass sie immer, unter allen Umständen da sein würden, um Spaß zu haben und um zu kämpfen, um glücklich zu sein und um nicht zuzulassen, dass es einem von uns dreien schlecht ging. Meine Freunde waren großartige Freunde. Sie stellten sich sogar dumm (einer las ein Buch, der andere tat, als blätterte er interessiert in einer Zeitschrift), als ich wie ein Trottel ein Taschentuch suchte. Ich war nicht erkältet und hatte auch keine Allergie. Ich fand das Taschentuch, putzte mir die Nase, trocknete mir die Augen. Manchmal sieht man mit verschleiertem Blick klarer. Kein Zweifel: Das Leben war besser, wenn wir zusammen waren.

Inhaltsverzeichnis

Sergio Olguín

Die Traummannschaft

Roman
Aus dem Spanischen von Matthias Strobel
st 3766. 182 Seiten

Argentinien im Hochsommer: Dem 14jährigen Ariel, der am liebsten Fußball spielt und neben der Schule im Laden seines Onkels jobbt, stehen heiße Tage bevor, denn er ist unsterblich verliebt. Die Angebetete, Patricia, kommt aus einem ärmlichen Stadtviertel, das Ariel bisher ängstlich gemieden hat. Sein Mut ist jedoch gefordert, als eine Bande Krimineller den größten Schatz klaut, den Patricias Vater besitzt: Diego Maradonas ersten Fußball. Ariel und seine Freunde beschließen, den Ball zurückzuholen – zum ersten Mal verlassen sie ihre behütete Welt und stürzen sich in ein lebensbedrohliches Abenteuer.
Mit Charme und Humor erzählt Sergio Olguín vom Zauber der ersten Liebe, von Freundschaft in allen Lebenslagen und von Fußballtoren, die besser nicht geschossen worden wären.

»Ein mit leichter Hand geschriebener Roman, der mit tiefgründigem Witz brilliert.« *Hessischer Rundfunk*

NF 636/1/8.07

Sergio Olguín

Zurück nach Lanús

Roman
Aus dem Spanischen von Matthias Strobel
st 4041. 320 Seiten

In Lanús, einem Vorort von Buenos Aires, wird der junge Francisco erschossen – angeblich bei einem Überfall auf einen Kiosk. Doch weder seiner Familie noch seinen Freunden scheint daran zu liegen, die Wahrheit über den Mord herauszufinden. Nur Adrián, der letzte, den Francisco vor seinem Tod angerufen hat, will Klarheit: Dafür kehrt er zum erstenmal nach vielen Jahren zurück nach Lanús, dem Ort seiner Kindheit, und gerät in einen Strudel aus Ereignissen, die immer mehr zum Krimi werden.
Spannend und vielschichtig erzählt Sergio Olguín, der Autor des Romans *Die Traummannschaft*, von einem Verbrechen, das nur die Spitze des Eisberges ist, von schmutzigen Deals, korrupten Polizisten und von Jugendfreunden, die nicht immer das sind, was sie zu sein vorgeben.

NF 653/1/6.09

Lizzie Doron. Warum bist du nicht vor dem Krieg gekommen? Übersetzt von Mirjam Pressler. st 3769. 130 Seiten

Marguerite Duras. Der Liebhaber. Übersetzt von Ilma Rakusa. st 1629. 194 Seiten

Hans Magnus Enzensberger. Josefine und ich. Eine Erzählung. st 3924. 147 Seiten

Louise Erdrich
- Der Club der singenden Metzger. Roman. Übersetzt von Renate Orth-Guttmann. st 3750. 503 Seiten
- Die Rübenkönigin. Roman. Übersetzt von Helga Pfetsch. st 3937. 440 Seiten

Max Frisch
- Homo faber. Ein Bericht. st 354. 203 Seiten
- Mein Name sei Gantenbein. Roman. st 286. 304 Seiten
- Stiller. Roman. st 105. 438 Seiten

Carole L. Glickfeld. Herzweh. Roman. Übersetzt von Charlotte Breuer. st 3541. 448 Seiten

Philippe Grimbert. Ein Geheimnis. Roman. Übersetzt von Holger Fock und Sabine Müller. st 3920. 154 Seiten

Katharina Hacker
- Die Habenichtse. Roman. st 3910. 308 Seiten

Marie Hermanson
- Der Mann unter der Treppe. Übersetzt von Regine Elsässer. st 3875. 269 Seiten
- Muschelstrand. Roman. Übersetzt von Regine Elsässer. st 3390. 304 Seiten

NF 266a/2/5.10

Yasushi Inoue. Das Jagdgewehr. Übersetzt von Oskar Benl. st 2909. 102 Seiten

Uwe Johnson. Mutmassungen über Jakob. Roman. st 3128. 298 Seiten

James Joyce. Ulysses. Roman. Übersetzt von Hans Wollschläger. st 2551. 1008 Seiten

Daniel Kehlmann. Ich und Kaminski. Roman. st 3653. 174 Seiten

Magnus Mills. Die Herren der Zäune. Roman. Übersetzt von Katharina Böhmer. st 3383. 216 Seiten

Cees Nooteboom. Allerseelen. Roman. Übersetzt von Helga van Beuningen. st 3163. 440 Seiten

Elsa Osorio. Mein Name ist Luz. Roman. Übersetzt von Christiane Barckhausen-Canale. st 3918. 424 Seiten

Amos Oz. Eine Geschichte von Liebe und Finsternis. Roman. Übersetzt von Ruth Achlama. st 3788 und st 3968. 829 Seiten

Ralf Rothmann. Junges Licht. Roman. st 3754. 236 Seiten

Hans-Ulrich Treichel
- Anatolin. Roman. st 4076. 188 Seiten
- Menschenflug. Roman. st 3837. 234 Seiten

Mario Vargas Llosa. Das böse Mädchen. Roman. Übersetzt von Elke Wehr. st 3932. 395 Seiten

Carlos Ruiz Zafón. Der Schatten des Windes. Übersetzt von Peter Schwaar. st 3800. 565 Seiten

NF 266a/3/5.10